一笑

古龍自署

國際學術研討會

古龍武俠小說 領先時代半世紀

【記者賴素鈴／報導】江湖代有才人出，這廂古龍凋零二十載，那廂今朝懸賞百萬獎新秀，浪淘不盡，唯有武俠熱愛，不隨時間變易，在學術研討會上更見分明。以「一代鬼才：古龍與武俠小說」爲主題，淡江大學第九屆文學與美學國際學術研討會昨起在國家圖書館，展開爲期兩天的議程，紀念武俠小說家古龍逝世二十周年，新生代學者與古龍故舊齊聚一堂，以文論劍話武俠。

日前與淡大中文系教授林保淳共同發表《台灣武俠小說發展史》，武俠小說評論家葉洪生昨天在專題演講中，直批胡適1959年底發表「武俠小說下流論」是「胡說」，學界泰斗的不當發言以及隨即展開的「暴雨專案」，反而促成1960年起台灣武俠新秀的繁興，「武俠小說迷人的地方，恰恰在門道之上。」，葉洪生認定，武俠小說審美四原則在文筆、意構、雜學、原創性，他強調：「武俠小說，是一種『上流美』。」

集多年心血完成《台灣武俠小說發展史》，葉洪生認爲他已爲從十歲起迷上武俠小說的半世紀畫上完美句點，並且宣布他「以後決心退出武俠論壇，封劍退隱江湖」。

雖然葉洪生回顧武俠小說名家此起彼落，套太史公名言「固一世之雄也，而今安在哉？」，認爲這是值得深思的嚴肅課題，昨天意外現身研討會而備受矚目的溫世禮，則爲了紀念同是武俠迷的哥哥溫世仁，推出第一屆「溫世仁武俠小說百萬大賞」，即日起至今年10月3日截止收件，經兩階段評選後於明年12月7日公布首獎得主，預料將會是一場武林新秀的龍虎爭霸戰。

看明日誰領風騷？風雲時代出版社發行人陳曉林眼中的古龍，其實領先他的時代半世紀，以致如今雖然古龍逝世20年，陳曉林認爲大家對古龍的了解仍然有限，預言未來世代更能和古龍的後設風格共鳴。

昨天這場研討會，也凸顯武俠小說作爲一項文學研究門類，仍有待開發學習空間。多位與會者都指出，武俠小說的發表、出版方式和管道具考證難度，學術理論與論文格式的建立待加強。而武俠名家的版權之爭、市場競爭力，也增加出版推廣困難，古龍武俠小說的版權糾紛、司馬翎作品的版權官司也成爲研討會的場外話題。

與

武俠小說

第九屆文學與美

一代鬼才

古龍

古龍兄為人慷慨豪邁，跌蕩自如，變化多端，文如其人，且復多奇氣，惜英年早逝。余與古兄當年交好，且喜讀其書，今既不見其人，又無新作可讀，深自嘆惜。

金庸

一九九六、十、十一、香港

七種武器

（二）

孔雀翎
碧玉刀

古龍精品集 38

七種武器（二）

孔雀翎 碧玉刀

【孔雀翎】

目錄

【碧玉刀】

七個不平凡的人。
七種不可思議的武器。
七段完全獨立的故事。

孔雀翎

【導讀推薦】

能悲能喜，大師手筆

——《七種武器：孔雀翎》導讀

專欄作家、資深文學評論家
李榮德

《孔雀翎》寫在《長生劍》之後，於次年付梓。

古龍在《長生劍》之後續寫的這部孔雀翎，故事雖不是緊連上文，但由於在《長生劍》中已經預伏多處，有詮釋前部《長生劍》之謎的感覺。所以讀來使人有連貫的感覺，覺得只是另起了一個頭而已。然而，在本書的開篇中一改寫《長生劍》的筆法，沒有神秘造勢，創層層懸念，而是明人明事明做，任務明、計劃明、目標明、步驟明，正如行動計劃名為「天衣無縫」，古龍以這一手法造勢同樣達到了製造大懸念的目的。

古龍對於武俠小說中出現的武器，向來是很重視的，他曾說過自己當初看到張傑鑫的《三劍俠》中「飛天玉虎」蔣伯芳亮出他的盤龍棍時，心就會跳。

盤龍棍在兵器中並不是什麼奇特的玩意兒，但蔣伯芳的人格力量卻使那條盤龍棍生動起來，深深打動了古龍的心。也許正是感悟，古龍也要使「七種武器」中的兵器有自己的特色，不過古龍追求的並不是物的奇特，他認為武器是死的，人是活的。一件武器是否能令讀者覺得神奇刺激，主要還是得看使用他的是什麼人。

這段話雖不是專爲七種武器寫的，卻可以看作是一種注解，特別可以看作是《孔雀翎》的注解。《孔雀翎》不是寫「刀」，而是寫一種具有人格力量的人性武器。而這一人性武器卻是以暗器面目出現的，古龍在這部書裏將暗器作爲武器之一來描寫，自是反其道而行之，因爲暗器傷人從來爲白道人士所不屑的手段，往往斥之爲不光明正大，是宵小之徒的鬼蜮伎倆，真正的英雄是不用暗器的。而古龍認爲暗器也是武器的一種，他說過：「你想想現代的武器其實就是暗器，手槍與袖箭有什麼區別？機關槍豈非就是古代的連珠弩箭？」

他把孔雀翎寫成一種最爲精巧和高明的暗器，也是一種可怕卻是異常美麗的暗器，「世上沒有任何一種武器能比孔雀翎更可怕，也絕沒有任何一種暗器比孔雀翎更美麗。」

在古龍筆下暗器發出的那一瞬間，那種神秘的輝煌和美麗簡直如同罌粟花，豔得可以，毒得也可以。

他認爲：「暗器也是種武器，武器的真正意義並不是殺人，而是止殺。」這是古龍賦予了他筆下的暗器以新的理念。

常言古龍武俠出新，單從暗器一則，就大可窺見一斑。

一 五刺客

——

黃昏。

高立站在夕陽下，後面「狀元茶樓」金字招牌的陰影，恰巧遮住了他的臉。

他的臉彷彿永遠都隱藏在陰影裡。

他身上穿著件寬大的藍布道袍，非常寬大，因爲他必須在道袍下藏著他那對沉重而又鋒利的銀槍。

鋒利的槍尖正頂著他的肋骨，那件白府綢的內衣早已被冷汗濕透。

每次要殺人前，他總是覺得很緊張。

這條街本是城裡最繁榮熱鬧的地方，現在也正是最熱鬧的時候。

他目光從熙來攘往的人群中穿過去，就看到了對面一個賣菱角的小販。

這小販叫丁幹。

丁幹是個很高大的人，甚至已有些臃腫，但卻長著雙很靈巧的手。

現在他正蹲在路旁，用一把小小的彎刀，將籃子裡的菱角一個個剖開。

他手法看來並不十分靈巧。

因爲他通常只會用這種彎刀殺人，據說他殺的人已比籃子裡的菱角還要多些。

狀元茶樓的斜對面，有個很簡陋的酒舖，只賣酒，不賣菜。

大酒缸上鋪著木板，酒客就坐在旁邊的小竹凳上，用自己帶來的小菜下酒。

這酒舖裡只有一個人沒有喝酒。

這人叫湯野。

湯野很壯、很矮，亂蓬蓬的頭髮總喜歡用一根白布帶綁著。

誰也不知道他是什麼地方的人，誰也不知道他是從哪裡來的，只知道他嘴裡總是不停的在咀嚼著一種叫「檳榔」的硬果。

有人說那本是東瀛海盜和浪人的習慣，但卻從來沒有人敢問他。

據說曾經有兩個問過他的人，都已在半夜被人割下舌頭。

他旁邊擺著根扁擔，看來正是個苦力挑夫。

但他當然並不是真的挑夫，就正如高立也不是真的道士。

他這根扁擔裡，藏著四尺三寸長的斬馬刀。

還有個人也是苦力的打扮，正坐在湯野對面喝酒。

這人很年輕，別人都叫他小武。

小武當然是湯野的朋友，但看來卻一點也不像是湯野的朋友。

他們根本是兩種完全不同類的人。

小武看來彷彿是個很隨便、很懶散的人，很喜歡笑，很喜歡喝酒。

沒有人能想像到他殺人時的動作是多麼迅速，多麼準確。

他若要刺瞎你的左眼，他的劍就絕不會刺在你別的地方。

他的劍也藏在他身旁的扁擔中。

從高立站著的地方往右面走十來步，樹蔭下停著輛很寬敞的黑漆馬車。

趕車的正在打瞌睡，長長的烏梢馬鞭就掛在他手邊的車座上。

他就叫馬鞭。

他的人就是條馬鞭，鞭子就是他的生命。

若沒有這條鞭子，他這人已不知死了多少次。

但鞭子一直總在他手裡，所以他沒有死。

所以死的是別人！

他們五個人是一起來的。

高立、丁幹、湯野、小武、馬鞭。

就在這裡，就這五個人，立刻就要做出一件驚人的事。

他們做的事總是要流血的！

二

七月十五是中元，也是鬼節。

「七月中元日，地官降下，定人間善惡，道士於是日誦經，餓鬼囚徒，亦得解脫。」

這是「修行記」上對這個日子的解釋。

但我們要說的「七月十五」，並不是一個日子，而是一種秘密的組織。

一種秘密的殺人組織。

他們自己決定別人的善惡，然後就自己去替別人解脫。

——死豈非也是種解脫。

高立、丁幹、湯野、小武、馬鞭，就正是這組織中，五個最可怕的劊子手。

他們今天要殺的人是百里長青。

「遼東大俠」百里長青！

百里長青也許並不是當今江湖中武功最高，聲名最顯赫的人，但由他直接統轄的「長青鏢局」，卻無疑是所有鏢局中最成功的。

長青鏢局在遼東每一處城鎮都有分局，長青鏢旗無論走到哪裡都有照應。

因爲百里長青不但善於用人，而且做事更極有系統，極有效率。

他這次入關，是被中原四大鏢局聯合請來的。

江湖傳言，都說這四大鏢局想和「長青」合併，組織成一個空前未有的聯營鏢局。

從此以後，從北六省到遼東一帶的鏢貨，都由他們聯合運送。

從此以後，黑道上想要劫鏢的朋友，日子當然會一天比一天難過了。

這的確是件了不起的大事，這種事也只有百里長青這種人才能主持。

所以有很多人都覺得他絕不能死，也有很多人認爲他非死不可！

暮色漸濃。

百里長青已隨時都可能在這條街上出現。

他是個忙人，所以他的行程一向安排得很緊湊，預計中他在戌時到達這裡，在狀元茶樓略進飲食，就立刻要趕到下一站去。

可是在「七月十五」的預計中，他卻永遠再也休想到達下一站了。

他的扈從除了長青鏢局中四名鏢師之外，還有中原「鎭遠鏢局」的主人和「振威鏢局」的總鏢頭。

這一行七個人當然也全都是高手。

但「七月十五」卻早已有了對付他們的法子，這法子當然極周密、極有效。

他們殺人是從不會失手的。

六天前他們已開始練習，到現在已練習過六十次以上。

他們對那其中的每一個細節，每一個動作，都已像對自己的手掌同樣熟悉。

現在他們唯一還要做的，就是等百里長青來。

他一來，就得死！

三

「百里長青絕不能死！」

高立握著雙拳，風從長街盡頭處吹來，吹著他濕透了的衣服。

他全身冰冷，他的心更冷。

每一個細節，每一個步驟，早已經全都安排好了。

百里長青一行人只要一走上這條街，馬鞭的大車就已準備開始行動。

六步行動。

丁幹用暗器驚動百里長青的馬。

這匹馬受驚後開始往前竄，馬鞭的大車就從中間將他和扈從的人隔斷。

湯野用斬馬刀斬斷這匹馬的前蹄。

高立和小武左右夾攻。

丁幹再以獨門彎刀從後面暗算。

他們已計算過，這六步行動若能達到最快的速度，在眨眼四次間，已可全部完成。

他們在練習了四十次後，已能達到這種速度，但為了要更可靠，還是再練習了二十次。

「只許成功，不許失敗！」

他們的行動從未失敗，沒有人能在這種速度下避開這一擊。

絕沒有！

「鎮遠鏢局」的主人鄧定侯，可以說是中原四大鏢局主人中，思想最開明，做事最有魄力的一個人。

這次的計劃，就是他發起的，所以他自己遠赴遼東，親迎百里長青入關。

鄧定侯人稱「神拳小諸葛」，本是少林俗家弟子中的佼佼者。

他的百步神拳已練到八九分火候，據說已不在少林本寺的四大護法長老之下。

但中原四大鏢局的第一高手並不是他，而是「振威」的總鏢頭「乾坤筆」西門勝。

他的點穴、打穴和內家綿掌的功夫，在中原已不作第二人想。

再加上「長青」旗下的遼東四龍，一個個都是天生神力，一身十三太保橫練的功夫，據說已能赤手生裂虎豹。

「七月十五」的五刺客一擊得手，是不是也能全身而退？能！

他們撤退的計劃，幾乎也和進攻同樣周密。

馬鞭的大車裡，裝滿了他們重金從關西霹靂堂購來的火藥。

他們先用大車將百里長青和扈從的人隔斷，一擊得手後，就立刻引發火藥。然後他們就向西撤退。

這時道路當然已完全被隔斷，鄧定侯他們座下的馬當然也已被火藥的爆炸所驚，五刺客乘亂而退，別的人根本無法追蹤。

這一次行動的代號就叫做「天衣」。

因爲這計劃實在本就已可算是天衣無縫。

現在百里長青唯一的機會，就是改變行程，不走這條路。

「噗、噗、噗。」

一個賣卜的瞎子，突然從街角轉了出來，左手敲著竹板，右手高舉著面白布招：

「天衣神算，萬無一失。」

馬鞭的手立刻握起了他的鞭子，湯野挑起了扁擔，小武放下了酒碗，丁幹剖菱角的動作也立刻停止。

天衣行動已即將開始。

因爲這瞎子的布招，就是他們約定的訊號。

這布招一舉起，就表示百里長青已按照預定的行程來了。

他既然來，就非死不可。

高立的心沉了下去——百里長青絕不能死！

現在能救百里長青的人，也只有他一個人。

「七月十五」這組織的嚴密，他當然很了解，背叛組織的人，非但休想再活下去，連想死都很困難。

但他還是非救百里長青不可，因爲百里長青也救過他。他掌心淌著汗，慢慢的伸手入

懷，握住了他的銀槍。他已看見七騎馬正慢慢的從街角後轉入了這條大街。

第一匹馬上的人，鳳眼長眉，鬚髮花白，天青色的長衫，繫著條深藍色的絲帶，綠鯊魚皮的劍鞘，輕敲著馬鞍。

他的人端坐在馬鞍上，腰桿還是挺得筆直，眼睛還是炯炯有光，看來簡直就和十一年前完全一樣。

有些人就像是永遠也不會老的，百里長青無疑就是這種人。

何況，他就算已改變了很多，高立還是一眼就能認出他。

有些人本就能令你永生難以忘懷。

高立只覺得胸中一陣熱血上湧，連咽喉都似已被堵塞，連聲音都已幾乎發不出。他一定要盡力控制住自己，他一定要大聲高呼，告訴百里長青這裡有危險，有刺客。

七匹馬都已轉入大街。

清癯瘦削，凜凜有威的「乾坤筆」西門勝，和面白微鬚，氣度從容的鄧定侯，緊跟在百里長青馬後。

最後面是四條年輕而剽悍的大漢，褐黃短衫上繡著虎紋，衣襟敞開。

他們的胸膛看來就像是鋼鐵。

路上的人似也被這一行人馬的氣勢所懾，情不自禁，紛紛走避，讓開了道路。

現在百里長青的馬，距離天衣行動開始的那條線，已不及兩尺。

高立握緊了他的槍，正準備衝出去，一面高呼示警，一面向馬鞭攻擊。

但就在這時，他忽然感覺到一樣冰冷堅硬的東西，抵住了他的背脊。

一柄刀，尖刀！

一個比刀還尖銳的聲音，貼著他的脖子，一個字一個字的說：「我們已查出百里長青對你有恩，你的位置已有人接替，免得你爲難不忍下手，這次行動你已可退出。」

高立全身都已冰冷僵硬。

尖刀已從後面移過來，刀尖就在他心口上的肋骨之間。

刀若從這裡刺下去，被刺的人是絕對發不出一點聲音來的。

只有經過嚴密訓練的人，才懂得用這種方法殺人。

他當然懂得，他已經完全不能動。

就在這時，百里長青座下的馬已發出一聲驚嘶，向前竄出。

馬鞭的大車也已向街心衝出。

百里長青已必死無疑。

天衣行動，萬無一失。

每一種意外，每一種可能發生的變化，都已在他們計算之中。

來的刺客竟不止五個。

那賣卜的瞎子不知何時已走到狀元茶樓的招牌下，突然自撐著布招的竹竿中，拔出了一柄長劍，向百里長青飛身撲出。

他也不是真的瞎子。

那邊的湯野和小武當然也開始行動。

健馬驚嘶，人群驚呼。

大車已將鄧定侯一行人馬隔斷。

湯野四尺三寸長的斬馬刀，刀光如雪，長虹般劈下。

小武緊跟著他身後，手中劍輕巧而鋒利。

馬上的百里長青已變了顏色，提韁帶馬，但長刀已斬斷馬蹄。

小武的劍也跟著刺出。

血光飛濺中，突然發出一聲慘呼！

驚呼聲赫然竟是湯野發出來的，小武的劍竟已刺入他背脊。

瞎子一驚，劍勢一緩。

身經百戰的百里長青當然絕不會放過這機會，清嘯一聲，人已自馬鞍上沖天飛起。

只聽風聲急響，光芒閃動，七柄彎刀恰巧擦著他足底飛過。

站在高立身後的人，顯然也沒有想到這完全意外的變化。

他們已將這五個人全都詳細調查過，小武非但和百里長青絕無關係，和中原的四大鏢局也絕對沒有往來，他生平也未曾出關一步，他爲什麼要背叛組織？爲什麼要救百里長青？

這人又驚又怒，正不知該如何應變，突然已聽到自己骨頭碎斷的聲音。

高立的肘拳已打在他肋骨上。

高立反手一個肘拳，猛擊這人的肋骨，這人倒下時，他的人已竄起。

馬鞭還未及點燃火藥，變化已發生。

他驚怒之下，揮鞭去纏百里長青的腿。

百里長青身子凌空，已無法變勢閃避，眼見著長鞭毒蛇般捲來，突然又有銀光一閃

一柄銀槍迎上了鞭梢，另一柄銀槍反刺馬鞭。

馬已倒下，恰巧壓住了百里長青的劍。

突聽一聲霹靂般的大喝，寬大堅實的馬車，突然被打得粉碎。

四條虎紋黃衣大漢，猛虎般衝過來，兩人一揮手，已將地上的死馬抬起，反手一掄，挾著風聲，向丁幹砸了過去。

丁幹第二次飛刀剛發出，死馬已帶著點點飛濺的鮮血撞來。

七柄彎刀竟都打在馬屍上。

他還未及後退，一雙黑鐵判官筆已在等著他。

乾坤筆打穴的功夫，天下皆知。

小武已接了瞎子三招。

兩柄劍都快，小武的劍更快，劍光一閃，瞎子前胸衣襟已被割破。

小武並沒有追擊，因爲這時百里長青的劍也已出手。

百里長青揮劍而上，百忙中還向他說了聲：「多謝。」

小武笑了笑。

百里長青劍光閃動，刺出三劍，又道：「足下高姓，大恩……」

小武又笑了笑，不等他的話說完，人已飛身而起，竄上了屋脊。他知道這地方已用不著他。

高立用的是雙槍，但這時他雙槍都已收起，因爲鄧定侯的百步神拳已逼住了馬鞭，馬鞭已無法盡量施展，人已被逼至死角。

少林的百步神拳，果然有它不容忽視的威力。

百里長青的劍法獨霸遼東，本就是當世的七大劍客之一。

高立知道這地方已用不著他，他決心去追小武，他已對這神秘的少年發出了極濃厚的興趣。

百里長青好像正在喊：「高立，高老弟，等一等……」

高立沒有等，他的人也已掠上屋脊。

百里長青的恩情，他總算已報答，他已不願再連累別人。因爲他知道「七月十五」是絕不會放過任何一個叛徒的。他現在就要開始逃亡，逃亡，不停的逃亡，直到死爲止，這本就是他這種亡命之徒的命運。

但他總算已不再欠別人的，對他來說，這就已足夠。

二　浪子淚

一

夜，月夜。

月色朦朧，高立依稀還可以看到小武的影子。

他一向對自己的輕功很有自信，現在才發覺這少年的輕功竟也不在他之下。

一重重屋脊在月色下看來，就像是排排野獸的肋骨。

上弦的新月在屋脊上看來，近得就像是一伸手就可摘下。

每個人豈非都有過要去摘星摘月的幻想，但每個人心裡的月亮卻都不同。

高立心裡的月亮是什麼呢？只不過是平靜的生活，只不過是一個溫暖的家。

但這在他說來，甚至比天上的月亮還遙遠。

沒有家，沒有親人，沒有朋友，沒有人比他更了解孤獨的可怕。

他決心要追上朋友。

他實在太需要一個朋友——一個和他命運相同的朋友。

一重重屋脊在他足下飛一般倒退，突然退盡。

前面已是荒郊。

荒郊的月夜更冷，小武的身形忽然慢了下來，像是在等他。

他的身形也慢了下來，他並不急著追上去。

兩個人一前一後，慢慢的走著，愈走愈慢，天地間忽然已經沒有別的聲音，只剩下他們的腳步聲。

遠方有星升起，冷月不再寂寞。

但人呢？

前面有疏落的樹枝。

小武找了棵枝葉並不十分濃密的大樹，躍上去，在枝椏間坐下。

高立也掠上一棵樹，坐下來。

天地靜寂，風吹過木葉，月光自樹梢漏下，靜靜的灑在他們身上。

沉靜並不是寂寞，因爲現在已有人跟他一起分享這沉靜。

也不知過了多久，高立忽然笑了笑，道：「我本來以爲百里長青已必定要死了。」

小武道：「哦。」

高立道：「我加入『七月十五』已三年，到今天才知道他們根本從未信任過我。」

小武道：「他們根本從未信任過任何人。」

高立道：「我也從未想到過，你居然也會出手救他。」

小武笑了笑，道：「也許連我自己都從未想到過。」

高立道：「你認得他？」
小武道：「不認得，你呢？」
高立道：「他……他救過我。」
小武道：「你去過遼東？」
高立道：「嗯。」
小武道：「去幹什麼？」
高立道：「去採參，野山參。」
他眼睛忽然亮了起來，充滿了往事的回憶和懷念，慢慢的接著道：「那也許就是我一生中最快樂的一段日子，自由自在，無憂無慮，雖然很冒險，但卻是絕對值得的。」
小武道：「值得？」
高立微笑著，道：「你只要找到過一隻成形的野參，就可以舒舒服服的過一年。」
小武道：「你找到過？」
高立道：「就因爲我找到過，所以才險些死在那裡。」
小武道：「爲什麼？」
高立道：「野參本是無主的，誰第一個發現它，就是它的主人，就可在那裡留下你的標誌。」
小武道：「爲什麼要在那裡留下標誌？爲什麼不採走？」
高立道：「採參也和殺人一樣，要等待時機，因爲成形的野參有時已幾乎比人還有靈性，你若太急、太魯莽，它就會走的。」

小武道：「你說它會走？」

高立笑了笑，道：「這種事你聽起來也許會覺得太神秘，但卻是千真萬確的事。」

小武的確覺得很神秘，所以他在聽。

高立繼續道：「我找到了一隻成形的老山野參，留下了標誌，但等我再來時，才發現標誌已換了別人的。」

小武道：「你爲什麼要走？」

高立道：「去找幫手，在山上採參的人，也有很多幫派，我們去的一共有九個人。」

小武道：「對方呢？」

高立苦笑道：「他們既然敢做這種強橫無恥的事，人手當然比我們多，其中還有五個人，本就是遼東黑道上的高手，爲了避仇才入山的。」

小武道：「你那時武功當然不如現在。」

高立道：「所以我受了傷，而且傷得很重。」

小武道：「百里長青恰巧趕來救了你？」

高立道：「不錯。」

小武道：「他怎會來得這麼巧？」

高立道：「只因他本就一直在追蹤那五個黑道的高手。」

天下本就沒有僥倖湊巧的事。

無論什麼事，必定先有因，才有果。

小武沉默著，忽又笑了笑，道：「你發現對方有五人是黑道高手時，一定覺得很倒楣。」

高立點點頭。

小武道：「但若不是他們五人，百里長青也不會來救你了。」

高立又點點頭。

小武也不再說什麼，他相信他的意思高立必定已明白。

世上本就沒有真正幸運的事，也絕沒有真正的不幸。

幸與不幸之間的距離，本就很微妙。

所以你若遇見一件不幸的事，千萬不要埋怨，更不要氣餒。

就算你已被擊倒也無妨，因爲你只要還活著，就一定還有站起來的時候。

夜更靜。

又過了很久，高立才問道：「他當然沒有救過你。」

小武道：「沒有。」

高立道：「你爲什麼要救他？」

小武道：「他救你的時候，你豈非也沒有救過他。」

高立道：「我沒有。」

小武道：「你若覺得應該去做一件事，就一定要去做，根本不必問別人曾經爲你做過什麼。」

他目光凝視著遠方，慢慢的接著道：「湯野就算是我的救命恩人，今天我還是會殺他，百里長青就算是我的仇人，今天我也一樣會救他，因爲我覺得非這麼做不可。」

他臉上彷彿在發光，也不知是月光，還是他自己心裡發出來的光。

高立已感覺到這種光輝。

他忽然發現這少年並不是他想像中那種淺薄懶散的人。

小武又道：「中原的四大鏢局若真的能夠與長青聯併，江湖中因此而受益的人也不知有多少，我救他，爲的是這些人，這件事，並不是爲了自己。」

高立凝視著他，忍不住輕輕嘆息，道：「你懂的事好像不少。」

小武道：「也不太多。」

高立道：「你劍法好像也並不比百里長青差多少。」

小武道：「哦。」

高立道：「百里長青多年前已是名滿天下的七大劍客之一。」

小武道：「他排名好像第六。」

高立道：「你呢？」

小武笑了笑，答道：「我只不過是一個無名小卒。」

高立道：「但劍法並不是天生就會的。」

小武道：「當然不是。」

高立道：「是誰教你的劍法？」

小武道：「你在盤問我的來歷？」

高立道：「我的確對你這個人覺得很好奇。」

小武淡淡的說道：「我想不到你居然還有好奇心。」

他的確想不到。

這組織中的人，非但已全無好奇心，也已完全沒有感情。

他們幾乎每天相處在一起，但彼此間卻從未問過對方的來歷。他們也曾並肩作戰，出生入死，但彼此間卻從來不是朋友，因爲友情可以軟化人心，他們的心卻要硬，愈硬愈好。

高立道：「我對你好奇，也許只因爲我們現在已是朋友。」

小武道：「有朋友的人死得早。」

高立道：「沒有朋友的人，活著豈非也和死了差不多。」

小武又笑了，道：「像你這樣的人，你不該在組織裡的。」

高立道：「你覺得很奇怪？」

小武道：「很奇怪。」

高立也笑了笑，道：「我也正想問你，像你這樣的人，怎麼會加入這組織的？」

小武沉默著，似在沉思。

高立目中也帶著沉思的表情，忽又道：「我們住的地方並不好。」

小武點點頭。

他們住的屋子簡陋而冷清，除了一床一几外，幾乎再也沒有別的。

因爲任何一種物質上的享受，也都可能令人心軟化。

高立道：「但那地方至少是我們的，你無論在那裡做什麼，都沒有人干涉你。」

他嘴角露出一絲淒涼的笑意，接著又道：「那至少可以讓你感覺到，你總算還有一個地方可以回去睡覺。」

小武當然能了解他這種感覺。

只有像他們這種沒有根的浪子，才能了解到這種感覺是多麼淒涼酸楚。

高立道：「我們的日子也並不好過。」

小武又點點頭。

那本是種看不見陽光的日子，沒有歡笑，沒有溫暖，甚至沒有享受。

他們隨時隨刻都在等待中，等待下一個命令。

他們的精神永遠無法鬆弛。

小武記得他每次看見湯野的時候，湯野都在擦他的刀。

高立黯然道：「但那種日子至少很安定，那至少可以讓你感覺到，你每天都可以吃飽，每天都可以睡在不漏雨的床上。」

小武道：「你加入他們，難道只因爲你那時已無處可去？」

高立笑得更淒涼，緩緩道：「我現在還是一樣無處可去。」

小武道：「你殺人難道只爲了要找個可以棲身之地？」

高立搖搖頭。

他說不出，也許只因爲他自己也不忍說出來，他殺人只爲了要使自己有種安全的感覺，只爲了要保護自己，他殺人只因爲他覺得世上大多數的人都虧負了他。

小武忽然長長嘆了口氣，道：「幸好我總算還有個地方可去。」

高立道：「什麼地方？」

小武道：「有酒的地方。」

你若認爲酒只不過是種可以令人快樂的液體，你就錯了。你若問我，酒是什麼呢？

那麼我告訴你：酒是種殼子，就像是蝸牛背上的殼子，可以讓你逃避進去。

那麼，就算有別人要一腳踩下來，你也看不見了。

二

這地方不但有酒，還有女人。

酒是好酒，女人也相當漂亮，至少在燈光下看來相當漂亮。

「這地方你來過沒有？」

「沒有。」

「我也沒有。」

他們彼此問清楚了才進去，因爲只有在他們都沒有來過的地方才是比較安全的。

「既然我們都沒有來過，他們總不會很快找到這裡來。」

「但這些女人卻好像認得你。」

小武笑了，道：「她們認得的不是我，是我的銀子。」

他一走進來，就將一大錠銀子放到桌上。

女人們已去張羅酒菜，重添脂粉：「今天不醉的是烏龜。」

高立遲疑著，終於忍不住問道：「這裡的酒貴不貴？」

小武突然怔住。

他實在覺得很吃驚，這種話本不是高立這種人應該問出來的。

像他們這種流浪在天涯，隨時以生命作賭注的浪子，幾乎每個人都將錢財看得比糞土還輕。

「七月十五」的管理雖嚴，但殺人也並不是完全沒有代價的，而且代價通常都很高。

所以他們每次行動後，都可以盡情去發洩兩三天——花錢的本身就是種發洩。

這也是組織允許的。

但小武忽然想起，高立幾乎從沒有出去痛醉狂歡過一次。

難道他竟是個視錢如命的人？

高立當然已看出他在想什麼，忽然笑了笑，道：「這地方的酒若太貴，就只有讓你請我，你若不願請我，我也可以在旁邊看你一個人喝。」

小武道：「你沒有銀子？」

高立道：「我有。」

小武道：「既然有，爲什麼不花？」

高立道：「因爲我是個小氣鬼。」

小武忍不住笑了，道：「但你卻跟別的小氣鬼不同。」

高立道：「有什麼不同？」

小武笑道：「你至少肯承認自己小氣，就憑這一點，我就該請你。」

高立也笑了，道：「我跟別的小氣鬼還有點不同。」

小武道：「哦？」

高立道：「我還是個酒鬼。」

這世上小氣的酒鬼的確很少見，但高立卻的確是個酒鬼，他喝起酒來簡直就像是一匹馬。

「不花錢的酒，喝起來總是特別痛快的。」

「花錢的酒呢？」

「我很少喝。」

「我忽然發覺你這人很坦白。」

「除此之外，我別的好處並不多。」

小武大笑，高立也大笑，因爲兩個人這時都已有些醉了。

這是不是因爲他們的臉上雖在笑，但心裡卻笑不出來。

剛才本來有五六個女人在陪他們，現在卻已只剩下兩個。

最老最醜的兩個。

喝醉酒的男人，本就不太受女人歡迎的，何況她們已漸漸發現，這兩人中一個很小氣，另一個也並不太闊。

「冰冰呢？剛才有個叫冰冰的呢？」

「她出去了，有位老客人來找她。」

老客人的意思通常就是好客人，好客人的意思通常就是闊客人。

「還有個香娃呢？」

「也在陪客。」

「啪」的一拍桌子，桌上的酒壺也翻了。

「陪客？我們難道不是客人？」

「啵」的，酒杯也摔在地上，摔得粉碎。

忽然間，門口出現了三四個歪戴著帽子，半敞著衣襟的彪形大漢，瞪著他們。

他們一個穿著道士的藍袍，一個穿著苦力的破衣，當然不是好客人，也不是闊客人。

這種客人多一個不算多，少一個不算少。

大漢們冷笑：「兩位是來喝酒的？還是來打架的？」

小武看看高立，高立看看小武。

兩個突又大笑。

大笑聲中，「嘩啦啦」一陣響，桌子已翻了。

女人們驚呼著逃出去，大漢們怒喝著衝進來——當然很快就倒下。

他們雖然沒練過少林的百步神拳，但拳頭還是比這些歪戴帽子的仁兄硬得多。

兩個人指東打西，指南打北，打得這地方雞飛蛋破，一塌糊塗。

然後他們就落荒而逃。

其實後面根本就沒有人追他們，但他們卻還是逃得很快。

他們覺得跑起來也很過癮。

逃著逃著，忽然逃入了一條死巷，兩個人就停下來，開始笑，笑出了眼淚，笑得彎下了腰。

誰也說不出他們爲什麼如此好笑，連他們自己也說不出，也不知笑了多久，突然間就不笑了。

小武看看高立，高立看看小武。

兩個人忽然覺得想哭。

你們這些沒有根的浪子們，有誰能了解你們的情感，誰能知道你們的痛苦？

除了偶然在窯子裡痛醉一場，你們還有什麼別的發洩？

幸好你們想笑的時候還能笑，想哭的時候還能哭。

所以你們還活著。

三

夜已很深。

高立已躺了下去，就在死巷中的陰溝旁躺了下去。

天上繁星燦爛。

星光映在他眼睛裡，他眼睛好黑、好深。

小武倚著牆，看著他，臉上的表情也不知是同情？還是憐憫？

也不知是在憐憫別人？還是憐憫自己。

他忽然笑了笑，道：「我有個秘密告訴你，你想不想聽？」

高立道：「想。」

小武目光移向遠方，緩緩道：「現在我也沒地方可去了。」

他還在笑，但笑得就像是這冷巷中的夜色同樣淒涼。

也許不笑反而好些。

看見這種笑，高立只覺得彷彿有雙看不見的手，在用力擰絞著他的心、他的眼睛，想將他的眼淚和苦水一起擰出來。

無家可歸，無處可去。

對他說來，這也不是秘密。

他忽然也笑了笑，道：「你說的這秘密一點也不好聽。」

小武道：「你難道有比較好聽的秘密？」

高立笑道：「只有一個。」

他笑得也有些淒涼，卻又有些神秘。

小武立刻追問道：「你爲什麼不說？」

高立道：「我說出來怕你嚇一跳。」

小武道：「你放心，我膽子一向不小。」

高立道：「你真想聽？」

小武道：「真想。」

高立道：「好，我告訴你，我有個女人。」

小武好像真的吃了一驚，道：「你有個女人？什麼樣的女人？」

高立道：「當然是個好女人。」

好女人的意思，通常就是不要錢的女人。

小武忍不住笑道：「她長得怎麼樣？」

高立凝視著天上的繁星，目光忽然變得說不出的溫柔，就彷彿已經將天上的星光，當做她的眼睛。

小武看著他臉上的表情，又忍不住問道：「她是不是很美？」

高立終於點了點頭，柔聲道：「我保證你絕沒有看過像她那麼美的女人。」

小武故意搖了搖頭，道：「我不信。」

高立又笑了，道：「你當然不信，因為你想激我帶你去看她。」

小武也笑了，道：「原來你也很聰明。」

高立忽然跳起來，一把揪住他的衣襟，道：「可是我警告你，你對她只要有一點點無禮，我就跟你拚命。」

他們的精神突然振奮起來，因爲他們總算又找到一個地方可去。

一個奇妙的地方，一個奇妙的人。

四

清泉。

清泉在四面青山合抱中。

綠水從青山上倒掛下來，在這裡匯集成一個水晶般的水池。

天是藍的，雲是白的，蒼白的臉上卻似已泛出了紅光。

小武深深吸著木葉的芬芳，清水的清香，不知不覺間似已有些癡了。

高立看著他的臉，忽然道：「跳下去。」

小武笑了，道：「我還不想自殺，跳下去幹什麼？」

高立道：「洗洗你的衣裳，也洗洗你自己，我不想讓她嗅到你身上的酒臭和血腥。」

他自己先張開雙臂跳了下去。

小武看著他擱在池畔的銀槍，心裡嘆息，酒臭可以洗清，血腥卻是永遠也洗不掉的。

他忍不住道：「你爲何不洗洗這柄槍？」

高立道：「槍比人乾淨。」

小武道：「槍上沒有血腥？」

高立道：「沒有，是人在殺人，不是槍。」

他忽然一頭鑽入水底。

小武也慢慢的解下劍，擱在山石上，只覺得嘴裡又酸又苦。

是人在殺人，不是劍，也不是槍。

人爲什麼總是要殺人呢？

他也一頭跳入水裡。

魚的世界，也比人的世界乾淨。

泉水清澈冰冷。

高立抱著塊大石頭，坐在水底，小武也學他抱起塊石頭坐在水底。

他們雖然也知道在這裡無論誰都坐不長，但只要能逃避片刻，也是好的。

這裡實在很美、很靜。

看著各式各樣的魚蝦在自己面前悠閒的游過去，看著水草在砂石間嬝娜起舞，這種感覺絕不是未曾經歷此境的人，所能領略得到的。只可惜他們不能像魚一樣在水中呼吸。

兩個人對望了一眼，知道彼此都已支持不住了，正想一起鑽上去。

就在這時，他們看見水裡垂下了兩根釣絲。

釣鈎上沒有魚餌，但卻繫著一柄劍鞘，一捲紅纓。

小武劍上的鞘，高立槍上的紅纓。

這就是他們的餌。

難道他們要釣的魚，就是小武和高立？

兩個人的腳一蹬，已同時向後面竄出兩丈，小武指指自己的腳。

高立就游過來，托住他的腳，用力向上一托。

小武的人就旗花火箭般竄了出去。

水花四濺。

小武已經竄出水面一丈，長長呼吸，突然伸手抄住了一根橫出水面的樹枝，將整個人吊在樹枝上。

池畔竟沒有人。

兩根釣竿用石頭壓在池畔。

大石頭上還有塊小石頭，小石頭上壓著有一張紙。

本來在石頭上的槍和劍卻已赫然不見了！

小武的臉又變得蒼白如紙。

這時高立的頭已悄悄在岸邊伸出來，四下看了一眼，也不禁變色。

「沒有人？」

「沒有。」

紙上寫著什麼？

兩個又對望了一眼，一左一右，包抄過去。

四下靜靜的全無動靜，風中還是流動著木葉的芬芳，水的清香。

天地間還是如此美麗幽靜。

只有像他們這種隨時都在以生命冒險的人，才能感覺那種潛伏在安詳平靜中的殺機。

只有看不見的危險，才是真正的危險。

他們終於走到那塊石頭旁，小武將石塊彈出，高立拈起了那張紙。

紙也是濕的，上面的字跡也已模糊不清，彷彿寫的是：

「小心……」

他們只看出了這兩個字，山壁上就有塊巨石砲彈般向他們打下來，他們當然可以向旁邊閃避，但他們沒有。

多年來，他們已玩慣了多種危險的把戲，但這種把戲並不危險。只要是個反應比較快的人，就可以把這塊石塊閃避開。

「七月十五」當然不會真的認爲這種把戲就可以殺得了他們。

多年來出生入死的經驗，已使他們感覺到這把戲後面，必定還藏著更危險可怕的陰謀。

所以巨石打下來，他們非但沒有向兩旁閃避，反而迎了上去，在間不容髮的一刹那間，從迎面落下的巨石旁邊竄了上去，竄上了三丈。

他們的手立刻抓住了山壁上的籐枝。

然後他們就立刻聽到一聲天崩地裂般的大震。

「七月十五」想必已將從「霹靂堂」買來的那批火藥，全都綁在這塊巨石上。

他們若是向兩旁閃避，此刻縱然還沒有被炸成碎片，也得被爆炸出的碎石打得稀爛。

但他們現在還是完整的，這並不是僥倖，也不是運氣。

震聲中，他們非但沒有扭頭向下，甚至連身子都沒有停頓，抓住籐枝的手一用力，腳尖向山壁上一蹬，人又接著向上竄出。

山壁峭立，高十餘丈。

他們接連三個起落，已竄了上去，爆炸的聲音還在山谷中迴響，碎石也剛剛像雨點般落入池水裡。

山壁上是個平台般的斜坡，三個人正探著頭向下看，其中一個人正是丁幹。

他發現小武和高立忽然出現在山壁上時，臉上的表情，就好像忽然被人摑了一巴掌。

高立冷冷的看著他。

小武卻笑了笑，說道：「想不到你居然還沒有死。」

丁幹深深呼吸一次，神色也恢復冷靜，冷冷道：「想不到你們居然也沒有死。」

小武道：「就憑你們三個人，要殺我們只怕還不容易。」

丁幹鐵青著臉，不能不承認。

小武道：「但我們若要殺你呢？你看容易不容易？」

丁幹道：「你們爲什麼要殺我？」

小武道：「因爲你要殺我們。」

丁幹道：「你們自己知道，要殺你們的並不是我。」

小武點點頭，也不能不承認。

丁幹道：「殺人既然是我們的職業，我們就不能無緣無故殺人。」

小武道：「的確不能。」

他轉臉去看丁幹旁邊的兩個人。

這兩人臉色蠟黃，滿面病容，一雙手卻黝黑如鐵。

小武道：「想不到鷹爪隊下的殺手，居然也加入了七月十五。」

這人冷笑道：「閣下好眼力。」

小武道：「這一次想必是兩位第一次出手，當然不肯空手而回了。」
丁幹道：「他們本就不會空手而回的。」
他一雙手本來抱在胸前，現在還是沒有動。
但忽然間，兩柄彎刀已割入了這兩人的咽喉，割得很深。
沒有驚呼，也沒有掙扎，兩個人忽然像是兩塊木頭似的跌下山壁。
丁幹這才拍了拍手，淡淡道：「因為他們根本就回不去。」
高立看著他，臉上全無表情。
小武道：「他們一死，你就可以回去了。」
丁幹道：「殺了你們，我也可以回去，但殺他們比殺你們容易。」
小武道：「他們至少不會防備你。」
丁幹道：「所以我選對了。」
小武道：「他們卻選錯了。」
丁幹道：「哦。」
小武道：「他們本來不該跟你來的。」
丁幹道：「我還要活下去。」
小武道：「你能活得下去。」
丁幹道：「他們既已死了，就沒有人知道在這裡發生過什麼事。」
小武道：「所以你回去之後，隨便怎麼說都已沒關係。」

丁幹道：「不錯，我早已說過，絕不會無緣無故殺人的。」

小武道：「你怎知我們會放你走？」

丁幹道：「因爲你們殺了我，也沒好處。」

小武道：「哦？」

丁幹道：「我既已殺了他們兩個，當然我絕不會再洩露你們的行蹤，否則『七月十五』也一樣饒不了我。」

小武道：「不殺你又有什麼好處？」

丁幹道：「我可以替你們將這兩人毀屍滅跡，也可以回去說，你們根本沒走這條路。」

小武道：「你想得倒很周到。」

丁幹道：「幹這行我已幹了十年，若是想得不周到，怎麼還能活著？」

他死灰色的眼睛裡，竟似也露出一絲淒涼悲痛之色。

世上有很多人都在活著，但大多數人都不滿足，有些人想要更多的財富，有些人想要更多的權力。

可是在他們這些人說來，只要能活著，就已不容易。

小武嘆息了一聲，道：「只爲了要活著，你什麼事都肯做？」

丁幹驚惶的點了點頭，道：「是的，我什麼都肯做。」

小武道：「好，我放你走。」

丁幹一句話都不再說，掉頭就走。

小武笑笑道：「等一等。」

丁幹就等。

小武道：「你知不知道我爲什麼讓你走？」

丁幹搖搖頭。

小武道：「只因爲你現在已不是個活人，你已經早就死了。」

丁幹已走了，高立像石頭般站著，動也不動。

然後他突然彎下腰來嘔吐。

小武看著他，等他吐完了，才嘆了口氣，道：「你是不是怕自己以後也會變得跟他一樣？」

高立臉上還帶著痛苦之色，道：「也許我現在已經跟他一樣。」

小武道：「你不同。」

高立道：「但我若在這種情況下，說不定也會這麼樣做。」

他用力握緊雙拳，一字字道：「因爲我也要活下去，非活下去不可。」

小武道：「你怕死？」

高立道：「我不怕死，可是我要活著。」

小武道：「爲了你那個女人活著？」

高立突然轉過頭，去看天上的白雲。

小武看不見他的臉，但卻可以看見他的手在發抖。

過了很久之後，高立才長長嘆息了一聲，道：「我想不到他們居然會追到這裡來，而且這麼快就追來了。」

小武道：「你以前沒有到這裡來過？」

高立道：「我來過，雙雙就住在這附近。」

小武道：「雙雙？」

高立道：「雙雙就是我的女人。」

小武道：「你既已來過，這次就不該來的。」

高立道：「我非來不可。」

小武道：「他們說不定也已知道雙雙的家在什麼地方。」

高立道：「也許。」

小武道：「他們說不定已在那裡佈下了陷阱，正在等著你去。」

高立道：「也許。」

小武道：「可是你還是要去？」

高立道：「一定要去。」

小武道：「明知是陷阱也要跳下去？」

高立道：「更要跳下去。」

小武道：「爲什麼？」

高立道：「因爲我不能讓雙雙一個人留在陷阱裡。」

小武不說話了，已不能再說。

他忽然發覺這冷漠無情的劊子手，對雙雙竟有種令人完全想不到的感情。

她當然是個値得他這麼做的女人。

高立忽然轉過頭，凝視著他，道：「我去，你可以不必去。」

小武點點頭，道：「我的確可以不必去。」

高立拍了拍他的肩，也不再說什麼——也不能再說什麼。

可是他走的時候，小武卻在後面跟著。

他眼睛亮了，卻故意板著臉，道：「你不必去，爲什麼又要去？」

小武笑了笑，道：「我雖然不喜歡一個人往陷阱裡跳，但若有朋友陪著，隨便往哪裡跳那就都沒關係了。」

三 雙雙

一

又是黃昏。

遠山在夕陽中由翠綠變為青灰，泉水流到這裡，也漸漸慢了。

風的氣息卻更芬芳，因為鮮花就開在山坡上，五色繽紛的鮮花，靜悄悄的擁抱著一戶人家。

小橋、流水，這小小的人家就在流水前，山坡下。

院子裡也種著花。

一個白髮蒼蒼，身材魁偉高大的老人，正在院子裡劈柴。

他只有一隻手。

但是他這隻手卻十分靈敏、十分有力。

他用腳尖踢過木頭，一揮手，巨斧輕輕落下，「喀嚓」一響，木頭就分成兩半。

他的眸子就像是遠山一樣，是青灰色的，遙遠、冷淡。

也許只有經歷過無數年豐富生活的人，眼睛才會如此遙遠，如此冷淡。

小武和高立走了進來。

他們的腳步很輕，但老人還是立刻回頭。

他看見了高立。

但是他眸子裡還是全無表情，只是靜靜的站在那裡，直到高立走過去，他就慢慢的放下斧頭。

然後他突然跪下去，向高立跪下去，就像奴才看見了主人那麼樣跪下去。

但是他臉上還是全無表情，也沒有說一個字。

高立也沒有說一個字，只是拍了拍他的肩，兩個人就像是在扮演一齣無聲的啞劇，只可惜誰也不知道劇中的含意。

小武也只有木頭人般站在那裡，幸好就在這時，屋子裡傳出了聲音。

是溫柔而嫵媚的聲音，是少女的聲音。

雙雙。

她在屋子裡柔聲輕哼：「我知道一定是你回來，我知道。」

聲音裡充滿了一種無法描敘的歡喜和柔情。

高立聽到了這聲音，眼睛裡也立刻露出一種無法描敘的柔情和歡喜。

小武幾乎看得癡了。

他忽然發覺自己也說不出有多麼想看看這個女人。

「她當然是値得男人爲她做任何事的。」

老人又回過頭，開始劈柴，「喀嚓」一聲，一塊柴又被劈成兩半。
她並沒有出來。
小武已跟著高立走進了屋子。
他忽然發覺自己的心跳得好像比平時快。
「她究竟是個怎麼樣的女人？究竟有多美？」
客廳裡打掃得很乾淨，明窗淨几，一塵不染。
旁邊有扇小門，門上垂著竹簾。
她聲音又從門裡傳出來。
「你帶了客人回來？」
她居然能聽出他們的腳步聲。
高立的聲音也變得非常溫柔：「不是客人，是個好朋友。」
「那麼你爲什麼不請他進來？」
高立拍了拍小武的肩，微笑著道：「她要我們進去，我們就進去。」
小武道：「是，我們進去。」
這句話說得毫無意義，因爲他心裡正在想著別的事。
然後他就跟著高立走了進去。
然後他們所有的思想立刻全都停止，甚至連心跳都已停止。

他終於看見了雙雙——這第一眼的印象，他確信自己永生都難以忘記。

雙雙斜倚在床上，一雙手拉著薄薄的被單，比被單還白，白得似已接近透明。

她的手臂細而纖弱，就像是個孩子，甚至比孩子還要瘦小。

她的眼睛很大，但卻灰濛濛的全無光采。

她的臉更奇怪。

沒有人能形容出她的臉是什麼模樣，甚至沒有人能想像。

那並不是醜陋，也沒有殘缺，卻像是一個拙劣工匠所製造出的美人面具，一個做得扭曲變了形的美人面具。

這個可以令高立不惜爲她犧牲一切的美人，不但是個發育不全的畸形兒，而且還是個瞎子。

屋子裡擺滿了鮮花，堆滿了各式各樣製作精巧的木偶和玩具。

精巧的東西，當然都是昂貴的。

花剛摘下，鮮艷而芬芳，更襯得這屋子的主人可憐而又可笑。

但是她自己的臉上，卻完全沒有自憐自卑的神色，反而充滿了歡樂和自信。

這種表情竟正和一個真正的美人完全一樣，因爲她知道世上所有的男人都在偷偷的仰慕她。

小武完全怔住。

高立卻已張起雙臂，迎了上去，輕輕摟住了她，柔聲道：「我的美人，我的公主，你知不知道我想你已經想得快瘋了。」

這種話簡直說得肉麻已極，幾乎肉麻得令人要作嘔。

但雙雙臉上的光輝卻更明亮了，抬起小手，輕輕拍著他的臉。

看她對他的態度，就好像拿他當做個孩子。

高立也好像真的變成了個孩子，好像這世上再也沒有比挨她打更愉快的事。

雙雙吃吃笑道：「你這個小扯謊精，你若真想我，爲什麼不早點回來？」

高立故意嘆了口氣，道：「我當然也想早點回來，可惜我還想多賺點錢，回來給我的小公主買好東西吃，好東西玩呀。」

雙雙道：「真的？」

高立道：「當然是真的，你要不要我把心挖出來給你？」

雙雙又笑了，道：「我還以爲你被外面的野女人迷暈了頭哩。」

高立叫了起來，道：「我會在外面找野女人？世上還有哪個女人能比得上我的小公主。」

雙雙笑得更愉快，卻故意搖著頭，道：「我不信，外面一定還有比我更漂亮的女人。」

高立斷然道：「沒有，絕對沒有。」

他眨了眨眼，忽又接著道：「我本來聽說皇城裡也有個公主很美，但後來我自己一看，才知道她連你一半都比不上。」

雙雙靜靜的聽著，甜甜的笑著，忽然在他臉上親了親。

高立立刻就好像開心得要暈倒。

一個昂藏七尺的男子漢，一個畸形的小瞎子，兩個人居然在一起打情罵俏，肉麻當有趣。

這種情況非但可笑，簡直滑稽。

但小武心裡卻連一點可笑的意思都沒有，反而覺得心裡又酸又苦。

他只覺得想哭。

高立已從身上解下一條陳舊的皮褡褳，倒出了二三十錠金子，倒在床上。

他拉著雙雙的小手，輕撫著這些金子，臉上的表情又得意、又驕傲，道：「這都是我這幾個月賺的，又可以替我們的小公主買好多好東西了。」

雙雙道：「真是你賺來的？」

高立大聲道：「當然，為了你，我絕不會去偷、更不會去搶。」

雙雙的神色更溫柔，抬起手，輕撫著他的臉，柔聲道：「我有了你這麼樣一個男人，我真高興，我真為你而驕傲。」

高立凝視著她，蒼白、憔悴、冷漠的臉上，忽然也露出種說不出的歡愉幸福之色，在外面所受的委曲和打擊，現在早已全都忘得乾乾淨淨了。

小武從未看過他這種表情，也從未想到會在他臉上看見這種表情。

到了這裡，他就好像完全變成了另外一個人。

雙雙雖然看不見他臉上的表情，但顯然也已感覺得到。

所以她自己也是完全幸福而滿足的。

你能說他們不配麼？

小武忽然也覺得她很美了。

一個女人只要能使她的男人幸福歡愉，其他縱然有些缺陷，又能算得了什麼？

也不知過了多久，雙雙突然紅起臉一笑，道：「你不是說你帶了個朋友回來嗎？」

高立也笑了，道：「你看，我一看見你，立刻就暈了頭，連朋友都忘了。」

他拉過小武，道：「我來替你們引見，這是我朋友小武，這就是我的公主。」

雙雙抿著嘴笑道：「你在別人面前也這麼說，不怕別人笑話。」

高立道：「他怎麼會笑話我們，這小子現在一定嫉妒我嫉妒得要命。」

他看著小武，目中充滿了祈求之色。

小武嘆了口氣，道：「你總是在我面前說，你的小公主是世上第一的美人，現在我才知道你是個騙人精。」

高立臉色立刻變了，拚命擠眼睛，道：「我哪點騙了你？」

小武道：「世上哪有像她這樣的美人？她簡直是天上的仙子。」

高立笑了。

雙雙也笑了。

小武用拳頭輕打高立的肩，笑道：「老實說，我真羨慕你這混小子，你哪點配得上她。」

高立故意嘆了口氣，道：「老實說，我實在配不上她，只可惜她偏偏要喜歡我。」

雙雙吃吃笑道：「你們看這個人，臉皮怎麼愈來愈厚了。」

高立道：「我是跟這小子學的。」

三個人同時大笑，小武忽然也發覺，自己從來沒有這麼樣開心過。

雙雙睡得很早，吃完了飯，是高立扶她上床的，還替她蓋好了被。

她就像是個被寵壞了的孩子，樣樣事都需要別人照顧。

可是她卻能給人一種說不出的快樂。

現在星已升起。

高立和小武鋪了張草蓆在花叢間，靜靜的躺在星空下。

夜涼如水。

星空遙遠而輝煌。

小武忽然長長嘆息了一聲，道：「你說的不錯，她的確是個奇妙的女人。」

高立沒有說話。

小武道：「她的外貌也許並不美，可是她的心卻很美，也許比世上大多數美人都美麗得多。」

高立還是沒有說話。

小武道：「我本來一直在奇怪，像你這樣的人，爲什麼會是個小氣鬼，現在我才明白了。」

他嘆息著，接著道：「爲了她這樣的女人，你無論怎麼做都是値得的。」

高立忽然道：「也許我並不是爲了她。」

小武道：「你不是？」

高立也嘆了口氣，道：「我若說得光明堂皇些，當然可以說是爲了她，可是我自己心裡明白，我這麼樣爲的是自己。」

小武道：「哦！」

高立道：「因爲我只有在這裡的時候，心裡才會覺得平靜快樂，所以……」

他慢慢的接著道：「我每隔一段時候，都一定要回來一次，住幾天，否則我只怕早已倒了下去，早已發了瘋。」

——人也像機械一樣，每隔一段時候，都要回廠去保養保養，加加油的。

小武當然懂得這意思。

他沉默了很久，忽然又問道：「你怎麼遇見她的？」

高立道：「她是個孤兒。」

小武道：「她的父母呢？」

高立道：「已經死了，在她十三歲的時候，就已經死了。」

他面上露出痛苦之色，接著道：「他們只有她一個女兒，爲了怕她傷心，從小就說她是世上最美的女孩子，她……她自己當然也看不見自己。」

看不見自己並不重要，最重要的是，她也看不見別人。

就因爲她看不見別人，所以才不能將自己跟別人比較。

小武長長嘆息著，黯然道：「她生來是個瞎子，這本是她的不幸，但從這一點看，這反而是她的運氣了。」

幸與不幸之間的距離，豈不本來就很微妙。

高立道：「有一次我受了很重的傷，無意間來到這裡，那時她父母還沒有死，他們爲我療傷，日日夜夜的照顧我，從沒有盤問過我的來歷，也從沒有將我當做歹徒。」

小武道：「所以你以後就常常來？」

高立道：「那時開始我就已將這裡當做我自己的家，到了年節時，無論我在哪裡，總要想法子趕著回來的。」

小武道：「我了解你這種心情。」

他的臉上也露出了很奇怪的痛苦之色，這看來很開朗的少年，心裡也有很多不可與外人道的痛苦和秘密。

高立道：「後來……後來她的父母死了，臨終以前，將他們唯一的女兒交託給我，他們並不希望我娶她，只不過希望我能像妹妹般看待她。」

小武道：「可是你娶了她？」

高立道：「現在還沒有，但以後——以後我一定會娶她的。」

小武道：「爲了報恩？」

高立道：「不是。」

小武道：「你真的愛她？」

高立遲疑著，緩緩道：「我也不知道是不是真的喜歡她，我只知道……只知道她可以使我快樂，可以使我覺得自己還是個人。」

小武道：「那麼你爲什麼還不趕快娶她？」

高立又沉默很久，忽然笑了笑，道：「你想不想喝我們的喜酒？」

小武道：「當然想！」

高立坐了起來，眼睛裡忽然發出了光，道：「你肯不肯在這裡多留幾天？」

小武道：「反正我也已無處可去。」

高立用力拍了拍他的肩，道：「好，我一定請你喝喜酒。」

小武也跳了起來，用力拍他的肩，道：「我一定等著喝你的喜酒。」

高立道：「我明天就跟大象去準備。」

小武道：「大象？」

高立道：「大象就是剛才替我們燒飯的那個獨臂老人。」

小武道：「他——他又是個怎麼樣的人呢？」

高立笑得很神秘，道：「你看呢？」
小武道：「我看他一定是個怪人，而且一定有段很不平凡的歷史。」
高立道：「你看過他用斧頭沒有？」
小武道：「看過。」
高立道：「你覺得他手上的功夫如何？」
小武道：「好像並不在你我之下。」
高立道：「你眼光果然不錯。」
小武道：「他究竟是誰？怎麼會到這裡來的？為什麼對你特別尊敬？」
高立又笑了笑，道：「這些事你以後也許會慢慢知道的。」
小武道：「你現在為什麼不告訴我？」
高立道：「因爲我答應他，絕不將他的事告訴任何人。」
小武道：「可是我……」
這句話沒有說完，他身子突然騰空而起，箭一般向山坡的一叢月季花裡竄了過去。
他的身法輕巧而優美，而且非常特殊。
花叢中彷彿有人低聲道：「好輕功，果然不愧爲名門之子。」
小武的臉色變了變，低叱問道：「閣下是什麼人？」
喝聲中，他已竄入花叢，正是剛才那人聲發出來的地方。
他沒有看見任何人。

花叢裡根本連個人影都沒有！

星月在天，夜色深沉。

高立也趕了過來，皺眉道：「是不是七月十五的人又追到這裡來了？」

小武道：「只怕不是。」

高立道：「你怎麼知道不是？」

小武沒有回答。

他臉上的表情很奇怪，彷彿有些驚訝，又彷彿有些恐懼。

既然他算準不是那組織中的人追來，又爲什麼要恐懼？

高立雖然想不通，也沒有再問。

他知道小武若是不願說出一件事，無論誰也問不出的。

小武沉默了很久，忽又問道：「大象呢？」

高立道：「只怕已睡了。」

小武道：「睡在哪裡？」

高立道：「你想找他？」

小武勉強笑了笑，道：「我……我能不能去找他聊聊？」

高立也笑了笑，道：「你難道看不出他是個很不喜歡聊天的人？」

小武目光閃動著，目中的神色更奇特，緩緩道：「也許他喜歡跟我聊天呢。」

高立凝視著他，過了很久，終於點點頭，道：「也許這世上奇怪的事本就多得很。」

二

大象並沒有睡。

他開門的時候，腳上還穿著鞋子，眼睛裡也絲毫沒有睡意。

沒有睡意，也沒有表情。

他無論看著什麼人，都好像在看著一塊木頭。

高立笑了笑，道：「你還沒有睡？」

大象道：「睡著的人不會開門。」

他說話很慢，很生硬，彷彿已很久沒有說過話，已不習慣說話。

高立卻顯得很驚訝，彷彿也已有很久沒有聽到過他說話。

屋子裡很簡陋，除了生活上必需之物外，什麼別的東西都沒有。

他過的簡直是種苦行僧的生活。

小武只覺得這裡恰巧和雙雙的屋裡成了極鮮明的對比，就像是兩個完全不同的世界。

這魁偉、健壯、堅強、冷酷的獨臂老人，也和雙雙是完全不同的兩個人。

若沒有非常特別的原因，這麼樣兩個人是絕不會生活在一起的。

大象已經拉開張用木板釘成的凳子，說道：「坐。」

屋裡一共只有這麼樣一張凳子，所以小武和高立都沒有坐。

小武站在門口，眼睛直勾勾的看著這老人，忽然道：「你以前見過我？」
大象搖搖頭。
小武道：「可是你認得我。」
大象又搖搖頭。
高立看著他，又看看小武，笑道：「他既未見過你，怎麼會認得你？」
小武道：「因爲他認得我的輕功身法。」
高立道：「你的輕功身法難道和別人有什麼不同？」
小武道：「有。」
高立道：「我怎麼看不出？」
小武道：「因爲你年紀太輕。」
高立道：「你難道已經很老了？」
小武笑了笑，只笑了笑。
高立又問道：「就算你輕功身法和別人不同，他也沒看過。」
小武道：「他看過。」
高立道：「幾時看過的？」
小武道：「剛才。」
高立道：「剛才？」
小武又笑了笑，什麼話都沒有說，眼睛卻在看著大象腳上的鞋子。

鞋子上的泥還沒有乾透。

最近的天氣一直很好，只有花畦中的泥是濕的，因爲每天黃昏後，大象都去澆花。

但若是黃昏時踩到的泥，現在就應該早已乾透了。

高立並不是反應遲鈍的人，立刻明白剛才躲在月季花叢中的人就是他。

「是你？」

大象並沒有否認。

高立道：「你真的認得他？」

大象也沒有否認。

高立道：「他是誰？你怎麼認得他的。」

大象沒有直接回答這句話，卻轉過頭，冷冷的看著小武，道：「你爲什麼還不回去？」

小武臉色彷彿又變了變，道：「回去？回到哪裡去？」

大象道：「回你的家。」

小武並沒有問：「你怎麼知道我家在哪裡？」他反而問：「我爲什麼要回去？」

大象道：「因爲你非回去不可。」

小武又問了一句：「爲什麼？」

大象道：「因爲你的父親只有你這麼樣一個兒子。」

小武身子突然僵硬，就像是突然被一根釘子釘在地上。

他眼睛盯著這老人，過了很久，才一字字道：「你不是大象。」

高立悠然說道：「他當然不是大象，他是一個人。」

小武不理他，還是盯著這老人，道：「你是邯鄲金開甲。」

老人面上還是全無表情。

高立卻已忍不住失聲道：「金開甲？『大雷神』金開甲？」

小武道：「不錯！」

他淡淡的笑了笑，接著道：「你剛才不肯告訴我他的來歷，只因爲你根本也不知道他是誰。」

高立嘆了口氣，苦笑道：「我的確不知道他就是大雷神。」

小武道：「除了金老前輩外，普天之下，還有誰能將斧頭運用得那麼巧妙？」

金開甲突然冷冷的說道：「只可惜你年紀也太輕了，還沒有見過二十年前的『風雷神斧』是個什麼樣子。」

小武道：「可是我聽說過。」

金開甲道：「你當然聽說過，有耳朵的人都聽說過。」

他臉上雖然還是全無表情，言詞間卻已顯露出一種懾人的霸氣。

小武淡淡道：「但是我卻沒有想到過，叱吒風雲，不可一世的大雷神，竟會躲在這裡替人家劈柴。」

這句話裡彷彿有刺。

金開甲臉上突然起了種奇異的變化，也像是突然被根釘子釘住。

過了很久，他才一字字緩緩道：「那當然要多謝你們家的人。」

這句話裡彷彿有刺。

小武道：「你只怕也從來沒有想到，居然會在這裡看見我。」

金開甲道：「的確沒有。」

小武冷笑道：「就在十年前，大雷神還號稱天下武功第一，今天見了我，爲什麼不殺了我？」

金開甲道：「我不殺你。」

小武道：「爲什麼？」

金開甲道：「因爲你是我救命恩人的朋友。」

小武道：「誰是你的救命恩人？」

高立突然道：「我。」

小武很驚奇，道：「你？你救了大雷神？」

高立苦笑道：「我並沒有想到我救的是天下第一武林高手。」

金開甲冷冷道：「那時我已不是天下第一武林高手，否則又怎麼被那幾個豎子所欺。」

他冷漠的眼睛裡突又露出一絲憤怒之色，過了很久，才接著道：「自從泰山一役，傷在你父親手裡之後，我就已不再是天下武林第一高手。」

小武道：「他破了你的『重樓飛血』？」

金開甲道：「沒有，沒有人能夠破得了重樓飛血。」

小武道：「他雖然斷了你一隻手，但你還剩下一隻右手。」

金開甲冷笑道：「你畢竟年紀太輕，竟不知大雷神用的是左手斧。」

小武怔住。

過了很久，他突又問道：「你在這裡天天劈柴，爲的就是要練右手斧？」

金開甲道：「你不笨。」

小武道：「你已練了多久？」

金開甲道：「五年。」

小武道：「現在你右手是否已能和左手同樣靈巧？」

金開甲閉上嘴，拒絕回答。

沒人會將自己武功的虛實，告訴自己仇家的。

高立嘆了口氣，道：「難怪你冬天劈柴，夏天也劈柴，現在我總算明白了！」

他轉向小武，笑了笑，道：「現在我總算也知道你是誰。」

小武道：「哦！」

高立道：「你不是姓武，你是姓秋，叫做秋鳳梧。」

小武也笑了笑，道：「想不到你居然知道我名字。」

高立道：「昔年『孔雀山莊』秋老莊主，在泰山絕頂決鬥天下第一高手大雷神，這一戰連沒有耳朵的人只怕都聽說過。」
秋鳳梧也不禁嘆息，道：「那一戰當真可算是驚天地而泣鬼神。」
高立微笑道：「所以孔雀山莊莊主的名字，我當然也聽說過。」
秋鳳梧凝視著他，道：「秋鳳梧也好，小武也好，反正都是你的朋友。」
高立道：「當然是。」
秋鳳梧道：「而且永遠都是。」他忽然轉向金開甲，道：「但我們並不是朋友，現在不是，以後也不是。」
金開甲道：「當然不是。」
秋鳳梧道：「所以你若要找孔雀山莊復仇，隨時都可以向我出手。」
金開甲冷冷的道：「我為什麼要找孔雀山莊復仇？」
秋鳳梧道：「你不想報復？」
金開甲道：「不想。」
秋鳳梧道：「為什麼？」
金開甲道：「那一戰本是公平決鬥，生死俱無怨言，何況我不過斷了一隻手。」
他忽然長嘆了一聲，慢慢的接著道：「秋老頭本可要我命的，但他卻只要了我一隻手，我若一定要報復，是報恩，不是報仇。」
秋鳳梧看著他，彷彿很驚訝，又彷彿很佩服，終於長嘆了一聲，道：「難怪家父常說，大雷神是條了不起的男子漢，勝就是勝，敗就是敗，就憑這一點，江湖中已沒有幾個人能比得上。」

金開甲冷冷的道：「的確沒有幾個人能夠比得上。」

秋鳳梧道：「家父雖然勝了前輩，但大雷神卻還是天下第一高手。」

金開甲道：「不是。」

秋鳳梧道：「是，因爲家父並不是以武功勝了前輩，而是用暗器。」

金開甲沉下了臉，厲聲道：「暗器難道不是武功？——你難道看不起暗器？」

秋鳳梧道：「我……」

金開甲道：「刀劍是武器，暗器也是武器，我用風雷斧，他用孔雀翎，他能避開我的風雷斧，我避不開他的孔雀翎，就是他勝了，無論誰也不能說他勝得不公平，你更不能。」

秋鳳梧垂下頭，臉上卻反而現出神采，道：「是，是我錯了。」

金開甲道：「你知道錯了，就該快回去。」

秋鳳梧道：「我現在還不能回去。」

金開甲道：「爲什麼？」

秋鳳梧笑了笑道：「因爲我還等著要喝高立的喜酒。」

酒在桌上。

每個人在心情激動之後，好像都喜歡找杯酒喝喝。

秋鳳梧舉杯嘆道：「英雄畢竟是英雄，好像永遠都不會老的，我實在想不到大雷神直到今日還有那種頂天立地的豪氣。」

高立嘆道：「但這些年來，他日子的確過得太苦，我幾乎從未看見他笑過。」

秋鳳梧笑道：「但他想到你要請我們喝喜酒時，他卻笑了。」

高立道：「所以這喜酒我更非請不可。」

秋鳳梧道：「我也非喝不可。」

高立笑道：「世上可有幾個人能請到大雷神和孔雀山莊的少莊主來喝他的喜酒。」

秋鳳梧舉杯一飲而盡，突然重重放下酒杯，道：「我不是孔雀山莊的少莊主。」

高立愕然道：「你不是？」

秋鳳梧道：「我不是，因爲我不配。」

他又滿傾一杯，長嘆道：「我只配做殺人組織中的劊子手。」

高立嘆了口氣，道：「我實在也想不通，你怎麼會入『七月十五』的？」

秋鳳梧凝視著手裡的酒杯，緩緩道：「因爲我看不起孔雀翎，看不起以暗器博來的名聲，我不願一輩子活在孔雀翎的陰影裡，就像是個躲在母親裙下的小孩子，沒出息的小孩子。」

高立道：「所以你想要憑你自己的本事，博你自己的名聲。」

秋鳳梧點點頭，苦笑道：「因爲我發現江湖中尊敬孔雀山莊，並不是尊敬我們的人，而是尊敬我們的暗器，若沒有孔雀翎，我們秋家的人好像就不值一文。」

高立道：「沒有人這麼想。」

秋鳳梧道：「但我卻不能不這麼樣想，我加入『七月十五』，本是爲了要徹底瓦解這組織，我一直在等機會。」

他又嘆息一聲，道：「但我後來才發現，縱然能瓦解『七月十五』也沒有用。」

高立道：「爲什麼？」

秋鳳梧道：「因爲『七月十五』這組織本身，也只不過是個傀儡而已，幕後顯然還有股神秘而強大的力量在支持它、指揮它。」

高立慢慢的點了點頭，臉色也變得很沉重，道：「你猜不出是誰在指揮它？」

秋鳳梧目光閃動，道：「你已猜出了？」

高立道：「至少已猜中七成。」

秋鳳梧道：「是誰？」

高立遲疑著，終於慢慢的說出了三個字：「青龍會。」

秋鳳梧立刻用力拍桌子，道：「不錯，我猜也一定是青龍會。」

高立道：「一年有三百六十五天。」

秋鳳梧道：「從正月初一到除夕，恰巧是三百六十五天。」

秋鳳梧道：「七月十五只不過是他們其中一個分舵而已。」

兩人突然不說話了，臉色卻更沉重。

「七月十五」組織之嚴密，手段之毒辣，力量之可怕，他們當然清楚得很。

但「七月十五」卻只不過是青龍會三百六十五處分舵之一。

青龍會組織之強大可怕，也就可想而知。

秋鳳梧終於長嘆道：「據說青龍老大曾經向人誇口，只要陽光能照得到的地方，就有青龍會的力量存在。」

高立道：「他還說只要海未枯，石未爛，青龍會也不會毀滅。」

秋鳳梧握緊雙拳，道：「只可惜我們連青龍老大是誰都不知道。」

高立道：「沒有人知道？」

三

雙雙起來得很早。

是高立扶她起床的，現在他們已到後面的山坡上摘花去了。

他們當然有很多話要說。昨天晚上，他們說話的機會並不多。

秋鳳梧站在院子裡，享受著這深山清晨中新鮮的風和陽光。

他本來很想去幫忙金開甲做早飯的，但卻被趕了出來。

「出去，當我做事的時候，不喜歡有人在旁邊看。」

看著這位叱吒一時的絕代高手拿著鍋鏟炒蛋，實在也並不是件愉快的事，那實在令人心裡很不舒服。

但金開甲自己卻絲毫沒有這種感覺。

「我做這些事，只因爲我喜歡做，做事可以使我的手靈巧。」

「武功本就是入世的，只要你肯用心，無論做什麼事的時候，都一樣可以鍛鍊你的武功。」

現在秋鳳梧反覆咀嚼著這幾句話，就好像在嚼著枚橄欖，回味無窮。

他現在才明白金開甲爲什麼能成爲天下武林第一高手。

早飯已經擺在桌上，他們正在等高立和雙雙回來。

金開甲又開始劈柴。

秋鳳梧靜靜的在旁邊看著，只覺他劈柴的動作說不出的純熟優美。

武學的精義是什麼？

只有四個字——專心、苦練。

其實這四個字也同樣適於世上的每一件事。

無論你做什麼，若要想出人頭地，就只有專心、苦練。

「你可知道誰是自古以來，使用斧頭的第一高手？」

「不知道。」

「魯班。」

「他只不過是個巧手的工匠而已。」

「可是他每天都在用斧頭，對於斧的性能和特質，沒有人能比他知道的更多，斧已成爲他身體的一部分，他用斧就好像運用手指一樣靈活。」

這豈非也正是武學的精義。

秋鳳梧長長嘆息，只覺得金開甲說的這些話，甚至比一部武功秘笈還有價值。

這些話也絕不是那些終日坐在廟堂上的宗主大師們，所能說得出的。

陽光遍地，遠山青翠。

一個滿頭白髮的老太婆，左手拄著根枴杖，右手提著個青布包袱，沿著小溪踽踽獨行，腰彎得就像是個蝦米。

秋鳳梧道：「這附近還有別的人家？」

金開甲道：「最近的也在三五里外。」

秋鳳梧不再問了，老太婆卻已經走到院子外，喘息著，陪著笑臉，道：「兩位大爺要不要買幾個雞蛋？」

秋鳳梧道：「雞蛋新鮮不新鮮？」

老太婆笑道：「當然新鮮，不信大爺你摸摸，還是熱的哩。」

她走進來，蹲在地上，解開青布包袱。

包袱裡的雞蛋果然又大又圓。

老太婆拾起了一枚，道：「新鮮的蛋生吃最滋補，用開水沖著吃也……」

她的話還沒有說完，突聽「颼」的一聲，一根弩箭已穿入了老太婆的背。

老太婆的臉驟然扭曲，抬起來，似乎想將手裡的蛋擲出，但人已倒了下去。

接著，就有條黑衣人影從山坳後竄出，三五個起落，已掠入院子，什麼話都不說，一把抄起了老太婆的雞蛋，遠遠擲出，落入小溪。

只聽「轟」的一聲，溪水四濺。

黑衣人這才長長吐出口氣，道：「好險。」

秋鳳梧臉色已變了，似已連話都說不出。

黑衣人轉過臉向他勉強一笑，道：「閣下已看出這老太婆是什麼人了嗎？」

秋鳳梧搖搖頭。

黑衣人壓低聲音，道：「她就是『七月十五』派來行刺的。」

秋鳳梧變色道：「七月十五？閣下你……」

黑衣人道：「我……」

他一個字剛說出，身子突也一陣扭曲，臉已變形，嘴角也流出鮮血。血一流出來，就變成黑的。

金開甲臉色也變了，拋下斧頭趕來。

黑衣人已倒下，兩隻手捧著肚子，掙扎著道：「快……快，我身上的木瓶中有解藥……」

金開甲正想過去拿，秋鳳梧卻一把拉住了他。

黑衣人的神情更痛苦，哽聲道：「求求你……快，快……再遲就來不及了。」

秋鳳梧冷冷的看著他，冷冷道：「解藥在你身上，你自己爲何不拿？」

金開甲怒道：「你難道看不出他已不能動了，我們怎能見死不救？」

秋鳳梧冷笑道：「他死不了的。」

黑衣人的臉又一陣扭曲，突然箭一般從地上竄起，揚手打出了七點烏星。

那老太婆竟也從地上跳了起來，一揮手，擲出了兩枚雞蛋。

秋鳳梧沒有閃避，反而迎了上去，兩枚蛋忽然已到了他手裡，滑入他衣袖。

老太婆凌空翻身，倒竄而出，忽然發現秋鳳梧已到了她面前。

她雙拳齊出，雙鋒貫耳。

但秋鳳梧的手掌卻已自她雙拳中穿過，她的拳頭還未到，秋鳳梧的手掌已拍在她胸膛上。

輕輕一拍。

老太婆的人就像是被這隻手掌黏住，雙臂剛剛垂下，人也不能動了。

然後她就聽到一陣骨頭斷裂的聲音。

金開甲用一條手臂挾住了那黑衣人，挾緊，放鬆，黑衣人忽然間就像是一堆泥般倒了下去，斷裂的肋骨斜斜刺出，穿破了衣裳。

鮮血慢慢的在地上散開，慢慢的滲入地中。

金開甲凝視著，目光帶著種深思之色，就彷彿這一生從未見人流血一樣。

老太婆不停的顫抖。

也不知是因為秋鳳梧這種奇特的掌力，還是因為那骨頭碎裂的聲音，她忽然恐懼得像是個剛從噩夢中驚醒的孩子。

秋鳳梧一把揪住她蒼蒼白髮，用力拉下來，帶著她的臉皮一起拉了下來，就露出了另一張臉。

一張瘦小、蠟黃、畏怯，但卻十分年輕的臉。

秋鳳梧冷冷的看著他，道：「你是新來的？」

這人點點頭。

秋鳳梧道：「你知道我是誰？」

這人舔了舔發乾的嘴唇，道：「我……我聽說過。」

秋鳳梧道：「那麼你就該知道，我至少有三十種法子可以讓你後悔為什麼要生下來。」

這人勉強點了點頭，臉上已無人色。

秋鳳梧道：「所以你最好還是說實話。」

這人道：「我說……我說。」

秋鳳梧道：「你們來了幾個人？」

這人道：「六個。」

秋鳳梧道：「都是些什麼人？」

這人道：「我不知道，真的不知道。」

秋鳳梧道：「他們的人在哪裡？」

這人道：「就在山那邊，等著我們……」

他的話還沒有說完，突然又聽見一陣骨頭碎裂的聲音。

他自己骨頭碎裂的聲音。

秋鳳梧已轉過身，沒有再看一眼。

他殺人從不再多看一眼。

金開甲卻還在凝視著地上的鮮血，突然道：「我已有六年未曾殺過人。」

秋鳳梧道：「六年的確已不算短。」

金開甲道：「我十三歲時開始殺人，直到今天，我才知道殺人是件令人作嘔的事。」

秋鳳梧嘆了口氣，道：「只不過那還是比被殺好些。」

金開甲霍然抬起頭，盯著他，道：「你怎知他們是來殺你的？」

秋鳳梧苦笑道：「只因爲我以前也做過跟他們一樣的事。」

金開甲還想再問，已聽到雙雙的聲音：「你以前做過什麼事？」

雙雙倚著高立的肩，站在陽光下。

高立的臉色蒼白而緊張，但雙雙臉上卻帶著比陽光還燦爛的笑容。

秋鳳梧從未想到她看來也會變得如此美麗。

世上又還有什麼比歡愉和自信更能使一個女人變得美麗呢？

秋鳳梧正不知怎麼回答她的話，雙雙卻又在問：「我剛才好像聽見你們在說殺人？」

秋鳳梧終於勉強笑了笑，道：「我們剛才在說故事。」

雙雙嫣然問道：「什麼故事？我最喜歡聽故事了。」

秋鳳梧道：「但這故事卻不好聽。」

雙雙道：「爲什麼？」

秋鳳梧道：「因爲這故事中，有人在殺人。」

雙雙臉上似也有了陣陰影，凄然道：「爲什麼有些人總是要殺人呢？」

秋鳳梧緩緩道：「這也許只因爲他們若不殺人，別人就要殺他們。」

雙雙慢慢的點了點頭，神色更凄涼，忽又皺眉道：「這裡怎麼有血腥氣？」

金開甲道：「我剛才殺了一隻雞。」

住在山林中的人，家家都有養雞。

最愚蠢的人，也不會長途跋涉，拿雞蛋到這種地方來賣的。

無論中了什麼樣的毒，從嘴角流出來的血也不可能立刻變成黑的，更不可能在毒發倒地時，還能將每個字都說得很清楚。

這並不是因爲「七月十五」殺人的計劃有欠周密。

這只因定計的人，從未到過這裡偏僻的山林，只因來的這兩個人，還是第一次參加殺人行動。

而他們遇著的，偏偏是經驗豐富的老手。

何況這次行動到現在還沒有完全失敗。

後面還有四個人。

真正可怕的是這四個人。

四

飯總要吃的，秋鳳梧反而吃得特別多。

這一頓吃過後，下一頓就不知道要等到什麼時候才能吃了。

他希望高立也多吃些。

但高立卻一直在看著雙雙，目中充滿了憂慮之色。

他顯然有很多話要問秋鳳梧，卻又不能在雙雙面前問出來。

飯桌上只有雙雙是愉快的。

知道得愈少，煩惱憂慮就愈少，所以有時無知反而是幸福的。

雙雙忽然道：「今天你們怎麼不喝酒？」

秋鳳梧勉強笑道：「只有真正的酒鬼，白天才喝酒。」

雙雙道：「你們還不是真正的酒鬼？」

秋鳳梧道：「幸好還不是。」

雙雙垂下頭，忽又輕輕道：「若是喜酒呢？」
秋鳳梧心裡好像突然被刺了一針。
喜酒，他們豈非本在等著喝高立的喜酒？
他抬起頭，就發現高立的手在顫抖，一張臉已蒼白如紙。
沒有喜酒了。
什麼都沒有了。
只有血！也許是別人的血，也許是自已的血，流不盡的血。
你手上只有沾著一點血腥，這一生就永遠要在血腥中打滾。
秋鳳梧正在喝湯，只覺得這湯也又酸又腥，就好像血一樣。
雙雙的臉上，卻已泛起了紅暈，幸福而羞澀的紅暈。
她垂著頭，輕輕道：「剛才……剛才他已跟我說了，他說你們也都已知道。」
秋鳳梧茫然道：「我們都已知道。」
雙雙紅著臉，嫣然道：「我以為你們一定會恭喜我們的。」
秋鳳梧道：「恭喜恭喜。」
他只覺得嘴裡滿是苦水，吞也吞不下去，吐也吐不出。
他知道高立心裡一定比他更苦。
雙雙道：「既然有事値得恭喜，你們為什麼不喝杯酒呢？」
高立忽然站起來，道：「誰說我們不喝酒，我去拿酒去。」

雙雙嫣然道：「今天我也想喝一點，我從來沒有這麼開心過。」

高立道：「我也從來沒有這麼開心過。」

他雖已站起來，但身子卻似已僵硬。

院子裡的屍身還沒有埋葬，正在陽光下逐漸乾癟萎縮。

追殺他們的人已經在路上，隨時隨刻都可能出現。

她平靜幸福的生活，眼見就要毀滅，連生命都可能毀滅，可是她這一生從來沒有這麼開心過。

高立只覺得面頰冰冷，眼淚已沿著面頰，慢慢的流了下來……

秋鳳梧實在不忍再看高立面上的表情，也不忍再看雙雙。

他生怕看了之後，自己也會哭。

金開甲一直扒著飯，一口一口嚥下去，忽然放下筷子站起來道：「我出去一趟。」

秋鳳梧道：「到哪裡去?」其實他根本不必問的。

他當然知道金開甲是要去爲他們擋住那些人。

金開甲道：「我出去走走。」

秋鳳梧道：「我們一起去。」

雙雙道：「你們要出去?酒還沒有喝哩。」

秋鳳梧勉強笑道：「酒可以等我們回來再喝，我們去找些新鮮的竹筍來燒雞。」

高立忽然笑了笑，淡淡道：「你們不必去了，竹筍已在院子裡。」

他的聲音很平靜，平靜得出奇，平靜得可怕。

秋鳳梧回過頭，一顆心也立刻沉了下去。

四個人已慢慢的走入了院子。

五

陽光燦爛，百花齊放。

多麼好的天氣。

第一個人慢慢的走進來，四面看了一眼，喃喃道：「好地方，真是好地方。」

這人的臉很長，就像馬的臉，臉上長滿了一粒粒豌豆般的疙瘩，眼睛裡佈滿血絲。

有些人天生就帶著種兇像，他就是這種人。

院子裡有個樹樁。

他慢慢的坐下來，「鏘」的，拔出了一柄沉重的鬼頭刀。

他就用這把刀開始修他的指甲。

三十七斤重的鬼頭刀，在他手裡輕得就像是柳葉一樣。

高立認得他，他叫毛戰。

「七月十五」這組織中，殺人最多的就是他。

他每次殺人時都已接近瘋狂，一看到血，就完全瘋狂。

若不是因為他已到滇境去殺人，上次刺殺百里長青的行動，一定也有他。

第二個慢慢的走進來，也四面看了一眼，道：「好地方，能死在這地方真不錯。」

這人的臉是慘青色的，看不見肉，鼻如鷹鈎，眼睛也好像專吃死屍的兀鷹一樣。

他手裡提著柄喪門劍，劍光也像他的臉一樣，閃著慘青色的光。

他看來並沒有毛戰兇惡，但卻更陰沉——陰沉有時比兇惡更可怕。

院子裡有棵榕樹。

他一走進來，就在樹蔭下躺了下去，因為他一向最憎惡陽光。

高立不認得他，卻認得他的劍。

「陰魂劍」麻鋒。

「七月十五」早已在吸收這個人，而且花了不少代價，他當然是值得的。

他從不輕易殺人，甚至很少出手。

可是他要殺的人，都已進了棺材。

他殺人時從不願有人在旁邊看著，因為有時連他自己都覺得他用的法子太殘酷。

「你若要殺一個人，就得要他變做鬼之後，都不敢找你報復。」

第三個人高大得已有些臃腫，但腳步很輕，比貓還輕。

高立當然也認得他，這人竟是丁幹。

他慢慢的走了進來，四面看了一眼，悠然道：「好地方，真是個好地方，能在這地方等死，福氣真不錯。」

他也坐下來，用手裡彎刀修鬍子。

他跟毛戰本是死黨，一舉一動都在有意無意間模仿著毛戰。

若說他這人還有個朋友，就是毛戰。

第四個看來很斯文，很和氣，白白淨淨的臉，鬍子修飾得乾淨而整齊。

他背負著雙手，施施然走了進來，不但臉上帶著微笑，眼睛也是笑瞇瞇的，他沒有說話，身上也沒有兵器，他看來就像是個特地來拜訪朋友的秀才。

但高立和秋鳳梧看見這個人，卻忽然覺得有陣寒意自足底升起，好像這人遠比毛戰、麻鋒、丁幹加起來還要可怕很多。

因爲他們認得他，他就是「七月十五」這組織的首領，「幽冥才子」西門玉。

高立在這組織已逾三年，但卻從未見過西門玉親自出手。

據說他殺人很慢，非常慢，據說他有一次殺一個人竟殺了兩天，據說兩天後這人斷氣時，誰也認不出他曾經是個人了。

但這些當然只不過是傳說，相信的人並不多。

因爲他實在太斯文、太秀氣，而且文質彬彬，溫柔有禮。

像這麼樣一個斯文人，怎麼會殺人呢？

現在他還笑瞇瞇的站在院子裡等，既不著急，也沒有發脾氣，好像就算要他再等三天三夜也沒關係。

但高立和秋鳳梧卻知道現在他們已到了非出去不可的時候。

他們對望了一眼。

秋鳳梧悄悄的從牆上摘下了他的劍。

高立慢慢的從牆角抄起他的槍。

雙雙忽然道：「外面又有人來了，是不是你請來喝喜酒的朋友？」

高立咬了咬牙，道：「他們不是朋友。」

雙雙道：「不是朋友，是什麼人？」

高立道：「是強盜。」

雙雙臉色變了，彷彿立刻就要暈倒。

高立心裡又是一陣酸楚，柔聲道：「我叫大象扶你回房去歇一歇，我很快就會將強盜趕跑的。」

雙雙道：「真的很快？」

高立道：「真的。」

他勉強忍耐著，不讓淚流下。

他希望這是自己最後一次騙她。

也許這真的是最後一次了。

六

毛戰還在修指甲，丁幹還在修鬍子，麻鋒躺在樹蔭下，更連頭都沒有抬起。

在他們眼中，「小武」和高立已只不過是兩個死人。

但西門玉卻迎了上去，笑容溫柔而親切，微笑著道：「你們這兩天辛苦了？」

秋鳳梧居然也笑了笑，道：「還好。」

西門玉道：「昨天睡得好不好？」

秋鳳梧道：「我們倒還睡得著，吃得飽。」

西門玉又笑了，道：「能吃能睡就是福氣。上次我給你們的銀子，你們花光了嗎？」

秋鳳梧道：「還有一點。」

西門玉笑道：「當然還有，我早就聽說百里長青是個很大方的人。」

秋鳳梧道：「不錯，他給了我們每個人五萬兩，想不到救人比殺人賺的錢還多。」

西門玉點點頭，道：「這倒提醒了我，我以後只怕也要改行了。」

秋鳳梧道：「現在呢。」

西門玉微笑著說道：「現在我還想免費殺幾個人。」

秋鳳梧嘆了口氣，道：「我本該也免費殺個人的，只可惜他的皮太厚了，我也懶得費力氣。」

西門玉道：「你是說丁幹？」

秋鳳梧道：「我只奇怪皮這麼厚的人，鬍子是怎麼長出來的。」

西門玉道：「他的確厚顏、無恥，而且還殺了兩個伙伴，你猜我要怎麼樣對付他？」

秋鳳梧道：「猜不出。」

西門玉道：「我準備賞給他五百兩銀子，因爲他總算活著回去將你們的行蹤告訴了我。」

他笑了笑，悠然道：「你看，我賞罰是不是一向公平得很？」

秋鳳梧道：「的確公平得很。」

西門玉忽然又嘆了口氣，說道：「我知道你現在陪我聊天，不過是在等機會殺我，我始終認爲你是最懂得怎麼樣殺人的一個人，所以我實在替你可惜。」

秋鳳梧道：「你還知道什麼？」

西門玉道：「我也知道你們一定會在這裡等著我的。」

秋鳳梧道：「爲什麼？」

西門玉道：「因爲帶著個女人走路，總是不太方便，這女人偏偏又是丟不下的。」

他忽然向高立笑了笑，道：「你說對不對？」

高立冷冷道：「對極了。」

西門玉微笑道：「久聞嫂夫人是位天仙般的美人，你爲什麼不請出來讓我們見見？」

高立道：「她只見人，不見你們這種……」

他身子突然僵硬，聲音立刻嘶啞。

因爲他已聽到了雙雙的腳步聲。

雙雙已掙扎著，走了出來，正在不停的喘息。

每個人的眼睛都突然睜大了，就像是突然看見一個有三條腿的人。

毛戰突然大笑，道：「你們看見了沒有，這就是高立的女人。」

丁幹大笑道：「這是個女人麼?這簡直是個妖怪，不折不扣的妖怪。」

毛戰道：「如果誰要我娶這種妖怪，我情願去做和尙，情願一頭撞死。」

高立的臉已因痛苦而扭曲變形。

他不敢再回頭去看雙雙。

他突然像一條負傷的野獸般衝了出去——

他寧可死，寧可死一千次、一萬次，也不願讓雙雙受到這種打擊。

四 命運

一

刀法、劍法的名家，常常會認爲用雙刀雙劍是件很愚蠢，甚至很可笑的事。

在槍法的名家眼中看來，雙槍簡直就不能算是一種槍。

因爲武功也正如世上很多別的事一樣，多，並不一定就是好。

一個手上長著七根指頭的人，並不見得能比只有五根指頭的人更精於點穴。

真正精於點穴的人，只要用一根手指就已足夠了。

可是用雙刀雙劍的人，也有他們的道理。

「人明明有兩隻手，爲什麼只用一件武器？」

無論哪種道理比較正確，現在卻絕不會有人認爲高立是可笑的。

他的雙槍就像是毒龍的角，飛鷹的翼。

他從西門玉面前衝了過去，他的槍已飛出，這一槍飛出，就表示血戰已開始。

但秋鳳梧還是沒有動，因爲西門玉也沒有動，甚至連看都沒有去看高立一眼。

他眼睛一直在盯著秋鳳梧的手，握劍的手。

秋鳳梧已可感覺到自己的手上沁著冷汗。

西門玉忽然笑了笑，道：「我若是你，現在就已將這柄劍放下來。」

秋鳳梧道：「哦！」

西門玉道：「因爲你若放了這柄劍，也許還有活下去的機會。」

秋鳳梧道：「有多少機會？」

西門玉道：「並不多，但至少總比完全沒有機會好些。」

秋鳳梧道：「高立已完全沒有機會。」

西門玉道：「他槍法不錯，在用槍的高手中，他幾乎已可算是最好的一個。」

秋鳳梧道：「你說得很公平。」

西門玉道：「我看過他的槍法，也看過他殺人，世上絕沒有人能比我更了解他的武功。」

秋鳳梧道：「我知道你一定很注意他。」

西門玉道：「我也很了解毛戰和丁幹。」

秋鳳梧道：「你認爲他們已足夠對付高立？」

西門玉道：「至少已差不多。」

秋鳳梧道：「我呢？」

西門玉道：「我當然也很了解你。」

秋鳳梧道：「你和麻鋒已足夠對付我。」

西門玉微笑道：「已嫌多了。」

秋鳳梧道：「你算準了才來的？」

西門玉道：「要知己知彼，才能百戰百勝，若沒有十拿九穩的把握，我怎麼會來。」

秋鳳梧突然長長吐出口氣，就好像一個漂流在大海上，已經快要淹死的人，突然發現了陸地一樣。

「十拿九穩的西門玉畢竟還是算錯了一次。」

他沒有將金開甲算進去。

他當然做夢也不會想到，昔年威鎮天下的大雷神也在這裡。

「無論是多與少的錯誤，都可能會是致命的錯誤。」

他這次犯的錯誤可真是大得要命。

秋鳳梧慢慢的點了點頭，道：「你的確算得很準，你們四個人的確已是足夠對付我們兩個。」

現在他雖然沒有看見金開甲，但他卻知道金開甲一定會在最適當的時候出現的。

他幾乎忍不住要笑出來。

雙槍飛舞，閃動的銀光，映在他臉上，他看來從未如此輕鬆過。

西門玉盯著他的臉，忽又笑了笑，道：「我知道這裡還有一個人。」

秋鳳梧道：「你知道？」

西門玉淡淡的道：「所以我們來的人也不止四個。」

秋鳳梧嘆了口氣，道：「我雖然沒有看見，但總算早已想到了。」

西門玉道：「哦！」

飛舞的刀和槍就在他的身後，距離他還不及兩尺。

刀槍相擊，不時發出驚心動魄的聲音，凜冽的刀風，已使他的髮髻散亂。

但是他臉上卻連一根肌肉都沒有顫動。

秋鳳梧也不能不佩服，他也從未見到過如此鎮靜的人。

他也笑了笑，道：「還有別的人呢？是不是在後面準備放火？」

西門玉道：「是。」

秋鳳梧道：「先放火隔斷我的退路，再繞到前面來和你前後夾擊。」

西門玉道：「你好像也很了解我。」

秋鳳梧道：「我學得快。」

西門玉嘆道：「你本來的確可以做我的好幫手的。」

他目光忽然從秋鳳梧的身上移開，移到雙雙身上。

雙雙還站在門口，站在陽光下。

她纖細瘦弱的手扶著門，彷彿隨時都可能倒下去。

可是她沒有倒下去。

她身子似已完全僵硬，臉上也帶著種無法形容的表情。

她雖然沒有倒下去，但她整個人卻似已完全崩潰。

你永遠無法想像那是種多麼令人悲痛的姿勢和表情。

秋鳳梧不忍回頭去看她，忽又笑了笑，道：「火起了麼？」

西門玉道：「還沒有。」

秋鳳梧道：「爲什麼還沒有？」

西門玉道：「你在替我著急？」

秋鳳梧道：「我只怕他們不會放火。」

西門玉道：「誰都會放火。」

秋鳳梧道：「只有一種人不會。」

西門玉道：「死人。」

秋鳳梧笑了。

就在這時，西門玉已從他身旁衝過去，衝向雙雙，一直躺在樹蔭下的麻鋒，也突然掠起，慘碧色的劍光一閃，急刺秋鳳梧的脖子。

但也就在這時，屋背後突然飛過來兩條人影，「砰」的，跌在地上。

西門玉沒有看這兩個人，因爲他早已算準他們已經是死人——他已看出自己算錯了一著。

現在他的目標是雙雙。

他也看得出高立對雙雙的感情。

只要能將雙雙挾持，這一戰縱不能勝，至少也能全身而退。

雙雙沒有動，沒有閃避。

但她身後卻已出現了一個人。

一個天神般的巨人。

金開甲就這樣隨隨便便的站在門口，彷彿完全沒有絲毫戒備。

但無論誰都可以看得出，要擊倒他絕不是件容易事。

他臉上也沒什麼表情，一雙死灰色的眸子，冷冷的看著西門玉，他並沒有出手攔阻，

但西門玉的身法卻突然停頓，就像是突然撞到一面看不見的石牆上。

這既無表情，也沒有戒備的獨臂人，身上竟似帶著種說不出的殺氣。

西門玉眼角的肌肉似已抽緊，盯著他，一字字道：「足下尊姓？」

金開甲道：「金！」

西門玉道：「金？黃金的金？」

他忽然發現這獨臂人手裡的鐵斧，他整個人似也已僵硬。

「大雷神！」

金開甲道：「你想不到？」

西門玉嘆了口氣，苦笑道：「我算錯了，我本不該來的。」

金開甲道：「你已來了。」

西門玉道：「現在我還能不能走？」

金開甲道：「不能。」

西門玉道：「我可以留一隻手。」

金開甲道：「一隻手不夠。」

西門玉道：「你還要什麼？」

金開甲道：「要你的命。」

西門玉道：「沒有交易？」

金開甲道：「沒有。」

西門玉長長嘆出口氣，道：「好。」

他突然出手，他的目標還是雙雙。

因爲他知道金開甲一定要保護雙雙的。

保護別人，總比保護自己困難，也許雙雙才是金開甲唯一的弱點，唯一的空門。

金開甲沒有保護雙雙。

他知道最好的防禦，就是攻擊，他的手一揮，鐵斧劈下。

這一斧簡單、單純、沒有變化，沒有後著——這一斧已用不著任何變化後著。

鐵斧直劈，本是武功中最簡單的一種招式。

但這一招卻是經過了千百次變化之後，再變回來的。

這一斧已返璞歸真，已接近完全。

沒有人能形容這一斧那種奇異微妙的威力，也沒有人能了解。

甚至連西門玉自己都不能。

他看見鐵斧劈下時，已可感覺到冰冷銳利的斧頭砍在自己身上。

他聽見鐵斧風聲時，同時也已聽見了自己骨頭斷裂的聲音。

他幾乎不能相信這是真的。

死，怎麼會是這麼樣一件虛幻的事？既沒有痛苦，也沒有恐懼。

他還沒有認真想到死這件事的時候，突然間，死亡已將他生命攫取。

然後就是一陣永無止境的黑暗。

雙雙還是沒有動，但淚珠已慢慢的從臉上流了下來……

突然間，又是一陣慘呼。

秋鳳梧正覺麻鋒是個很可怕的對手時，麻鋒就犯了個致命的錯誤。

他揮劍太高，下腹露出了空門。

秋鳳梧連想都沒有去想，劍鋒已刺穿了他的肚子。

麻鋒的人在劍上一跳，就像是釣鉤上的魚。

他身子跌下時，鮮血才流出，恰巧就落在他自己身上。

他死得也很快。

毛戰似已完全瘋狂。

因爲他已嗅到了血腥氣，他瘋狂得就像是一隻嗅到血腥的飢餓野獸。
這種瘋狂本已接近死亡。
他已看不見別的人，只看見高立手裡飛舞著的劍。
丁幹已在一步步向後退，突然轉身，又怔住。
秋鳳梧正等在那裡，冷冷的看著他，冷冷道：「你又想走？」
丁幹舔了舔發乾的嘴唇，道：「我說過，我還想活下去。」
秋鳳梧道：「你也說過，爲了活下去，你什麼事都肯做。」
丁幹道：「我說過。」
秋鳳梧道：「現在你可以爲我做一件事。」
丁幹目中又露出盼望之色，立刻問道：「什麼事？」
秋鳳梧道：「毛戰是不是你的好朋友？」
丁幹道：「我沒有朋友。」
秋鳳梧道：「好，你殺了他，我就不殺你。」
丁幹什麼話都沒有說，他的手已揚起。
三柄彎刀閃電般飛出，三柄彎刀全都釘入了毛戰的左胸。
毛戰狂吼一聲，霍然回頭。
他已看不見高立，看不見那飛舞的銀槍。
銀槍已頓住。

他盯著丁幹，一步步往前走，胸膛上的鮮血不停的往下流。

丁幹面上已經全無血色，一步步往後退，嗄聲道：「你不能怪我，我就算陪你死，也沒什麼好處。」

毛戰咬著牙，嘴角也已有鮮血沁出。

丁幹突然冷笑，道：「但你也莫要以爲我怕你，現在我要殺你只不過是舉手之勞。」

他的手又揚起。

然後他臉色突然慘變，因爲他發現自己雙臂都已被人握住。

毛戰還是在一步步的往前走。

丁幹卻已無法再動，無法再退。

秋鳳梧的手就像是兩道鐵箍，緊緊的握住了他的臂。

丁幹面無人色，顫聲道：「放過我，你答應過我，放我走的。」

秋鳳梧淡淡道：「我絕不殺你。」

丁幹道：「可是他……」

秋鳳梧淡淡道：「他若要殺你，和我又有什麼關係。」

丁幹突然放聲慘呼，就像是一隻落入陷阱的野獸。

然後他連呼吸聲也停頓了。

毛戰已到了他面前，慢慢的拔出了一柄彎刀，慢慢的刺入了他胸膛——

三柄彎刀全都刺入他胸膛後，他還在慘呼，慘呼著倒了下去。

毛戰看著他倒了下去，突然轉身，向秋鳳梧深深一揖。

他什麼話都沒有說。

他用自己手裡的刀，割斷了自己的咽喉。

沒有人動，沒有聲音。

鮮血慢慢的滲入陽光普照的大地，死人的屍體似已開始乾癟。

雙雙終於倒了下去。

秋鳳梧看著她，就像是在看著一朵鮮花漸漸枯萎……

二

陽光普照大地。

金開甲揮起鐵斧，重重的砍了下去，彷彿想將心裡的悲憤，發洩在大地裡。

大地無語。

它不但能孕育生命，也同樣能接受死亡。

鮮花在地上開放時，說不定也正是屍體在地下腐爛的時候。

墳已挖好。

金開甲提起西門玉的屍體，拋了下去。

一個人的快樂和希望是不是也同樣如此容易埋葬呢？

他只知道雙雙的快樂和希望已被埋葬了，現在他只有眼見著它在地下腐爛。

你奪去一個人的生命，有時反而比奪去他的希望仁慈些。

他實在不敢想像，一個已完全沒有希望的人，怎麼還能活得下去，他自己還活著，就因爲他雖然沒有快樂，卻還有希望，雙雙呢？他從未流淚，絕不流淚。

但只要一想起雙雙那本來充滿了歡愉和自信的臉，他心裡就像是有針在刺著。

現在他只希望那兩個年輕人能安慰她，能讓她活下去，他自己已老了。

安慰女人，是年輕人的事，老人已只能爲死人挖掘墳墓。

他走過去，彎腰提起了麻鋒的屍體。

麻鋒的屍體竟突然復活。

麻鋒並沒有死。

腹部並不是人的要害，大多數的腹部被刺穿，卻還可以活下去。

認爲腹部是要害的人，只不過是種錯覺。

麻鋒就利用了這種錯覺，故意挨了秋鳳梧的一劍。

金開甲剛提起了他，他的劍已刺入了金開甲的腰，直沒至劍柄。

三

劍還在金開甲身上，麻鋒卻已逃了。

他把握住最好的機會逃了。

因為他知道高立和秋鳳梧一定會先想法子救人，再去追他的。

所以他並沒有要金開甲立刻死。

高立和秋鳳梧趕出來時，金開甲已倒了下去。

現在他仰躺在地上，不停的喘息著，嗄聲問道：「雙雙呢？」

現在他關心的還是別人。

高立勉強忍耐著心裡的悲痛，道：「她身子太弱，還沒有醒。」

金開甲道：「你應該讓她多睡些時候，等她醒來時，就說我已走了。」

他劇烈的咳嗽著，又道：「你千萬不要告訴她我已經死了，千萬不要……」

高立道：「你還沒有死，你絕不會死的。」

金開甲勉強笑了笑，說道：「死又不是什麼了不起的事，你們何必作出這種樣子來，讓我看了實在難受。」

秋鳳梧也勉強笑了笑，想說幾句開心些的話，卻又偏偏說不出來。

金開甲道：「現在這地方你們已絕不能再留下去，愈快走愈好。」

秋鳳梧道：「是。」

金開甲道：「高立一定要帶著雙雙走。」

秋鳳梧道：「你放心好了，他絕不會拋下雙雙的。」

金開甲道：「我也希望你答應我一件事。」

秋鳳梧道：「什麼事？」

金開甲道：「回去，我要你回去。」

秋鳳梧咬了咬牙，道：「爲什麼要我回去？」

金開甲喘息道：「你回去了，他們就絕不會再找到你，因爲誰也想不到你會是孔雀山莊的少主人。」

秋鳳梧道：「可是……」

金開甲道：「他們找不到你，也就找不到高立，所以爲了高立，你也該回去。」

秋鳳梧沉默了半晌，忽然道：「我可以帶他們一起回去。」

金開甲道：「不可以。」

秋鳳梧道：「爲什麼？」

金開甲道：「孔雀山莊的人很多，嘴也多，看到你帶著這麼樣兩個人回去，消息遲早一定會走漏出來的。」

秋鳳梧道：「我不信他們真敢找上孔雀山莊去。」

金開甲道：「我知道你不怕麻煩，但我也知道高立的脾氣。」

他又咳嗽了好一陣子，才接著道：「他一向是個不願爲朋友惹麻煩的人，你若真是他的朋友，就應該讓他帶著雙雙，平平靜靜的去過他們的下半輩子。」

秋鳳梧道：「可是他……」

金開甲道：「他若真的到了孔雀山莊，你們一定全都會後悔。」

秋鳳梧道：「爲什麼？」

金開甲道：「你不必問我爲什麼，你一定要相信我……」

他掙扎著，連喘息都似已無法喘息。

過了很久，才一字字道：「你若不肯答應我，我死也不會瞑目的。」

秋鳳梧握緊雙拳，道：「好，我答應你，但你也要答應我一件事。」

金開甲勉強點了點頭。

秋鳳梧道：「你不能死，絕不能死，只有你活著，我們才能對付青龍會。」

他咬著牙，接著道：「只有等到青龍會瓦解的那一天，我們大家才能過好日子。」

金開甲道：「你們會有好日子過，但卻用不著我。」

他又勉強笑了笑，接著道：「你最好記住，要打倒青龍會，絕不是任何人能做到的事，就連孔雀翎的主人都不行。」

秋鳳梧道：「你……」

金開甲道：「我更不行，要打倒青龍會，只有記住四個字。」

秋鳳梧道：「哪四個字？」

金開甲道：「同心合力。」

「同心合力！」

這四個字就是這縱橫一世的武林巨人，最後留下的教訓。

他自己獨來獨往，縱橫天下，但他到了臨死時，所留下的卻是這四個字。

因為這時他才真正了解，世上絕沒有任何一種力量，能比得上「同心合力」的。

現在他已說出了他要說的話。

他知道他的死已有價值。

要活得有價值固然困難，要死得有價值更不容易。

四

黃昏。

夕陽從窗外照進來，照在屋角。

兩隻老鼠從屋角鑽出來，大搖大擺，因為牠們以為屋裡已沒有人。

屋裡有人，有三個人。

高立和秋鳳梧筆直的站在床前，看著猶在沉睡的雙雙。

老鼠從他們腳下竄過，又竄回。

他們沒有動，也沒有坐下，他們彷彿在懲罰自己。

所有的不幸，豈非全都是他們兩個人造成的？

看著泥土覆蓋到金開甲身上時，他們並沒有流淚，因為他們已記住金開甲的話。

「死，並不是件了不起的事。」

的確不是。

因爲有些人雖然死了，但他的精神卻還是永遠活著的。活在人心裡。

所以死，並不痛苦，痛苦的是一定要活下去的人。

現在他們看著雙雙，眼淚反而忍不住要流下來。

雙雙已醒了。

她一醒過來，就立刻呼喚高立的名字。

高立立刻拉住了她的手，柔聲道：「我在這裡，我一直都在這裡。」

雙雙道：「我知道——我知道你絕不會留下我一個人走的。」

高立道：「我……我還要你明白一件事。」

雙雙道：「我已經明白了。」

她臉上忽然又露出鮮花般的微笑，接著道：「我知道你要告訴我，我是天下最美的女人，那些人說的話，全是故意氣我的。」

高立道：「他們根本不能算是人，說的也完全不是人話。」

雙雙道：「我明白。」

她抬起手，輕撫著高立的臉，她自己臉上充滿了溫柔與憐惜，輕輕接著道：「我也知道你怕我傷心，其實我早已知道我是個什麼樣的人了，根本就用不著他們來告訴我。」

高立的心突然抽緊，勉強笑道：「但他們說的話，沒有一個字是真的。」

雙雙柔聲道：「你以爲我真的還是個孩子？你以爲我連別人說的話是真是假都分不出？」

高立只覺得自己的心在往下沉，幾乎已沉到足底。

雙雙道：「可是你也用不著怕我傷心，更用不著爲我傷心，因爲很多年以前，我已經知道我是個又醜又怪的小瞎子。」

她的聲音還是很平靜，臉上也絲毫沒有悲傷自憐的神色，她輕輕的接著說下去：「開始的時候，我當然也很難受，很傷心，但後來我也想開了，每個人都有他自己的命運，所以每個人也都應該接受他自己的命運，好好的活下去。」

她輕撫著高立的臉，聲音更溫柔。

「我雖然長得比別人醜些，可是我並不怨天尤人，因爲我還是比很多人幸運，我不但有仁慈的父母，而且還有你。」

秋鳳梧在旁邊聽著，喉頭也似已哽咽。

他看著雙雙的時候，目中已不再有憐憫同情之色，反而充滿了欽佩和尊敬。

他實在想不到，在這麼樣一個纖弱畸形的軀殼裡，竟會有這麼樣一顆堅強偉大的心。

高立悽然道：「你既然早已知道，爲什麼不說出來？」

雙雙道：「我是爲了你。」

高立道：「爲我？」

雙雙道：「我知道你對我好，我希望你在我這裡，能得到快樂，但我若說了出來，你就會爲我傷心難受了。」

她輕輕嘆息了一聲，道：「你這麼對我，我怎麼能讓你難受呢？」

高立看著她，淚已流下。

他忽然發現他自己才是他們之間比較懦弱，比較自私的一個人，他照顧她，保護她，也許只不過是爲了自己快樂，爲了要使自己有個贖罪的機會，爲了要使自己的心靈平靜，他一直希望能在她的笑容中，清除自己手上的血腥，他一直都在迴避，逃避別人，逃避自己，逃避那種負罪的感覺，只有在她這兒，他才能獲得片刻休息。

雙雙柔聲道：「所以我希望你不要爲我傷心，因爲我自己從來就沒有爲自己傷心過，只要我們在一起時真的很快樂，無論我長得是什麼樣子都沒關係。」

這些話本該是他說的，她自己反而說了出來。

他忽然發覺這些年來，都是她在照顧著他，保護著他，若沒有她，他也許早已發瘋，早已崩潰。

雙雙繼續道：「現在你是不是已明白了我的意思？」

高立沒有再說什麼。

他跪了下去，誠心誠意的跪了下去。

秋鳳梧看著他們，熱淚也已忍不住奪眶而出。

他忽然也發現了一件事。

上天永遠是公平的。

它雖然沒有給雙雙一個美麗的軀殼，卻給了她一顆美麗的心。

新墳。

事實上，根本沒有墳。

泥土已拍緊，而且還從遠處移來一片長草，鋪在上面。

現在誰也看不出這塊土地下曾經埋葬過一位絕代奇俠的屍體。

這是高立和秋鳳梧共同的意思，他們不願再有任何人來打擾他地下的英魂。

也沒有墓碑，墓碑在他們心裡：「他不是神，是人，一個偉大的人，一個偉大的朋友。」

他那一身驚天動地的武功，也許會被人忘懷，但是他爲他們所做的那些事，卻一定永遠留在他們心裡。

黃昏時他們又帶著酒到這裡來，整整一大罈酒。

他們輪流喝著這罈酒，然後就將剩下來的，全都灑在這塊土地上。

高立和雙雙並肩跪了下去：「這是我們的喜酒。」

「我知道你一直想喝我們的喜酒。」

「我一定會帶著她走，好好照顧她，無論到哪裡，都絕不再離開她。」

「我一定會要他好好的活著。」

他們知道他一定希望他們好好活著，世上已沒有任何事能比這件事更能表示出他們對死者的誠意和尊敬。

然後雙雙就悄悄的退到一旁，讓這兩個同生死、共患難的朋友互道珍重。

暮色更濃，歸鴉在風林中哀鳴，似乎也在悲傷著人間的離別。

秋鳳梧看著高立。

高立看著秋鳳梧，世上又有什麼樣的言詞，能敘述出離別的情緒？

也不知過了多久，秋鳳梧終於勉強笑了笑，道：「你知不知道你是個多麼有福氣的人？」

高立也勉強笑了笑，道：「我知道。」

秋鳳梧道：「現在你已用不著我來陪你。」

高立道：「你要回去了？」

秋鳳梧道：「我答應過，我一定要回去。」

高立道：「我明白。」

秋鳳梧道：「你們呢？」

高立道：「我也答應過，我們一定會好好的活下去。」

秋鳳梧道：「你們準備去哪裡？」

高立道：「天下這麼大，我們總有地方可以去的。」

秋鳳梧慢慢的點了點頭，道：「但無論你們在哪裡，以後一定要去找我。」

高立道：「一定。」
秋鳳梧道：「帶著她一起來。」
高立道：「當然。」
秋鳳梧忽然伸出手，緊緊握住了高立的手，道：「我還要你答應我一件事。」
高立道：「你說。」
秋鳳梧道：「以後無論你們有了什麼困難，你一定要去找我。」

夜色已臨。
秋鳳梧孤獨瘦削的人影，已消失在夜色裡。
高立輕輕擁住了雙雙，只覺得心裡又是幸福，又是酸楚。
雙雙柔聲道：「你真是個有福氣的人。」
高立點點頭。
雙雙道：「很少有人能交到他這樣的朋友。」
高立俯下頭，輕吻她的髮梢，柔聲道：「很少有人能娶到你這樣的妻子。」
他的確很幸福，他有個好朋友，也有個好妻子。
無論對什麼樣的人說來，這都已足夠。
但也不知爲了什麼，他心裡竟充滿了悲傷和恐懼，一種對未來的悲傷和恐懼。
因爲他實在沒有把握，是不是真能好好的活下去。

雙雙抬起頭，忽又道：「你是不是在害怕？」

高立勉強笑道：「我害怕？怕什麼？」

雙雙道：「怕我們沒法子好好的活下去，怕那些人再來找你，怕我們沒有謀生之道。」

高立沉默。

他一向很了解，生活是副多麼沉重的擔子。

雙雙道：「其實你不該害怕的，一個人只要有決心，總有法子能活下去。」

高立道：「可是……」

雙雙打斷了他的話，道：「我不怕吃苦，只要能跟你在一起，就算吃些苦，也是快樂的。」

高立道：「可是我要好好照顧你，我要你過好日子。」

雙雙道：「過什麼樣的日子，才能算是好日子呢？」

高立沒有回答。

他不知道應該怎麼樣回答。

雙雙道：「能吃得好，穿得好，並不能算是個好日子，最重要的是，要看你心裡是不是快樂，只要能心裡快樂，別的事我全不在乎。」

她溫柔的臉上，帶著一種無法描述的勇氣和決心。

高立慢慢的挺起了胸，拉起了她的手。

了。

他心裡忽然也充滿了決心和勇氣，他知道現在世上已絕沒有任何事，能令他悲傷畏懼

因他已不再孤獨。

不再孤獨——只有曾經真正孤獨過的人，才知道這是種多麼奇妙的感覺。

五

他們並沒有到深山中去，也沒有到邊荒外去，他們找了安靜和平的村莊住下來，鎮上的人善良而淳樸。

一個辛勤的佃戶，和一個病弱的妻子，在這裡是絕不會引起別人閒話的。

他們日出而作，日落而息，他們過的日子平靜而甜蜜。

只可惜這並不是我們這故事的結束。

高立回來了。

帶著一身泥土和疲勞回來了。

雙雙已用她纖弱柔和的手，爲他炒好了兩樣菜，溫熱了一壺酒，這屋裡的每樣東西她都已熟悉，她漸漸已可用她的手代替眼睛。

現在她已遠比以前健康得多。

甜蜜快樂的生活，無論對什麼樣的病人說來，都無疑是一帖良藥。

高立看著桌上的酒菜，笑得就像是個孩子：「今天晚上居然有酒。」

雙雙甜甜的笑著，道：「這幾天你實在太累，我應該好好的犒賞犒賞你。」

高立坐下來，先喝了口酒，才笑道：「我只希望今年交過租後，能多剩下幾擔穀子，去替你換些好玩的東西來。」

雙雙就像是被寵壞了的孩子，坐到他膝上，眨著眼道：「我只想要一樣東西。」

高立道：「你要什麼？」

雙雙道：「你。」

她用她纖弱的小手，捏住了他的鼻子。

他張大嘴，假裝喘不過氣來。

她吃吃的笑著，將一杯酒倒下去，他拿起筷子，挾了塊排骨，要塞進她的嘴。

突然，他的筷子掉了下來。

他的手已冰冷。

筷子挾的不是排骨，是條蜈蚣，七寸長的死蜈蚣。

雙雙道：「什麼事？」

高立臉色也變了，還是勉強笑道：「沒什麼，只不過菜裡有條蜈蚣，一定是剛從頂上掉下來的，看樣子今天晚上這糖醋排骨我吃不到嘴了。」

雙雙沉默了很久，終於也勉強笑了笑，道：「幸好廚房裡還有蛋，我們煎蛋吃。」

她一站起來，高立也立刻站起來，道：「我陪你去。」

雙雙道：「我去，你坐在這裡喝酒。」

高立道：「我要陪你去，我喜歡看你煎蛋的樣子。」

雙雙笑道：「煎蛋的樣子有什麼好看。」

高立道：「我偏偏就是喜歡看。」

兩個人雖然還是在笑著，但心裡卻已突然蒙上了一層陰影。

廚房裡很乾淨。

你絕對想不到像雙雙這麼樣一個女人，也能將廚房收拾得這麼乾淨。

愛的力量實在奇妙得很，它幾乎可以做得出任何事，幾乎可以造成任何奇蹟。

雙雙走進來，高立也走進來，雙雙去拿蛋，高立也跟著去拿蛋。

他跟著她，簡直已寸步不離。

雙雙開了爐門，高立煽了煽火，雙雙拿起鍋擺上去，高立掀起了鍋蓋。

突然，鍋蓋從他的手裡掉了下去。

他的手更冷，心也更冷。

鍋並不是空的，鍋裡有兩個紙人。

用白紙剪成的人，沒有頭的人。

頭已被撕斷，脖子上已被鮮血染紅。

爐火很旺，紙人被烤熱，突然開始扭曲變形，看來更是說不出的詭秘可怖。

雙雙的臉色蒼白，似乎已將暈過去，她有種奇妙的第六感，可以感覺到高立的恐懼。

她沒有暈過去，因爲她知道這時候他們已一定要想法子堅強起來，她忽然柔聲道：「現在我們是不是已經可以說老實話了？」

高立握緊雙拳，道：「是。」

雙雙道：「蜈蚣不是從屋頂上掉下來的，這裡絕不會有蜈蚣。」

高立點點頭，面上充滿了痛苦之色。

因爲他知道他們平靜甜蜜的生活，現在已結束了。

要承認這件事，的確實在太痛苦。

但雙雙卻反而很鎭靜，握緊了他的手，道：「我們早已知道他們遲早總會找來的，是不是？」

高立道：「是。」

雙雙道：「所以你用不著爲我擔心，因爲我早已有了準備。」她的聲音更溫柔，接著道：「我們總算已過了兩年好日子，就算現在死了，也沒什麼遺憾，何況，我們還未必會死。」

高立挺起胸，大聲道：「你以爲我怕他們？」

雙雙道：「你當然不怕，你是個頂天立地的男子漢，怎麼會怕那些鬼鬼祟祟的小人。」

她臉上發出了光，因爲她本就一直在爲他驕傲，高立忽然又有了勇氣。

你若也愛過人，你才會知道這種勇氣來得多麼奇妙。

雙雙道：「現在你老實告訴我，鍋裡究竟有什麼東西？」

高立訥訥道：「只不過……只不過是兩個紙人而已。」

雙雙道：「紙人？」

高立冷笑道：「他們想嚇我們，卻不知我們是永遠嚇不倒的。」

死蜈蚣和紙人當然要不了任何人的命，無論誰都可以看得出，這只不過是種威脅，是種警告。

他們顯然並不想要他死得太快。

雙雙咬著嘴唇，沉默了很久，忽然道：「你洗洗鍋，我替你煮蛋吃，煮六個蛋，你吃四個大的，我吃兩個。」

高立道：「你……你還吃得下？」

雙雙道：「爲什麼吃不下？吃不下就表示怕了他們，我們非但要吃，而且還要吃多些。」

高立大笑道：「對，我吃四個，你吃兩個。」

也只有連殼煮的蛋，才是最安全的。

於是他們開始吃蛋。

雙雙道：「這蛋真好吃。」

高立道：「嗯，比排骨好吃多了。」

雙雙道：「他們若敢像個男人般堂堂正正走進來，我也可以請他們吃兩個蛋的。」

高立冷笑道：「只可惜他們不敢，那種人只敢鬼鬼祟祟的做些見不得人的事。」

突然間，窗外也有人在冷笑。

高立霍然長身而立，道：「什麼人？」

沒有回應，當然沒有回應。

高立想追出去，卻又慢慢的坐了下來，淡淡道：「果然又是個見不得人的。」

雙雙道：「你知不知道用什麼法子對付他們這種人最好？」

高立道：「你說什麼法子？」

雙雙道：「就是不理他們。」

高立大笑，道：「對，見怪不怪，其怪自敗，這的確是個好法子。」

他笑的聲音很大，可是他真的在笑麼？

窗外一片黑暗，無邊無際的黑暗。

黑暗中也不知隱藏著多少可怕的事，多少可怕的人？

屋子裡卻只有他們兩個。

小小的一間屋子，小小的兩個人，外面那無邊無際的黑暗和恐懼，已完全包圍住他們。

他真的能不怕？

銀槍已從床下取出來。

槍上積滿了灰塵，但卻沒有發鏽。

有些事是永遠不會發鏽的，有些回憶也一樣。

高立想到了秋鳳梧。

「不知道他現在怎麼樣？不知道他們是不是也找著了他？」

他希望沒有，這件事，他希望就在這裡結束，就在他身上結束，他唯一放不下的，只有雙雙，如果他不在了，雙雙會怎樣？他連想都不想，雙雙好像也沒有想，似已睡著，她實在遠比任何人想像中都堅強得多，勇敢得多，但在睡著的時候，她看來還是個孩子，他怎麼能忍心拋下她？他怎麼能死？窗外風在呼嘯，夜更黑暗，他緊緊握著他的槍，他用盡所有的一切力量，不讓眼淚流下來，但他淚已流下。

雙雙翻了一個身，忽然問道：「你為什麼還不睡？」

原來她也沒有睡著。

高立道：「我……我還不想睡。」

雙雙道：「莫忘了你明天還要早起下田去。」

高立勉強笑了笑，道：「明天我可不可以偷一次懶？」

雙雙道：「當然可以，只不過，後天呢？……大後天呢？」

她嘆息了一聲，接著道：「他們若一直不出現，難道你就一直在這裡陪著我？……難道你能在這小屋裡陪我一輩子？」

高立道：「爲什麼不能？」

雙雙道：「就算你能，這樣子我們又能維持到幾時？」

高立道：「維持到他們出現的時候，等著他們來找我，總比我去找他們好。」

雙雙道：「但他們幾時才來找你呢？」

高立肯定道：「他們既已來了，就絕不會等太久的。」

雙雙道：「他們這樣做，也許就是要將你困死在這屋子裡，要等你精疲力竭的時候才出現。」

高立苦笑道：「可是他們不必等，他們根本沒有這種必要。」

雙雙道：「爲什麼？」

高立黯然道：「現在是不是已到了應該說老實話的時候？」

雙雙道：「是。」

高立接著道：「那麼我只希望你能爲我做一件事。」

雙雙道：「什麼事？」

高立輕撫著她的臉，柔聲道：「我要你答應，無論我出了什麼事，你都要好好活下去。」

雙雙道：「你……你……你這是什麼意思？」

高立悽然道：「我的意思你應該明白。」

雙雙道：「你怕他們？」

高立道：「我不能不怕。」

雙雙道：「爲什麼？」

高立的臉已因痛苦而扭曲，道：「你永遠想不到他們有多麼的可怕，這次他們既然又找來了，就一定已經有十分的把握。」

雙雙沉默著。

她彷彿忽然變得很冷靜，過了很久，才緩緩道：「他們若真的已經有十分的把握，爲什麼不立刻下手呢？」

高立道：「因爲他們故意要讓我痛苦。」

雙雙道：「但他們下手捉住你之後，豈非還是一樣可以令你痛苦？」

高立怔住。

然後他眼睛漸漸發亮，突然跳起來，道：「我想通了。」

雙雙道：「你想通了什麼？」

高立道：「青龍會的人並沒有來。」

雙雙道：「來的是什麼人？」

高立道：「來的只有一個人，所以他才要這麼樣做，要逼得我精疲力竭，逼得我發瘋，然後他才好慢慢的收拾我。」

雙雙道：「你知道這人是誰？」

高立道：「麻鋒，一定是麻鋒。」

麻鋒很少殺人，但他若要殺人，就從不失手，他殺人很慢，慢得可怕。

「你若要殺一個人，就得要他變做鬼之後，都不敢找你報復。」

高立的臉因興奮而發紅，道：「我知道他遲早一定會來的，我知道。」

雙雙道：「爲什麼？」

高立道：「他要來報復。」

雙雙道：「報復？」

高立道：「有些人自己可以做一萬件對不起別人的事，但別人卻不能做一件對不起他的事，否則他就一定要親手來報復。」

他咬著牙，字字道：「但他卻忘了，我也正要找他。」他當然永遠忘不了是誰殺了金開甲。

雙雙問道：「你怎麼知道他沒有帶青龍會的人來？」

高立道：「他絕不會。」

雙雙道：「爲什麼？」

高立道：「因爲報復是種享受，殺人也是，他絕不會要別人來分享的。」

雙雙緊握住他的手，道：「他……他一定是個很可怕的人。」

高立冷笑著說道：「他的確是，但我並不怕他。」

他聲音突然停頓，外面竟有人在敲門，敲門的聲音很輕、很慢，每一下都彷彿敲在他們心上。

高立幾乎連呼吸都已停止。

他忽然發現自己並不如他自己想像中那麼有把握。

這兩年來，他拿的是鋤頭，不是槍，敲門聲還在繼續著，輕輕的，慢慢的，一聲又一聲……

雙雙的手好冷。

他忽然發現她也並不如她自己想像中膽子那麼大。

雙雙終於忍不住的說道：「外面好像有人在敲門。」

高立道：「我聽見了。」

雙雙道：「你不去開門？」

高立冷笑道：「他若要進來，用不著我去開門，他也一樣能進來。」其實他自己也知道這只不過是種藉口。

他的確是在畏懼。

因爲他不能死，所以他怕死。

怕死並不是件可恥的事，絕不是。

你若是個真正的男子漢，有雙雙這麼樣一個愛你的女人需要你照顧，你也會怕死的。

雙雙的心彷彿在被針刺著。

她當然了解他，沒有人比她更了解他，她空洞灰黯的眼睛裡，忽然泉水般湧出了一連串晶瑩的淚珠。

高立道：「你……你在哭？」

雙雙點點頭，道：「你知道我一直在爲你而驕傲的。」

高立道：「我知道。」

雙雙道：「但現在……現在我卻沒有這種感覺了。」

高立垂下頭。

他當然也了解雙雙的心情。

沒有一個女人願意自己的男人是懦夫，更沒有女人願意自己的男人在面對困難和危險時候畏懼逃避。

雙雙悽然道：「我知道你是爲了我才這樣做的，但我卻不願你爲了我這麼樣做，因爲我知道你現在一定很痛苦，因爲你本不是懦夫。」

高立道：「可是你……」

雙雙道：「你用不著爲我擔心，無論我怎麼樣，只要是你應該去做的事，你還是一定要去做的，否則我也許會比你更痛苦。」

高立看著她，只有真正的女人，才會說出這樣的話。

他忽然發現自己在爲她而驕傲，他俯下身，輕吻她面頰上的淚珠，然後就轉身走了出去。

她伏在枕上，數著他的腳步聲。每天早上，她都在數他的腳步聲，從床邊只要走十三步，就可以走到外面的門。

一步、兩步……四步、五步……

這一去他是不是還能回來呢？她不知道，也不敢想，就算她明知他這一去永不復返，也同樣不會攔阻他，因爲這件事是他非解決不可的，他已不能逃避。

五　故人情重

一

夜色淒迷。

冷霧也不知是在什麼時候升起的，一個人靜靜的站在霧裡。

一個陰沉沉的人，一張陰沉沉的臉，眼睛卻銳利得好像專吃死屍的兀鷹。

高立一開門，就看見了他。

他幾乎和兩年前一樣完全沒有改變。

高立從未想到他居然會真的站在門外等著，就好像是一個專誠來拜訪的朋友，等著主人來開門一樣。

可是他眼睛看著高立，卻像是兀鷹在看著一具死屍。

他嘴角帶著種殘暴而冷酷的笑意，忽然道：「你想不到我會來。」

高立道：「你已來了。」

麻鋒道：「不錯，我來了，我遲早總要來的，無論誰在我肚子上刺了一劍後，都休想還能太太平平的活下去。」

高立冷笑道：「你還能活到現在，總算已不容易。」

麻鋒道：「的確不易，你永遠想不到我這條命是花了多少代價才換回來的，所以我現在更不能死，也絕不會死。」

他的瞳孔在收縮，眼睛裡充滿了怨毒，忽又問道：「小武呢？」

高立道：「你想找他？」

麻鋒道：「很想。」

高立嘴角似也露出一絲奇特的笑意，淡淡道：「只可惜你已永遠找不到他了。」

麻鋒道：「爲什麼？」

高立道：「你想不出是爲了什麼？」

麻鋒動容道：「難道他已死了？」

高立冷笑道：「他若不死，現在怎麼還會放過你。」

麻鋒的臉突然扭曲，就好像又被人在肚子上刺了一劍。

高立道：「他雖然死了，但我卻沒有死。」

麻鋒長長吐出一口氣，道：「不錯，你沒有死，幸好你還沒有死，這兩年來，我日日夜夜都在求老天保佑你們活得長些。」

他每個字裡都充滿了惡毒的怨恨，令人不寒而慄。

高立發覺自己的掌心在流汗，所以立刻大聲道：「你本該求我快死的，因爲我若不死，你就得死，現在你已非死不可。」

麻鋒冷笑。

高立也在冷笑道：「幹我們這一行的，做錯一件事，就已非死不可，你卻已做錯了三件事。」

麻鋒淡淡道：「我在聽著。」

高立道：「第一，你不該一個人來的；第二，你本該用雙雙要脅我，現在卻已錯過機會；第三，你更不該這樣子來敲我的門。」

麻鋒點點頭，道：「有道理。」

高立道：「你本來也許有機會暗算我的……」

麻鋒突然打斷了他的話，冷冷道：「我根本不必暗算你，也不必用你那寶貝老婆要脅你，因爲我隨時都可以殺了你。」

高立大笑。

麻鋒道：「這兩年來，我每天都苦練六個時辰，你呢？」

高立的笑突然停頓。

麻鋒冷冷的看著他，道：「你現在還活著，只因爲我現在還不想殺你。」

高立沒有說話，也沒有動。

他忽然覺得很不舒服，麻鋒的態度愈鎮定，他愈不舒服。

麻鋒逼人的目光已離開了他，正在仰視著淒迷黑暗的夜空，過了很久，才慢慢的接著道：「你還有七天可活。」

他聲音中帶著奇異而可怕的自信，就像是法官在對犯人下判決。

高立又笑了，費了很大的力氣才使自己笑出聲來。

麻鋒卻連看都沒有看一眼，悠然道：「再過七天，就是月圓了，我殺人通常都喜歡等到月圓時候。」

高立冷笑道：「你也許等不了那麼久。」

麻鋒淡淡道：「也許，但我想你也不必急著要死，你一定還有很多後事要料理，你老婆一定也不願意你現在就死。」

最後這句話就像是一根針，一下子就刺入高立胃裡。

他只覺自己的胃在收縮，似已將嘔吐。

麻鋒道：「我可以留在這裡等七天，這地方至少還很乾淨。」

高立道：「你說什麼？」

麻鋒道：「我說的是無論如何能再活七天總是好的。」

高立看著他。

其實他根本沒有笑，但臉上卻總像是帶著種陰險、惡毒，卻又充滿自信的笑意。

正是這種奇異的自信，使他整個人變得更危險可怕。

麻鋒緩緩道：「七天，整整七天七夜，已經可以做很多事了，你若安排得很好，那麼就算你死了，你老婆還是可以活下去。」

高立垂下頭，看著自己的槍。

槍上的灰塵已拭淨，但卻連那閃動的光芒看來都是虛弱的。

他抬起頭，冷汗立刻沿著面頰留下。他的聲音乾澀而嘶啞，終於忍不住道：「你能等七天，我爲什麼不能？」

麻鋒笑了。

這次他真的笑了，微笑著道：「很好，我明天早上再來，早上我喜歡吃麵。」

他不讓高立再說話，忽然轉身，一眨眼就消失在冷霧裡。

高立也沒有再看他，剛轉過身，已忍不住彎下腰來嘔吐。

他不停的嘔吐，連膽汁都似已吐出。

然後他就感覺到有一雙冰涼但卻溫柔的小手，捧住了他的臉。

臉也是濕的，卻不知是淚？還是冷汗。

又過了很久，雙雙才笑聲道：「你是不是覺得這件事做錯了？」

高立搖搖頭。

他沒有錯，七天的確已不算短，已長得足夠發生很多事。他必須忍耐，他本有很多優越的條件可以擊敗別人，但現在卻已只剩下忍耐。

雙雙也沒有再問。

只要他認爲是對的，她就可以接受。

她輕輕道：「現在你一定要去睡了，明天早上我們吃麵。」

打滷麵。

麵已涼了。

高立凝視著桌上的麵，臉上連一丁點表情都沒有。

然後他就看到麻鋒施施然走進來。

雙雙道：「是麻大爺？」

麻鋒道：「是我。」

雙雙道：「麵涼了，要不要去熱熱？」

麻鋒道：「不必。」

雙雙道：「麵若不夠鹹，這裡還有作料。」

她的聲音溫柔而親切，就像是個慇懃的妻子，正在招待著她丈夫的朋友。

麻鋒看著她，看了很久，忽然嘆了口氣，道：「幸好我要殺的人不是你，你實在比你的丈夫要鎮定得多。」

雙雙笑了笑，淡淡道：「你看我這樣的女人，會不會在麵裡下毒呢？」

麻鋒剛拿起筷子，又放下。

他兀鷹般的眼睛又瞪了她很久，才沉聲道：「你不會。」

雙雙點點頭，道：「我當然不會。」

麻鋒什麼話都不再說，忽然站了起來，走入廚房。

雙雙微笑道：「你到廚房去幹什麼？」

麻鋒頭也不回，冷冷道：「我殺人喜歡自己殺，吃麵也喜歡自己煮。」

客房裡傳出了一陣陣鼾聲，麻鋒竟似已睡著。

高立睡不著。

他臉上充滿了痛苦之色，因爲他心裡很矛盾，想去做一件事，又不知道是不是應該去做，他忽然發現自己對自己竟已全無信心。

這才是真正可怕的。

麻鋒這麼樣做，也許正爲的要徹底摧毀他的信心。

雙雙柔聲道：「你在想什麼？」

高立道：「沒什麼。」

雙雙道：「我卻忽然想到了一件事。」

高立道：「哦？」

雙雙道：「他要等七天，也許只不過是因爲他比你更沒有把握。」

高立道：「也許。」

他承認，只因他不願辯駁。

現在麻鋒一定比他堅強，只有他自己知道，他心裡的負擔多麼沉重。

高手相爭，死的那一個人通常總是不想死的那一個。

雙雙道：「我知道他住到這裡來，爲的只不過是想折磨你，但我也不會讓他有好日子過。」

高立勉強笑了笑，道：「你剛才的確替我出了一口氣。」

雙雙道：「現在無論我怎麼樣對他，他都絕不會報復的，因爲……」

她聲音似也有些變了，喘了一口大氣，才接著道：「因爲你若沒有我，就根本不會怕他，是不是？」

高立凝視著她，忽然一把握住她的肩，顫聲道：「你……你在想什麼？」

他問這句話，只因他自己忽然想到一件可怕的事。

雙雙笑了笑，笑得彷彿很淒涼，垂下頭道：「我什麼都沒有想。」

高立道：「我知道你心裡在想什麼。」

他聲音漸漸急促，接著道：「你若以爲你死了後，我就可以放開手對付他，就可以殺了他，你就完全錯了，而且錯得可怕。」

雙雙道：「我……」

高立打斷了她的話，道：「你若死了，我一定也不想再活下去，我發誓，只要你一死，我就立刻陪你死。」

雙雙咬著嘴唇，忽然撲到他懷裡，再也忍不住失聲痛哭了起來。

她畢竟是個人，是個女人。她表面看來雖然堅強，但她自己卻知道自己心裡是多麼悲傷，多麼恐懼，她本已打算爲他死的，她希望他能將悲憤化做力量。

到現在她還沒有這麼樣做，只因爲她實在太愛他，實在不忍離開他。

沒有人能了解他們的感情是多麼深厚。

高立輕撫著她的秀髮，喃喃道：「爲了我，你一定要活下去，爲了你，我也一定要活下去……我們一定有法子活下去的。」

他聲音說得很輕，因爲這些話他本就是說給自己聽的。

雙雙的哭聲忽然停止，她已猜出他在想的是什麼。

然後她就抬起頭，附在他耳畔，輕輕說了三個字：「你去吧。」

高立握緊了她的手，一個字都沒有再說。

現在無論多麼可怕的痛苦和折磨，他們已都可忍受，共同忍受。

因爲他們心裡已有了希望。

一個美麗的希望。

二

孔雀翎。

世上絕沒有任何一種暗器比孔雀翎更可怕，也絕沒有任何一種暗器能比孔雀翎更美麗。

沒有人能形容它的美麗，也沒有人能避開它、招架它。

就連金開甲都不能。

他至死也忘不了這暗器發射的那一瞬間，那種神秘的輝煌和美麗。

在那一瞬間，他竟似已完全暈眩。

然後他就倒了下去。

孔雀山莊也是美麗的，美麗得就像是神話中的仙家城堡一樣。

碧綠色的瓦，在秋陽下閃動著翡翠般的光，白石長階從黃金高牆間穿過去，整個城堡就像是完全用珠寶黃金砌成的。

園中的櫻桃樹下，有幾隻孔雀徜徉，水池中浮著鴛鴦。

花是紅的、白的、紫的，將這七彩繽紛的庭園，點綴得更美如夢境。

幾個穿著彩衣的垂髻少女，靜悄悄的踏過柔軟的草地，消失在花林裡。

遠處的菊花將開，風中帶著醉人的清香。

小樓上不知是誰在吹笛，唯有這悠揚的笛聲，劃破了四下的靜寂。

大門也是開著的，看不見防守的門丁。

高立奔上那門前的白玉長階，然後他也倒了下去。

爐裡燃著香，香氣清雅。

窗外暮色已很深了。

高立張開眼，目光從桌上一盆雛菊前移過去，就看見一個人正在對他微笑。

一個幾乎完全陌生的人。

好像是個年輕人，但嘴唇上卻已留著修飾得很整齊、很光亮的小鬍子，頭髮也和鬍子同樣光亮整齊，髮髻上綴著一粒拇指般大的明珠。

他衣裳很隨便，質料卻很高貴，紫緞輕袍上，繫著根白玉帶。

無論誰都看得出他一定是個很有地位，很有權威的人。

這種人和高立本是活在兩個世界裡的，只有他的一雙銳利的眼睛……

高立忽然想起了這雙眼睛，他幾乎忍不住立刻就要叫出來。

秋鳳梧。

他實在不能相信面前這氣派極大的壯年紳士，就是昔日曾經跟他出生入死過的落拓少年，但他卻不能不信。

因爲這人已走過來，用力握住了他的手，明亮的眼睛裡似已有熱淚盈眶。

高立長長吐出口氣，道：「是你，我總算找到你了。」

秋鳳梧的手握得更緊，道：「你總算來了，總算沒有忘記我。」

高立掙扎著，想坐起來。

秋鳳梧卻按住了他的肩，道：「你沒有病，可是你太累，還是多躺躺的好。」

高立的確太累。

這兩天來，他幾乎沒有片刻停下來過。

他必須要在月圓之前趕回去。

看到窗外的天色，他又想跳起來，失聲道：「我已睡了多久？」

秋鳳梧道：「不久，現在剛過戌時。」

他看著高立額上的冷汗，不禁皺了皺眉，道：「你好像有急事？」

高立握緊雙拳，黯然道：「我本不想來的，可是我……我……」

秋鳳梧道：「你總該記得我說過，無論你們有了什麼困難，都一定要先來找我。」

高立慢慢的點了點頭，熱淚幾乎已忍不住要奪眶而出。

一個在危急時知道自己還有個可以患難相共的朋友，那種感覺世上絕沒有任何事能代替。

秋鳳梧凝視著他，一字字道：「是不是他們已找到你？」

高立又點了點頭。

秋鳳梧的臉似已突然僵硬，慢慢的後退了幾步，慢慢的坐了下去。

高立終於坐起來，道：「來的只有一個人。」

秋鳳梧道：「誰？」

高立道：「麻鋒！」

秋鳳梧鬆了口氣，道：「你已殺了他？」

高立垂下頭，道：「這兩年來，我拿的是鋤頭，我已漸漸覺得耕耘比殺人快樂得多。」

秋鳳梧道：「所以你已不願殺人？」

高立苦笑道：「地是死的，我只怕我的槍法也死了。」

秋鳳梧道：「你只怕自己已不是他的對手？」

高立道：「我的確沒有把握。」

秋鳳梧道：「所以他還活著。」

高立道：「還活著。」

秋鳳梧道：「現在他的人呢？」

高立道：「在我家。」

秋鳳梧怔住，他實在不懂，過了很久，才忍不住問道：「雙雙呢？」

高立道：「也在。」

秋鳳梧臉色變了變，道：「你將雙雙留在那裡，自己一個人來的？」

高立臉上露出痛苦之色，道：「就因爲他想不到我會這麼樣做，所以我才能來。」

秋鳳梧長長嘆了口氣，道：「我也想不到。」

高立道：「只要我能在月圓之前回去，雙雙是絕不會有危險的。」

秋鳳梧道：「爲什麼？」

高立道：「因爲我們約定了是在月圓之夕交手的。」

秋鳳梧沉思著，又過了很久，忽然笑了笑，道：「我明白了。」

高立道：「明白了什麼？」

秋鳳梧道：「他是一個人去的？」

高立道：「是。」

秋鳳梧道：「他一個人沒有殺你的把握，所以才故意多等幾天，因爲他已看出你更沒有把握，他要在這幾天盡量折磨你，使你整個人崩潰。」

高立苦笑道：「也許他只不過是要我慢慢的死，他殺人一向不喜歡太快的。」

秋鳳梧看著他，忽然發現這個人也已變了，變得很多。

他本是組織中最冷酷、最堅強的一個人，現在竟似已完全沒有自信。

幹這一行的人，本就不能動情的，愈冷酷的人，活得愈長。

這是不是因爲他已動了真情？

因爲情感本就能令人軟弱。

高立忽然又道：「但是他畢竟還是算錯了一件事。」

秋鳳梧道：「哦。」

高立道：「他以爲小武已死了，他想不到我還有個朋友。」

幹過這一行的人，本不該有朋友，不能有朋友，也不會有朋友。

秋鳳梧又沉思了很久，才緩緩道：「你也做錯了一件事。」

高立道：「我？……」

秋鳳梧道：「你不該將雙雙留在那裡，你本該叫雙雙來找我。」

高立道：「就因爲有雙雙，所以我才有顧忌，他怎麼敢對雙雙怎麼樣呢？」

秋鳳梧道：「他也許不敢，但他卻可以用雙雙來要脅你。」

高立道：「他以前有過機會的，但卻並沒有這樣做。」

秋鳳梧道：「這也許只不過因爲那時他還沒有看出你對雙雙的感情。」

他再次凝視高立，一字字道：「我問你，你回去的時候，他若將劍架在雙雙的脖子上，要用雙雙的一條命，來換你的一條命，你怎麼辦？」

高立忽然全身冰冷。

秋鳳梧冷然道：「你就算明知你死了之後，雙雙也活不成，也必定不忍看著雙雙死在你面前的，是不是？」

高立倒了下去，倒在床上，冷汗如雨。

他忽然發覺這兩年來秋鳳梧不但更加成熟老練，思慮也更周密，已隱隱有一代宗主的氣度和威儀。可是他無疑也變得冷酷了些。他所得到的，豈非也正是高立失去了的？但他們兩人中，究竟是誰更幸福呢？

「幸與不幸，本就不是絕對的。」

你若想在這方面得到一些，就得在另一方面放棄一些，人生本就不必太認真的。

想到這裡，高立忽然道：「我若不讓他有機會將劍架在雙雙的脖子上呢？」

秋鳳梧笑了，微笑著道：「這句話才漸漸有些像是你自己說的話了。」

高立道：「我知道你現在已經是孔雀山莊的主人。」

秋鳳梧道：「家父已仙去。」

高立道：「所以我來求你一件事。」

秋鳳梧道：「你說。」

了。

高立道：「你可以拒絕我，我絕不會怪你。」

秋鳳梧在聽著，臉上的表情忽然變得很奇怪，彷彿已猜出高立要說的是什麼。

高立道：「我要借你的孔雀翎。」

秋鳳梧沒有再說話，連一個字都沒有說，只是看著自己的手。

高立也沒有再開口，也在看著秋鳳梧的手。

這雙手修飾得很乾淨，保養得很好，這雙手已不再是昔日那雙沾了泥污和血腥的手了。

這個人呢？還是不是昔日那個可以將性命交給朋友的人？

窗外夜色漸濃。

屋裡還沒有燃燈，秋鳳梧靜靜的坐在黑暗裡，連指尖都沒有動。

高立也已看不見他臉上的表情。

風吹過，院子裡已有落葉的聲音。

秋已漸深，斜月已掛上樹梢。

秋鳳梧還是沒有說話，沒有動。

高立也不再說什麼，慢慢的坐起來，找到了床下的鞋子。

秋鳳梧沒有抬頭。

高立穿上鞋，慢慢的從他身旁走過去，悄悄的推開了門，門外夜涼如水，他的心很冷，但他並不怪秋鳳梧。

他知道自己的確要求得太多，他沒有回頭去看秋鳳梧，因爲，他不願讓秋鳳梧覺得難受，他悄悄走出去，走到院子，拾起一片落葉，看了看，又輕輕放下。

然後他就感覺到一隻手扶住他的肩頭。

一隻堅強而穩定的手，一隻朋友的手。

他握住了這隻手，回頭就看見了秋鳳梧，他眼睛裡忽然又似有熱淚要奪眶而出，他要求的確實太多。

可是對一個真心的朋友，無論什麼樣的要求，都不能算太多的。

三

甬道中沒有聲音。

所有的聲音都已被隔絕在三尺厚的石牆外。

他們在這樣的甬道裡，幾乎已走了將近半個時辰。

高立已不記得曾經轉過多少次彎，上下過多少次石階，通過了多少道鐵門。

他覺得自己好像忽然走入了一座古代帝王的陵墓裡，陰森、潮濕、神秘。

最後的一扇門更巨大，竟是三尺厚的鋼板做成的，重逾千斤。

門上有十三道鎖。

秋鳳梧拍了拍手，看不見人的甬道中，就忽然出現了十二個人。

其中大多是老人，鬚髮都已白了，最年輕的一個也有五十上下。

每個人的態度都很嚴肅，腳步都很輕健。

無論誰一眼都可看出，這十二人中沒有一人不是高手。

每個人都從身上取出一柄鑰匙，開啓了一道鎖。

鑰匙是用鐵鍊繫在身上的。

最後的一柄鑰匙在秋鳳梧身上。

高立看著他開了最後一道鎖，再回頭，那十二個人已又突然消失。

難道他們並不是人，而是特地從地下出來看守這禁地的幽靈鬼魂。

門開了。

秋鳳梧也不知在什麼地方輕輕一撥，這道重逾千斤的鐵門就奇蹟般滑開了。

一股陰森的寒意，撲面而來。

門裡面是間寬大的石屋，壁上已長滿了青苔，燃著六盞長明燈。

燈光也是陰森森的，宛如鬼火。

石屋四周的兵器架上，有各式各樣奇異的外門兵刃，有的連高立都從未見過。

秋鳳梧推開了一塊巨石，石壁間竟還藏著個鐵櫃。

孔雀翎想必就在這鐵櫃裡。

直到這時，高立才真正明白自己要求的東西是多麼珍貴。

就算是對最好的朋友，他要求的卻似已是太多了。

秋鳳梧已打開了鐵櫃，慢慢的取出了個金光閃閃的圓筒。

圓筒的外表很光滑，看來甚至很平凡，只不過是純金鑄造的。

愈神秘的事，外表看來往往愈平凡，也正因如此，所以它才能保持神秘。

秋鳳梧用兩隻手捧著，送到高立面前。

他臉上的表情也變得很嚴肅，嚴肅得幾乎已接近悲哀。

高立看著他，看著他手裡的孔雀翎，心裡忽然也有種很沉痛的感覺。

除了他們自己之外，誰也不會了解這種感覺是怎麼來的。

過了很久，高立才長長嘆息一聲，道：「你不必給我的。」

秋鳳梧道：「我已借給你。」

高立道：「我……我一定會很快送回來。」

秋鳳梧道：「我相信。」

高立終於慢慢的伸出手。

他的指尖終於觸到了這件神秘的暗器。

在這一瞬間，他心裡忽然也湧出了一種無法形容的神秘感覺。

那就像一個凡人忽然觸及了某種魔咒，他本身也忽然有了種神秘的魔力。

秋鳳梧道：「這上面有兩道樞鈕。」

高立道：「我已看見。」

秋鳳梧按著道：「按下第一道鈕，機簧就已發動，按下第二道鈕，世上就沒有人能救得了麻鋒了。」

高立長長吐出口氣，彷彿已能看見麻鋒倒下去的樣子。

秋鳳梧沉默了很久，又緩緩的說道：「我本該陪你一起去的，我若去了，也許就用不著這孔雀翎。」

高立道：「我……我……」

秋鳳梧道：「我明白你的意思，你不願我手上再沾著血腥，也不願我再惹麻煩。」

高立嘆了口氣，道：「這只因你現在的身分已不同。」

秋鳳梧慢慢的點了點頭，忽然笑道：「有件事我忘了告訴你，我已有了個兒子。」

高立用手握了握他的手，道：「下次來，我一定要看看他。」

秋鳳梧道：「你當然要看看他。」

高立道：「我已答應。」

秋鳳梧道：「我還要你答應我一件事。」

高立道：「你說。」

秋鳳梧的態度又變得很嚴肅，緩緩道：「孔雀翎並不是件殺人的暗器。」

高立愕然，道：「它不是？」

秋鳳梧道：「不是，暗器也是種武器，武器的真正意義並不是殺人，而是止殺。」

高立點點頭。

其實他並不能真正了解秋鳳梧的意思，他忽又發現自己的意思與秋鳳梧已有距離。

但是他不願承認。

秋鳳梧道：「換句簡單的話說，使用孔雀翎的真正目的，並不是殺人，而是救命，所以……」

他握緊高立的手，慢慢的接著道：「所以我要你答應我，不到萬不得已時，絕不要用它。」

高立長長吐出口氣，現在他終於已完全了解秋鳳梧的意思。

至少他自己認爲已完全了解。

他已握緊秋鳳梧的手，一字字道：「我答應你，不到萬不得已時，我絕不用它。」

高立挺起胸，走了出去。

他腳步已遠比來時輕快了很多，因爲他心裡已不再有焦慮和恐懼。

現在孔雀翎已在他手裡。

現在麻鋒的性命也無異已被他捏在手裡。

他已沒什麼可擔心的，應該擔心的人是麻鋒。

四

每間屋子裡通常都有張最舒服的椅子，這張椅子通常是屬於男主人的。

這屋子的男人是高立。

此刻坐在最舒服的椅子上的人，卻是麻鋒。

他用最舒服的姿勢坐著，看著站在他對面的雙雙，冷冷道：「五天了，你丈夫已走了五天。」

雙雙點點頭。

她站的姿勢並不舒服。

無論用什麼姿勢站著，都絕不會有坐著舒服。

麻鋒盯著她，又問道：「你不知道他到哪裡去了？」

雙雙道：「不知道。」

麻鋒道：「他會不會回來？」

雙雙道：「不知道。」

麻鋒厲聲道：「你什麼都不知道？」

雙雙道：「我什麼都不知道。」

麻鋒道：「你沒有問他？」

雙雙道：「沒有。」

麻鋒道：「但你是他的妻子。」

雙雙道：「就因爲我還是他的妻子，所以才沒有問他。」

麻鋒道：「爲什麼？」

雙雙道：「男人最討厭的，就是多嘴的女人，我若問得太多，他也許早就不要我了。」

麻鋒握緊雙拳，目中已現出怒意。

同樣的話，他不知已問過多少次。

他在等著這女人疲倦、崩潰，等著她說實話，他沒有用暴力，只因爲他生怕這女人受不了——他當然也明白這女人若是死了，對他只有百害，而絕無一利。

現在他忽然發覺，感覺疲倦的並不是這女人，而是他自己。

他想不出是什麼力量使這畸形殘廢的女人，支持到現在的。

雙雙忽然反問道：「你在擔心什麼？擔心他找幫手？」

麻鋒冷笑，道：「他找不到幫手的，他也像我一樣，我們這種人，絕不會有朋友。」

雙雙淡淡道：「那麼你還有什麼好擔心的？」

麻鋒沒有回答。

這句話本是他想問自己的。

高立就像是條早已被逼入絕路的野獸，只有等著別人宰割。

他也不知道自己爲什麼要擔心。

過了很久，他才冷冷道：「無論他去幹什麼，反正總要回來的。」

雙雙道：「你這是在安慰自己？」

麻鋒道：「哦。」

麻鋒又道：「他若不回來，你就非死不可。」

雙雙嘆了口氣，道：「我知道。」

麻鋒道：「他當然不會拋下你。」

雙雙道：「那倒不一定。」

麻鋒道：「不一定？」

雙雙又嘆了口氣，苦笑道：「你也該看得出，我並不是個能令男人傾倒的女人。」

麻鋒臉色變了變道：「可是他一向對你不錯。」

雙雙道：「他的確對我不錯，所以他現在就算拋下我，我也不會怪他。」她臉上的表情彷彿很淒涼、很悲痛，慢慢的接著道：「他就算回來，也一定不是爲了我，而是爲了你。」

麻鋒道：「爲了我？」

雙雙一字字道：「爲了要殺你。」

麻鋒的手突然僵硬，又過了很久，才冷笑著道：「你是不是怕我用你來要脅他，所以，才故意這麼樣說。」

雙雙道：「你要用我來要脅他？」

她忽然笑了，笑得很淒涼，接著道：「他是個怎麼樣的人，你應該比我更清楚，你們本是同樣的人，你會不會爲一個像我這樣的女人犧牲自己？」

麻鋒的臉色又變了變，冷冷的笑道：「他不會是我。」

雙雙道：「你以爲他真的對我很好？」

麻鋒道：「我看得出。」

雙雙嘆道：「那也許只不過是他故意作出來要你看的。」

麻鋒道：「爲什麼？」

雙雙道：「他故意要你認爲他對我好，故意要你認爲他絕不會拋下我，爲的就是要你對他防守疏忽，他才好乘機溜走。」

她臉上又露出一種怨恨之色，咬著牙道：「他若真的對我好，就不會放心走了。」

麻鋒怔住，只覺得自己的心在慢慢往下沉。

雙雙忽又道：「但他還是會回來的，因爲你就算不殺他，他也要殺你。」

麻鋒的手突然握住劍柄。

因爲這時他也聽見了一個人的腳步聲。

腳步聲輕快而平穩。

無論誰都可以聽得出，走路的這個人心情和精神都一定很好。

就算聽不出也看得出。

因爲高立已大步走了進來，眼睛裡發著光，顯得說不出的精神抖擻。

他精神的確不錯。

這兩天來，他一直睡得很好——車廂裡很舒服，他心裡也已沒有恐懼。

麻鋒忽然覺得這張椅子很不舒服，坐的姿勢也很不舒服。

高立卻根本連看都沒有看他一眼，好像這屋裡根本就沒有他這麼樣一個人存在。

雙雙當然聽得出這是誰的腳步聲，臉上立刻露出微笑，柔聲道：「你回來了？」

高立道：「我回來了。」

雙雙道：「晚飯你想吃什麼？」

高立道：「什麼都行，我已經餓得發瘋。」

雙雙又笑了，道：「我們好像還有點鹹肉，我去回鍋炒一炒好不好？」

高立道：「好極了，加點大蒜炒更好。」

看他的樣子，就好像只不過剛出去逛了一圈回來似的，雖然走得有些累了，但現在總算已回到家，所以顯得很愉快、很輕鬆。

麻鋒盯著他，就好像從來沒有見過這個人。

高立的確像是變成了另一個人。

他本來已是條被逼入絕路的野獸，但現在看來卻好像是追捕野獸的獵人了。

一個經驗豐富的獵人，充滿了決心和自信。

是什麼力量使他改變的？

麻鋒更想不通。

他心裡忽然有了種說不出的恐懼——人們對自己無法解釋，無法了解的事，總是會覺得有些恐懼的。

雙雙已從他身旁走過去，走入廚房。

他沒有阻攔，他本來也曾想用她來要脅高立的，但現在也不知爲了什麼，他忽然覺得自己這種想法很幼稚，很可笑。

廚房裡已傳出蒜爆鹹肉的香氣。

高立忽然笑了笑，道：「她實在是個很會做菜的女人。」

麻鋒點點頭。

他摸不清高立的意思，所以只好點點頭。

高立道：「她也很懂得體諒丈夫。」

麻鋒道：「她的確不笨。」

這一點無論誰都無法否認。

高立微笑道：「一個男人能娶到她這樣的妻子，實在是運氣。」

麻鋒道：「你究竟想說什麼？」

高立緩緩的答道：「我是說，你剛才若用她來要脅我，就算要我割下腦袋來，說不定也會給你。」

麻鋒嘴角的肌肉突然扭曲，就好像被人塞入了個黃連，滿嘴發苦。

高立淡淡道：「只可惜現在已來不及了。」

他沉下了臉，一字字接著道：「因爲現在你只要一動，我就殺了你，我殺人並不一定要等到月圓的時候。」

他聲音堅決而穩定，也正像是個法官在判決死囚。

麻鋒笑了。

他的確在笑，但是他連自己都覺得自己笑得有些勉強。

高立道：「你現在還可以笑，因爲我可以讓你等到月圓時再死，但死並不可笑。」

麻鋒冷笑道：「所以你笑不出？」

高立道：「我笑不出，只因殺人也不可笑。」

麻鋒道：「你想用什麼殺人？是用你那把破鋤頭？」

高立道：「就算我用那把破鋤頭，也一樣能殺了你。」

麻鋒連笑都笑不出來。

他忽又覺得椅子太硬，硬得要命。

廚房裡又傳出雙雙的聲音：「飯冷了，吃蛋炒飯好不好？」

「好。」

「炒幾碗？」

「兩碗，我們一人一碗。」

「客人呢？」

「不必替他準備，他一定吃不下的。」

麻鋒的確吃不下。

他只覺得自己的胃在收縮，幾乎已忍不住要嘔吐。

高立忽又向他笑了笑，道：「你現在是不是有點想吐？」

麻鋒道：「我爲什麼會想吐？」

高立道：「一個人在害怕的時候，通常都會覺得想吐的，我自己也有這種經驗。」

麻鋒冷笑道：「你難道以爲我怕你？」

高立道：「你當然怕我，因爲你自己想必也看得出，我隨時都能殺了你。」

他忽然接著道：「你現在還活著，只因爲現在我還不想殺你。」

這句話麻鋒聽來實在很刺耳，因爲這本是他自己說的。

高立冷冷道：「我現在還不想殺你，只因爲我一向不喜歡在空著肚子時殺人。」

麻鋒盯著他，忽然躍起，一劍刺出。

這一劍快而準，準而狠。

這正是準確而致命的劍法，但卻已不是他通常所用的劍法，已違背了他殺人的原則。

他殺人一向很慢的。

這一劍絕不慢，劍光一閃，已刺向高立咽喉。

高立坐著，坐在桌子後面，手放在桌下。

他坐著沒有動。

可是他的槍突然間已從桌面下刺了出來。

劍尖距離他的咽喉還有三寸。

他沒有動。

他的槍已刺入了麻鋒下腹——

麻鋒在動。

他整個人都像是在慢慢的收縮、枯萎。

他看著高立，眼睛裡充滿了驚訝、恐懼和疑惑。喘息著道：「你……你真的殺了我！」

高立道：「我說過，我要殺你。」

麻鋒道：「你本來絕對殺不了我的。」

高立道：「但現在我已殺了你。」

麻鋒道：「我……我不信。」

高立道：「你非相信不可。」

麻鋒似乎還想再說什麼，但喉頭的肌肉也已僵硬。

高立道：「我本來也沒有殺你的把握，但現在已有了，現在我隨時可以再殺你一次。」

麻鋒喉嚨裡「格格」的響個不停，彷彿在問：「爲什麼？」

高立緩緩道：「因爲我還有個朋友——一個好朋友。」

麻鋒的瞳孔突然散了，終於長長吐了口氣。

然後他的人就像是個洩了氣的球，突然變成了空的，突然乾癟。

他沒有朋友。

他什麼都沒有。

五

高立張開了雙臂，雙雙已撲入他懷裡。

他們互相擁抱著，所有的災難和不幸都已成過去。

經過了這麼樣一次考驗後，他們的情感無疑會變得更深厚、更真摯。

他們已完全互相倚賴，互相信任，世上已沒有什麼事再能分開他們。

只可惜這也不是我們這故事的結束。

事實上，這故事現在才剛剛開始……

六 不是結局

一

世上有很多事你總以為是絕不可能發生的，但它卻偏偏發生了。
而且就發生在你身上。
等你發現這事實時，往往已太遲。

夜色漸深。
他們沒有燃燈，就這樣靜靜的擁抱在黑暗裡。
世上又還有什麼事比情人在黑暗中擁抱更甜蜜幸福？
他們的幸福直到現在才真正開始。
只可惜開始往往就是結束。

二

雙雙心裡充滿了幸福和寧靜，天地間似已充滿了幸福和寧靜。
風從窗外吹過，帶著田中稻麥的香氣。

收穫的季節已快到了。

她輕撫著他的臉，指尖帶著無限的憐惜和柔情，輕輕道：「你瘦了。」

高立微笑道：「很快我就會胖起來的。」

雙雙嫣然道：「我喜歡你胖一點，明天我燉蹄膀給你吃。」

高立道：「明天我們要出去。」

雙雙道：「出去？到哪裡去？」

高立道：「去找小秋。」

雙雙的臉上發出了光，道：「你要帶著我一起去？」

高立道：「當然，我帶你去看他的孩子。」

雙雙大喜道：「他有了孩子？」

高立柔聲道：「我們也會有孩子的。」

雙雙臉紅了，全身都充滿了對未來幸福的憧憬，這種感覺使她整個人都像要飛了起來。

過了很久，她才輕輕問道：「你看見過他的妻子沒有？」

高立道：「沒有，我走得很急。」

雙雙道：「我相信那一定是個很好的女人，因爲他也是個好男人。」

高立道：「不但是好男人，也是個好朋友。」

他嘆息著，接著道：「除了他之外，無論誰都絕不會將孔雀翎借給我。」

雙雙道：「孔雀翎究竟是什麼？」

高立道：「是一種暗器——但又不完全是種暗器。」

雙雙道：「我不懂。」

高立道：「我也很難說明白，總之它的意義和價值都比世上任何一種暗器超出很多，無論誰有了它，都會變成另外一個人的。」

雙雙道：「變成另外一個人？」

高立點了點頭，道：「變得更有權威，更有自信。」

他笑了笑，接著道：「我若非有了它，也許就不是痲鋒的敵手。」

雙雙道：「我還是不懂。」

高立道：「你永遠都不會懂的，甚至連我自己都不太懂。」

雙雙遲疑著，終於忍不住道：「我……我能不能摸摸它？」

高立笑著：「當然能，只不過千萬不能去按那兩個鈕，否則……」

他聲音突然停頓，笑容突然凝結，整個人都似已全都被冰凝結，就好像突然一腳踏空，自萬丈絕壁上跌入了冰河裡。

孔雀翎竟已不見了！

雙雙看不見他的臉色，但卻忽然感覺到他全身都在發抖。

他這一生中，從未如此驚慌恐懼過。

他從未想到這種事竟會發生在他身上。

雙雙悄悄的離開了他懷抱。

她並沒有問他發生了什麼事，因爲她已能感覺到，已能想像到。

只不過她還不能完全了解這件事有多麼嚴重。

沒有人能真的了解這件事有多麼嚴重。

高立動也不動的坐在黑暗中，整個人都似已被埋入地下。

然後他突然發狂般衝了出去。

雙雙就在黑暗中等著他。

她知道他一定是到掩埋麻鋒的屍身處尋找去了，她希望他能找到。

她只求不要再有什麼不祥的災禍降臨到他們身上。

但也不知爲了什麼，她心裡卻已有了種不祥的預兆，眼淚也已流下。

風吹過，風聲似已變爲輕泣。

也不知過了多久，她終於聽到了他的腳步聲。

腳步聲緩慢而沉重。

她的心沉了下去，悄悄擦乾淚痕，忍不住問道：「找到了麼？」

高立道：「沒有。」

他的聲音已因驚慌恐懼而嘶啞。

雙雙聽著，心裡就好像被針在刺著，輕輕道：「你想不出是在什麼時候掉的？」

高立咬著牙，似乎恨不得咬斷自己的咽喉。

他從未對自己如此痛恨過。

雙雙沒有安慰他，因爲她知道現在無論怎麼樣的安慰都已無用。

她只能想法子誘導他的思想，所以她就試著道：「你回來的時候，孔雀翎已不在身上？」

高立道：「嗯。」

雙雙道：「你沒有摸過。」

高立道：「我……我想不到會掉的。」

他當然想不到。

所有的悲劇和不幸，正都是在想不到的情況下才會發生。

雙雙又忍不住道：「你殺麻鋒的時候，身上並沒有孔雀翎？」

高立道：「一定已沒有，否則它一定就掉在附近。」

雙雙道：「你身上並沒有孔雀翎，卻還是一樣殺了他。」

高立的雙拳握緊。

他現在才明白，縱然沒有孔雀翎，他還是一樣有殺麻鋒的力量。

只可惜他現在才明白已太遲了。

雙雙嘆息了一聲，道：「你最後是在什麼地方看過它的？」

高立沉吟著，道：「在車上。」

在車上他還摸過它，那種光滑堅實的感覺，還使他全身都興奮得發熱。
然後他就完全放鬆了自己，因爲這世上已沒有什麼值得他擔心的事。
雙雙道：「會不會是在車上掉的？」
高立道：「很可能。」
雙雙道：「那輛車呢？」
高立道：「已走了。」
雙雙道：「你在什麼地方僱的車？」
高立道：「在路上。」
雙雙道：「你有沒有注意那是輛什麼車？」
高立道：「沒有。」
雙雙道：「也沒有看清趕車的人？」
高立垂下頭，握緊雙拳，指甲已刺入肉裡。
那時他實在太愉快、太興奮，竟完全沒有注意到別的人、別的事。
最不幸的是，他爲了不願被人發現自己的行蹤，在路上還換過兩次車。
雙雙的心又沉了下去，她知道他們恐怕已永遠無法找回那孔雀翎了。
一個人失去的東西愈珍貴，往往就愈是難找回來。
無論你失去的是孔雀翎也好，是情感也好，結果往往是同樣的。
雙雙勉強忍著目中的淚水，輕輕道：「現在你準備怎麼樣？」

高立道：「我……我不知道。」
雙雙道：「你當然要去告訴他。」
高立道：「當然。」
雙雙道：「無論如何，這總不是你有心犯的錯，他也許會原諒你……」
高立黯然道：「他絕不會……若換了我，也絕不會原諒他。」
雙雙道：「為什麼？」
高立長長嘆息，道：「你也許永遠都不會了解孔雀翎對他們有多重要，可是我了解。」
雙雙道：「也許……也許我們可以想法子賠給他。」
高立道：「沒有法子。」
他的聲音更苦澀，忽又接著道：「也許只有一種法子。」
雙雙的臉忽然也因恐懼而扭曲。
她已明白他的意思。
一個人若犯了種無法彌補，不可原諒的錯誤時，通常只有用一種法子來贖罪。
死！
她忍不住撲過去，緊緊擁抱住他，嗄聲道：「你絕不能走這條路。」
高立黯然道：「我還能走什麼別的路？」
雙雙道：「我們可以走……走到別的地方去，永遠不要再見他。」

高立忽然推開了她。

這是他生平第一次將她從自己懷裡推開。

他並沒有太用力，但雙雙卻只覺得整個人都被他推得沉落了下去。

她忍不住道：「你……你這是爲什麼？」

高立咬著牙，一字字道：「我想不到，想不到你會叫我做這種事。」

雙雙道：「可是他……」

高立打斷了她的話，道：「我殺過人，甚至殺過很多不該殺的人，也做過很多不該做的事，可是我從未出賣過朋友。」

他聲音突又嘶啞，接道：「這也許只因爲我從未有過朋友，我只有這麼樣一個朋友。」

雙雙垂下頭，淚珠又泉水般湧出。

高立慢慢的接著道：「我知道我不能死，爲了你，爲了我們，我絕不能死，所以我才想盡一切法子要活下去，可是這一次……」

雙雙嘶聲道：「這一次你難道不能……」

高立又打斷了她的話，道：「這一次不同，因爲我了解孔雀翎對他們的價值，也了解他是在多麼困難的情況下，冒著多麼大的危險，才將孔雀翎交給我的，這世上從未有人像他這麼樣信任過我，所以我絕不能虧負他，死也不能虧負他。」

雙雙咬著嘴唇，道：「所以你一定要去告訴他這件事。」

高立道：「一定。」

他聲音裡充滿了決心和勇氣。

這種勇氣才是真正的勇氣。

雙雙垂著頭，過了很久，才輕輕道：「我本來以爲你會爲我做出任何事的。」

高立道：「只有這件事例外。」

雙雙道：「我明白，所以……我雖然很傷心，卻又很高興。」

她聲音忽然變得非常的平靜，慢慢的接著道：「因爲我畢竟沒有看錯你，你實在是個值得我驕傲的男人。」

高立握緊著的雙拳，慢慢鬆開，終於又俯下身，擁抱住她。

又過了很久，他才黯然嘆息道：「這一次我知道我沒有做錯，我已不能再錯了，現在我只覺得對不起一個人……我對不起你。」

雙雙柔聲道：「你沒有對不起我，因爲你就是我，我就是你。」

高立沒有再說什麼，這句話就已經足夠代表一切。

你就是我，我就是你。

無論什麼樣的災禍和不幸，都應該兩個人一起承當的。

你若有了個這麼樣的妻子，你還能說什麼？

黑暗。沒有星光，也沒有月光，黑暗得可怕。

他們靜靜的擁抱在黑暗裡，等待著黎明。

他們這一生好像永遠都是活在黑暗中，但他們還是覺得比大多數人都幸福。

因爲他們的生命中已有了真情，一種永遠沒有任何事能代替的真情。

所以他們的生命已有了價值。

這點才是最重要的。

三

秋已很深了。

木葉已開始凋零，尤其是有風吹過的時候，秋意就又更深了幾分。

但秋色還是美麗的。

一種淒艷而感人的美麗，濃得就像是醇酒。

你如也站在這裡，你不飲就已醉了。

高立站在這裡，站在樹下，等著。

他實在沒有勇氣去見秋鳳梧的家人。

這打擊對孔雀山莊是多麼大，他已能想像到。

秋鳳梧隨時都可能出現，已經有人去通報，兩隻孔雀慢慢的在楓林中倘佯，用嘴梳理著牠們美麗的羽毛。

楓葉已紅了。

高立癡癡的站著，癡癡的看著，心裡一陣陣刺痛，他實在不知道當自己面對秋鳳梧時，該怎麼樣說才好。

他幾乎已沒有勇氣再等下去。

草地上已有腳步聲傳來，他竟不敢回頭去面對著他。

他感覺有一隻手已搭上了他的肩，一隻穩定而充滿了友情的手。

一個穩定而充滿了友情的聲音。

「你來了，我知道你一定很快就會來的。」

他已不能不回頭。

然後他就看到了秋鳳梧的微笑——一種溫和而充滿了友情的微笑。

他心裡的刺痛更劇烈。

這種永恆不變的友情，忽然變得像根針，似已將他的心刺得流血。

秋鳳梧微笑著道：「你看來好像很疲倦。」

高立點點頭。

他不但疲倦，簡直已將崩潰。

秋鳳梧道：「其實你用不著這麼急趕來的。」

高立道：「我……」

他剛想說出來，就彷彿有雙看不見的手扼住了他的咽喉。

秋鳳梧道：「事情已經解決了？」

高立又點點頭。

秋鳳梧道：「你沒有用孔雀翎？」

高立搖搖頭。

秋鳳梧笑道：「我早就知道你根本不必用它，麻鋒根本不是你的對手。」

高立道：「可是我……」

秋鳳梧忽然發現他神情的異樣，立刻問道：「你怎麼一個人來的？雙雙呢？」

高立道：「她……她很好。」

秋鳳梧鬆了口氣，道：「她怎麼不來看看我的孩子？」

高立道：「她……她……」

他終於鼓足勇氣，大聲道：「她沒有來，因爲她知道我對不起你。」

秋鳳梧皺眉道：「你對不起我？……你怎麼會對不起我？」

高立道：「我已將你的孔雀翎掉了。」

他用最大的勇氣說出這句話，然後他整個人都似已崩潰。

沒有聲音，沒有反應。

他不敢想像秋鳳梧聽了這句話後，臉上是什麼表情。

他已不敢去面對秋鳳梧的臉。

有風吹過，枯葉飄飄的落下來，一片、兩片、三片……

日色漸漸淡了，秋意卻更濃。

秋鳳梧還是沒有說一句話，沒有說一個字。

高立終於忍不住抬起頭。

秋鳳梧就像是石像般站在那裡，臉上連一點表情都沒有，臉色卻蒼白得就像是遠山上樹梢頭的秋霜。

他就這樣靜靜的站著，動也不動。

落葉飄過他的頭，落在他腳下。

他沒有動。

落葉飄過他的眼前，打在他臉上。

他沒有動，甚至連眼都沒有眨。

日已西斜，夕陽紅得就像是血一樣。

楓林也紅得像是血一樣。

然後暮色就像是一面網，重重的落下來，籠罩住他。

他臉上已沒有光彩，眼睛也已沒有光彩。

他還是沒有動，沒有說話。

高立看著他，只恨不得將自己撕開、割碎，一塊塊灑入風裡，灑入泥裡，灑入火裡，被人燒成灰。

秋鳳梧若是重重的罵他一頓，打他一頓，甚至一刀殺了他，他也許還好受些。

但秋鳳梧卻似已完全麻木。

天地間的萬事萬物，他似已完全看不見，聽不見，也感覺不到。

要多麼可怕的打擊，多麼沉痛的悲哀，才能使一個人變成這樣子？

高立忍不住要問自己：「我若是他，我會怎麼樣？」

他想不出。

他連想都不敢想。

秋鳳梧現在是不是也在問自己，該怎麼樣來對付自己？

現在他只等著秋鳳梧的一句話。

秋鳳梧叫他死，他就死，叫他立刻死，他絕不會再多活片刻。

可是秋鳳梧沒有說話。

暮色漸深，夜色將臨。

一個青衣老僕悄悄的走過來，躬身道：「莊主，晚膳已開了。」

秋鳳梧沒有回答，根本沒有聽見。

青衣老僕看著他，目中也現出憂鬱之色，終於又悄悄的退了下去。

夜色突然就像是一隻黑色的巨手，攫取了整個大地。

風更冷了。

高立用力咬住牙，用力握緊了雙拳，卻還是忍不住顫抖起來。

爲了贖罪，他可以忍受各種羞侮，各種痛苦，甚至可以忍受死的痛苦。

但這種可怕的沉默，卻已將使他發狂。

他幾乎已忍不住要將自己毀滅。

又有風吹過。

秋鳳梧忽然抬起頭，看了看風中的落葉，輕輕道：「今天有風。」

高立握緊雙拳，過了很久，才慢慢的點了點頭，道：「是，今天有風。」

秋鳳梧道：「天天都有風。」

高立道：「是，天天都有風。」

秋鳳梧道：「有風很好。」

高立終於忍不住大聲道：「你究竟想說什麼?你爲什麼不說?」

秋鳳梧這才轉過頭，看著他。

看了很久很久，才長長嘆息了一聲，道：「你是個好朋友，我一向知道可以信任你。」

高立嗄聲道：「你不該信任我的。」

秋鳳梧似又聽不見他在說什麼，慢慢的接著道：「你答應過我，要看看我的孩子的。」

高立又沉默了很久，終於也長長嘆息了一聲，道：「我答應過你。」

秋鳳梧道：「現在孩子還沒有睡。」

高立道：「你要我現在去看他？」

秋鳳梧道：「我帶你去。」

草色也已枯黃。

在春天，這裡想必是綠草如茵，但現在已是濃秋，愁煞人的濃秋。

遠處有燈光閃耀，亮得就像是情人的眸子。

但高立卻看不見。

他眼前只有一片黑暗，心裡也只有一片黑暗。

秋鳳梧慢慢的在前面走，腳步單調而沉重。

高立在後面跟著。

他記得上次也曾這樣跟在秋鳳梧後面走，走了很久，走了很遠。

那正是他剛救了百里長青之後。

那時他雖然明知隨時都可能有人來找他報復，明知隨時都可能會有殺身之禍，但心裡卻還是很快樂。

因爲他已救了一個人，已幫助過別人。

因爲他已有了朋友。

但現在呢？

無心犯的錯，有時往往比有心犯的錯更可怕。

這又是爲了什麼？

老天爲什麼要叫他無心中犯下這致命的、不可寬恕、不可補救的錯誤。

他爲什麼不小心些？爲什麼要那麼疏忽？

猛抬頭，他的人已在燈火輝煌處。

燈光輝煌。

一個白髮蒼蒼的老婦人，端坐在紫檀木的椅子上，臉上帶著溫和而慈祥的微笑。

「這是家母。」

一個溫柔的少婦，端莊而賢淑，正是春花般的年華，春花般的美麗。

也許就因爲她自己心裡充滿幸福，所以對每個人都很親切，尤其是對她丈夫的好朋友。

「這是我的妻子。」

一個可愛的孩子，紅紅的臉，大大的眼睛，健康而活潑。

對他說來，人生還未開始，但他這一生想必是幸福和愉快的。

因爲他有個很好的家庭，很好的父母，他本就是個天生就應該享受幸福的人。

「這就是我的孩子。」

高立看著、聽著，臉上帶著有禮的微笑。

「這就是我的朋友高立，我平生唯一最好的朋友。」

高立的心又像是在被針刺著，又開始流血。

他幾乎已忍不住要拔腳飛奔出去，他實在沒有臉面對這些人。

他們若知道他已將孔雀翎遺失了，是不是還會對他如此親切？

秋老夫人正微笑著道：「鳳梧常常提起你，這次你一定要在這裡多留幾天。」

高立的喉頭似已被堵塞，用盡全身力氣，才能勉強笑了笑，點了點頭。

秋鳳梧美麗的妻子正在逗她的孩子，道：「叫高伯伯，高伯伯下次買糖給你吃。」

孩子只有週歲，當然還不會叫高伯伯，也根本聽不懂別人說的話。

可是他會笑。

他看見高立，就吃吃的笑著。

大家都笑了。

秋老夫人笑得更慈祥，道：「孩子喜歡高叔叔，高叔叔一定會爲這孩子帶來很多福氣。」

高立的心已將碎裂。

只有他自己知道，他爲這家人帶來的並不是福氣，而是災禍。

幸好秋鳳梧並沒有要他留下去。

「我再帶他到外面去看看，這是他第一次來，有很多地方他都沒有看過。」

高立的確有很多地方都沒有看過，事實上，他根本沒到過如此瑰麗、如此莊嚴的地方。

在夜色中看來，這地方更接近神話中的殿堂。

秋鳳梧道：「這裡一共有九重院落，其中大部分是在兩百七十年前建造的，經歷了三代，才總算使這地方看來略具規模。」

其實這地方又何止略具規模而已，看來這簡直已接近奇蹟。

秋鳳梧道：「這的確是奇蹟，經過了兩次戰亂劫火，這地方居然還太平無恙。」

後院的照壁前，懸著十二盞彩燈，輝煌的燈光，照著壁上一幅巨大的圖畫。

畫的是數十個像貌猙獰的大漢，拿著各種不同的武器，但目中卻都帶著驚惶和恐懼之色。

因爲一位白面書生手裡的黃金圓筒裡，已發出了彩虹般的光芒。

比彩虹更美麗輝煌的光芒。

秋鳳梧道：「這幅圖畫，說的是一百多年前的一件事。」

高立在聽著。

秋鳳梧道：「那時黑道上的三十六魔星，爲了要毀滅這地方，竟然結下血盟，聯手來攻，這三十六人武功之高，據說已可無敵於天下。」

高立忍不住問道：「後來呢？」

秋鳳梧淡淡道：「這三十六人沒有一個能活著回去的。」

他又接著道：「自從那一役之後，江湖中就沒有人敢來輕犯孔雀山莊，孔雀翎這三個字，才從此傳遍天下。」

燈火漸漸疏了。

這一重院落裡，彷彿帶著種說不出的陰森淒涼之意，連燈光都彷彿是慘碧的。

他們穿過一片枯林，一叢斑竹，走過一段九曲橋，才走到這裡。

這裡就像是另外一個世界，另外一種天地。

高大的屋宇陰森而寒冷。

屋子裡點著百餘盞長明燈，陰惻惻的燈光，看來竟如鬼火。

每盞燈前，都有個靈位。

高立第一眼看見的是：「太行霸主，山西雁孫復之位。」「崆峒山風道人之位。」

這兩個人的名字高立是聽過的，不久以前，他們還是江湖中不可一世的風雲人物。

秋鳳梧看著這一排排靈位，面上的表情更嚴肅，緩緩道：「這些都是死在孔雀翎之下的人。」

三百年來，死在孔雀翎下的人還不到三百個，這顯然表示孔雀翎並不是輕易就可動用的。

能死在孔雀翎下的，縱然不是一派宗主，也是絕頂高手。

秋鳳梧道：「先祖爲了怕子孫殺孽太重，所以才在這裡設下他們的靈位，超渡他們的亡魂，只望他們的冤仇不要結到下一代去。」

他嘆了口氣，接著道：「只可惜他們的後人，還是有很多想到這裡來復仇的。」

高立沒有說話。

他心裡在想著一件很奇怪，也很可怕的事。

他好像已在這裡看到了他自己的名字。

四

甬道長而曲折。

這地方高立已來過一次，來拿孔雀翎。

現在秋鳳梧爲什麼又帶他到這裡來呢？

他沒有問。

秋鳳梧無論要帶他到哪裡去，他都不會問。

無論多恐懼的命運，他都已準備接受。

掌聲一響。

甬道又出現了那十二個幽靈般的人。

十二把鑰匙，開了十二道鎖。

於是他們就又走進了那神秘、陰森、黝暗的石室，就像是走進了一座墳墓。

石室中有兩張古老而笨拙的石椅，上面已積滿了灰塵和青苔。

秋鳳梧道：「坐。」

高立坐了下去。

秋鳳梧卻轉過身，從石壁間取出了一小罈密封著的酒。

拍碎封泥，酒香芬冽。

秋鳳梧道：「這是窖藏已有百年的汾酒。」

高立道：「好酒。」

酒杯也是石雕的，同樣古老而笨拙。

秋鳳梧坐下來，斟滿兩杯，道：「好酒不可不喝。」

高立舉杯一飲而盡。

秋鳳梧凝視著他，道：「我們已有很久沒有在一起喝酒了。」

高立點點頭，道：「的確已很久。」

秋鳳梧輕輕嘆息，道：「這些年來，有很多事都已變了。」

高立聽著。

秋鳳梧道：「但我們的交情卻未變。」

高立又斟滿一杯，仰首飲盡。

秋鳳梧道：「我沒有個兄弟，而你就是我的兄弟。」

高立握緊酒杯。

酒杯若非石杯，早已被揑碎。

秋鳳梧道：「所以有句話我不能不對你說。」

高立道：「我在聽著。」

秋鳳梧道：「你遺失了孔雀翎，心裡一定很難受，也許比我還難受。」

高立垂下頭，斟酒，飲盡。

芬芳香冽的美酒，忽然變成苦的。

秋鳳梧道：「我了解你的心情，若換了我，也許就不敢再到這裡來了。」

高立面上露出痛苦之色，緩緩道：「我不能不來，因爲你信任我。」

秋鳳梧道：「並不是每個人都有這種勇氣的，我有你這種朋友，我實在很驕傲。」

高立道：「可是我……」

秋鳳梧打斷了他的話，道：「你也信任我，正如我信任你一樣。」

高立點點頭。

秋鳳梧面上的表情忽然變得很奇特，一字字道：「所以你一直相信那孔雀翎是真的。」

高立整個人突然抽緊，失聲道：「難道那孔雀翎不是真的？」

秋鳳梧道：「不是。」

「叮」的，酒杯落地。

高立突然變得像是一條凍死在冰中的魚。

沒有人能形容他此刻的心情，也沒有人能形容他此刻的表情。

他看著秋鳳梧，就像是看到旭日忽然落下，大地忽然分裂。

然後他的人就軟癱在石椅上，完完全全崩潰。

不是絕望的崩潰，是喜極的崩潰，連眼淚都忍不住奪眶而出。

當然也不是悲傷的眼淚。

他這一生從未如此歡喜過，那就像是一個已被判處極刑的死囚，忽然得到大赦。

秋鳳梧凝視著他，目中卻反而充滿了痛苦，過了很久，才緩緩道：「我告訴你這件事，只因為我不願你為此痛苦。」

高立不停的點著頭，心裡的確充滿了感激。

但他還是忍不住要問：

「真的孔雀翎呢？」

秋鳳梧道：「沒有真的。」

高立又一驚，失聲道：「沒有真的？」

秋鳳梧道：「沒有，根本沒有。」

他長長嘆息了一聲，苦笑著道：「真的孔雀翎，已被先父遺失在泰山之巔了。」

高立道：「那……那麼豈非已是多年以前的事情？」

秋鳳梧點點頭，道：「的確已有多年了，那正是先父與金老前輩泰山決戰後。」

高立道：「但江湖中卻從未有人說起過這件事。」

秋鳳梧道：「當然沒有。」

高立道：「為什麼？」

秋鳳梧道：「因為從來也沒有人知道這件事，甚至連我都不知道。」

高立道：「可是你……」

秋鳳梧道：「先父在臨終之前，才將這秘密告訴了我。」

高立道：「只告訴了你一個人？」

秋鳳梧道：「只告訴了我一個人。」

高立道：「我？……」

秋鳳梧凝視著他，緩緩道：「你是第三個知道這件事的人。」

他目中的痛苦之色更深，接著道：「先父說出這秘密時，曾經叫我立下重誓，要我將這秘密一直保守到臨死時，再告訴我的兒子。」

高立的臉色又變了，道：「但你卻告訴了我。」

秋鳳梧黯然長嘆，道：「因爲你是我的好朋友，我不願你爲了這件事負疚終生。」

這是何等偉大的友情。

世上還有什麼事能比這種友情更珍貴？

高立垂下了頭。

他寧願秋鳳梧沒有告訴他這秘密，他忽然發覺現在的負擔更重。

秋鳳梧道：「你殺麻鋒的時候，並沒有用孔雀翎。」

高立道：「那時孔雀翎已不在我身上了。」

秋鳳梧道：「我早就知道你不用孔雀翎，一樣可以殺了他。」

高立道：「你早就知道？」

秋鳳梧點點頭，道：「我很了解你的武功，也很了解你。」

高立承認。

他不能不承認。

秋鳳梧道：「以你的武功，江湖中已很少有人是你對手，可是你自己卻缺乏信心，所以……」

高立道：「所以你才將那個假的孔雀翎借給了我。」

秋鳳梧道：「不錯。」

高立道：「所以你才再三叮嚀我，不到萬不得已時，絕不要用它。」

秋鳳梧道：「我早就知道你根本用不著它。」

他表情又嚴肅起來，接著道：「孔雀翎並不只是種武器，而是一種力量。」

高立道：「我聽你說過。」

秋鳳梧道：「你雖然不必用它，但它卻可以帶給你信心。」

高立當然也不能不承認。

秋鳳梧道：「只要你有了信心，麻鋒就絕不是你的敵手。」

他忽然改變話題，又道：「只要孔雀翎存在一天，江湖中就沒有人敢來輕犯孔雀山莊，這道理也是一樣。」

高立道：「這道理我明白。」

秋鳳梧道：「孔雀山莊三百年的聲名，八十里的基業，五百條人命，其實本都是建築在一個小小的孔雀翎上。」

他表情更嚴肅，慢慢的接著道：「孔雀翎若已不存在，孔雀山莊也就會跟著毀滅。」

三百年的聲名，八十里的基業，五百條人命全都毀滅。

他幸福美滿的家庭當然也得毀滅。

高立忽然明白，秋鳳梧剛才爲什麼要帶他去看他的家人了。

還有那些死在孔雀翎下的亡魂靈位。

這些人的後代子孫，若知道孔雀翎已不存在，當然不會放過秋家的人。

江湖人心中的仇恨，本來就是永遠也化解不開的。

秋鳳梧長嘆道：「像我們這種武林世家的聲名，就像是一副很沉重的擔子，你只要一接下它，就得永遠挑下去。」

他慢慢的接著道：「我本來不想接下這副擔子的，我本來認爲先人創下的聲名，和他們的子孫並沒有關係。」

高立道：「現在呢？」

秋鳳梧忽然笑了笑，笑得很傷感，道：「現在我才知道，我既然生下來是姓秋的人，我就得挑起這副擔子，既不能推諉，也不能逃避。」

高立面上帶著沉思之色，緩緩道：「這擔子雖重，但卻也是種榮譽。」

其實那並不僅是種榮譽，也是種神聖的責任和義務。

「孔雀山莊的子孫只要活著一天，就得爲這種責任和榮譽奮鬥到底。」

這就是他們生存的目的。

他們根本完全沒有選擇的餘地。

秋鳳梧再次凝注著高立，緩緩道：「所以我絕不能讓孔雀山莊的聲名，毀在我手裡。」

高立的神色忽然變得很平靜，彷彿已下定了決心。

秋鳳梧的嘴唇卻已發白，接著道：「所以我絕不能讓任何人知道這秘密。」

高立慢慢的點了點頭，道：「我明白。」

秋鳳梧道：「你真的明白？」

高立道：「真的。」

秋鳳梧忽然不再說話，也不敢再看高立。

他眼睛裡竟忽然充滿了悲傷和痛苦，一種無可奈何，無法化解的悲傷和痛苦。

人爲什麼總是要做一些他不願做，也不忍做的事呢？

這豈非也正是全人類的悲傷和痛苦。

沒有風，但寒意卻更重了。

陰惻惻的燈光似已完全靜止、凝結，人的心似也被凍住。

「我會讓雙雙好好活著的。」

「當然。」

酒是苦的，好苦。

酒既已在杯中，無論多麼苦，都得喝下去。

是苦酒也好，是毒酒也好，你都得喝下去。

秋鳳梧慢慢的站起來，轉過身。

他沒有再說什麼，但等他走出門時，卻又回頭道：「我還有件事忘了告訴你。」

高立在聽著。

秋鳳梧道：「北六省鏢局的聯盟已成立，盟主正是百里長青。」

高立灰黯的眼睛裡，突然爆出了一串火花。

一串輝煌閃亮的火花。

秋鳳梧已走了出去。

又過了很久，高立才緩緩道：「謝謝你，謝謝你告訴我這件事。」

他真的感激。

因爲他忽然覺得自己這一生活得更有意義，他已完全滿足。

他愛過，也被人愛過。

他已爲別人做了件很有意義，很有價值的事，已無愧這一生。

秋鳳梧面前的酒始終沒有動過。

高立就將這杯酒也喝了下去。

是苦酒也好，是毒酒也好，他都得喝下去。

這就是人生！

人生中有些事，無論你願做也好，不願做也好，都是你非做不可的。

一個人若能平平靜靜的死，有時甚至比平平靜靜的活著更不容易。

六

深夜，無星無月。

風好冷。

秋鳳梧慢慢的走出來，走到院子裡。

榕樹的葉子正一片片落下來。

他靜靜的站了很久，竟似完全沒有發覺他的妻子已走到他身旁，她輕輕的依偎著他，在她心目中，天地間永遠都如此幸福寧靜，所以她永遠希望別人也同樣幸福。

過了很久，她才輕輕問：「你那朋友呢？」

「走了。」

「走了？爲什麼要走？」

秋鳳梧沒有回答，卻俯下身，拾起片落葉。

他凝注這片落葉，眼睛裡又充滿了那種無可奈何的痛苦和悲傷。

樹葉又何嘗願意被風吹落？

一個人的生命，有時候豈非也正如這片落葉一樣。

這故事也給了我們個教訓。

真正的勝利，並不是你能用武器爭取的，那一定要用你的信心。

無論多可怕的武器，也比不上人類的信心。

所以我說的這第三種武器，並不是孔雀翎，而是信心！

碧玉刀

【導讀推薦】

春風駘蕩，渾然天成

——《七種武器：碧玉刀》導讀

專欄作家、資深文學評論家
李榮德

《碧玉刀》一開場，湖山、春色、遊人如織，應著兩句古詩：山外青山樓外樓，西湖歌舞幾時休。

古龍在《碧玉刀》中一改惜墨如金的文風，居然不惜筆墨描寫起江南杭州的景色來，散文詩式的語言，飄逸俊美，從春色寫到漁歌，從茶樓酒肆寫到水鄉漁家；是一種清明上河圖式的風俗展示。寫景及人，寫人及景，景情交融，以從容優雅的筆觸使之渾然一體。

既不同於《長生劍》如幽谷深潭，詭異神秘；又不同於《孔雀翎》如淙淙流泉，軒敞明亮；《碧玉刀》如行雲流水，主角為風流倜儻的江湖美少年，行文風采與人物的表現極為和諧一致。

古龍在本書中寫出其作品的另一面——柔美、雅致。古龍的書一般以情節驚險曲折見長，文句通常也短促有力。而在本書中一反常態，以柔美、從容、優雅、舒展見長，寫出了俠之風流。寫少年段玉風采翩然，華華鳳（朱珠）活色生香。筆下揮灑，將段玉的天真、誠實表述得十分真切，一個極爲正派的大俠形象躍然紙上。

不要以爲這是一部抒情作品，其實玄機隱藏在風花雪月之中，危險存在於風俗圖裡。直到第二章，才始露端倪，到第三章，也即結尾章才能真正明白本書是什麼意味。大凡高手就是如此，出奇不意，天降神兵，才是妙招，如果人人看了頭便可以知道尾，那麼也就成了老奶奶哄小孫子的玩意兒了。透過這部書我們似乎可以看到古龍寫作的神態，他已經非常自信，因此下筆才從容優雅，不像寫作《長生劍》那樣，有時還有一種生澀之感，整本書娓娓道來，真個是鋒發韻流，渾然天成。

古龍並不是一個沒有思想、沒有追求的武俠小說作家，他認爲「……只有人性才是小說中不可缺少的，人性並不僅僅是憤怒、仇恨、悲哀、恐懼，其中也包括了愛與友情、慷慨與俠義、幽默與同情，我們爲什麼要特別著重其中醜惡的一面？」（《血海飄香》序）

上面這段話是爲《血海飄香》寫的，卻同樣可以拿來爲《碧玉刀》作注腳。《碧玉刀》就是包括了愛與友情、慷慨與俠義。

古龍的小說一般沒有年代背景，這有利於他充分發揮自己的想像空間，不受真實的制約。因而他的作品更多的是像童話，而不可能具有史詩般的框架巨構，然而正因爲具有童話、神話般的特徵，所以具備通俗的魅力，能夠流行，能夠備受人們的喜愛。

一　江湖少年春衫薄

一

春天。江南。

段玉正少年。

馬是名種的玉面青花驄，配著鮮明的、嶄新的全副鞍轡。

馬鞍旁懸著柄白銀吞口，黑鯊皮鞘，鑲著七顆翡翠的刀，刀鞘輕敲著黃銅馬蹬，發出一串叮咚聲響，就像是音樂。

衣衫也是色彩鮮明的，很輕，很薄，剪裁得很合身，再配上特地從關外來的小牛皮軟馬靴，溫洲「皮硝李」精製的烏梢馬鞭，把手上還鑲著比龍眼還大兩分的明珠。

現在正是暮春三月，江南草長，群鶯亂飛的時候，一陣帶著桃花芳香的春風，正吹過大地，溫柔得就彷彿情人的呼吸。

綠水在春風中盪起了一圈圈漣漪，一雙燕子剛剛從桃花林中飛出來，落在小橋的朱紅欄杆上，呢喃私語，也不知在說些什麼。

段玉放鬆了韁繩，讓座下的馬，慢慢的踱過小橋，暖風迎面吹過來，吹起了他的薄綢青衫。

就在這件紫綢衫左邊的衣袋裡，放著疊得整整齊齊的一疊嶄新的銀票，足夠任何一個像他這樣的年輕人，舒舒服服的花上三個月。

他今年才十九，剛從千里冰封的北國，來到風光明媚的江南。

欄杆上的燕子被馬蹄驚起，又呢喃著飛入桃花深處。

段玉深深的吸了口氣，只覺得自己輕鬆得就像這燕子一樣，輕鬆得簡直就像是要飛起來。

但是他也並非完全沒有心事。

家教一向最嚴的中原大豪段飛熊夫婦，當然不會無緣無故就放他們的獨生子到江南來。

段玉此行當然也有任務的。

他的任務是在四月十五之前，趕到「寶珠山莊」去替他父親少年時的八拜之交，「江南大俠」朱寬朱二太爺去拜壽。將段家祖傳的寶物「碧玉刀」帶去做壽禮，然後再把朱家的寶珠帶回去。

「寶珠山莊」最珍貴的一粒寶珠，就是朱二太爺的掌上明珠。

她今年才十七。

她叫朱珠。

據說朱二太爺今年破例做壽，就是爲了替他的獨生女選女婿。

姑蘇朱家是江南聲名最顯赫的武林世家，朱大小姐不但是有名的美人，還是有名的才女。

聽到了這消息，江湖中還未成親的公子俠少們，只怕有一大半都會在四月十五之前趕到寶珠山莊。

段玉是不是能雀屏中選，把這粒寶珠帶回去，他實在沒有把握。

這就是段玉的心事。

還有，段家的碧玉刀非但價值連城，而且故老相傳，都說其中還藏著一個很大的秘密。

無論誰只要能解開這秘密，他立刻就可能變成富可敵國的武林高手。

江湖中的豪強大盜們，對這樣東西眼紅的自然也有不少。

他是不是能將這件家傳之寶平平安安的送到寶珠山莊去，他自己也沒把握。

這也是他的心事。

但是在這江花紅勝火，春水綠如藍的江南三月，還有什麼心事是一個十九歲的少年人拋不開，放不下的？

假如還有一樣，那就是他臨出門時，他父親板著面，耳提面命，再三囑咐他，切切不可忘記的七大戒條。

直到現在，他彷彿還能聽見他父親那種嚴厲的語聲：

「以你的聰明和武功，已勉強可以出去闖闖江湖了，但這幾件事你還是千萬不能去做，否則我保證你立刻就有麻煩上身。」

「這是我積幾十年經驗得來的教訓，你一定要牢記在心。」

段玉從小就是個孝順聽話的孩子，這幾樣事他連一樣都不敢忘記，每天早上一醒過來，都要在心裡反覆唸幾次：

一、不可惹事生非，多管閒事。

二、不可隨意結交陌生的朋友。

三、不可和陌生人賭錢。

四、不可與僧道乞丐一樣的人結怨。

五、錢財不可露白。

六、不可輕信人言。

第七條，也是最重要的一條，就是千萬不可和陌生的女人來往。

段玉一向是個很討人喜歡的孩子，他不但健康英俊，彬彬有禮，而且很喜歡笑，很會笑，笑得很甜。

何況他鮮衣怒馬，年少多金，女人見了若不喜歡，那才是怪事。

這本是段飛熊段老爺子最引以爲傲的一點，現在卻變成最擔心的一點。

「女人本來就是禍水，江湖中的壞女人尤其多，你只要惹上了一個，你的麻煩就永遠沒得完了。」

這句話段飛熊至少對他兒子說過了五十次，段玉就算想忘記都困難得很。

你說是不是？

二

江南的春色若有十分，那麼至少有七分是在杭州。

杭州的春色若有十分，那麼至少有七分是在西湖。

有人說，西湖的春色美如圖畫，但世上又有誰能畫得出西湖的春色？

你路過杭州，若不到西湖去逛一逛，實在是虛度一生。

你到了西湖，若不去嚐一嚐三雅園的「宋嫂魚」，也實在是遺憾得很。

現在段玉恰巧路過杭州，到了西湖，他當然絕不會留下個遺憾在心裡。

宋嫂魚就是醋魚。

魚要活殺的而且要清蒸才是最上品的，蒸熟了之後，才澆上作料送席，所以送到桌上還是熱氣騰騰，那真是入口就化，又鮮又嫩。

正如成都的「麻婆豆腐」，醋魚叫做宋嫂魚，就因爲這種作法是南宋時的一位姓宋的婦人所創始的。

但西湖水淺，三尺以下就是泥淖，魚在湖水裡根本養不大。

而且西湖根本就不准捕魚，在西湖捕魚，攪混了一湖碧水，豈非也就跟花間問道，焚琴煮鶴一樣，是件大煞風景的事。

所以醋魚雖然以西湖爲名，卻並不產自西湖，而來自四鄉。

尤其是塘栖鄉，不但梅花美，魚也美。

那裡幾乎是戶戶魚塘，裝魚入城的船，船底是用竹篾編成的，比西湖的畫舫還大，魚在船底，就好像在江水裡一樣。

船到武林門外，在小河埠靠岸，赤著足的魚販子就用木桶挑進城裡去，木桶裡也裝滿了江水，桶上的竹籮裡，還裝著一大籮鮮蹦活跳的青殼蝦。

在曙色朦朧的春天早上，幾十個健康快樂的小伙子，挑著他們一天的收穫，踏著青石板路往前走，那景象甚至比醋魚更能令人歡暢。

於是臨湖的酒樓就將這些剛送來的活魚，用大竹籠裝著，沉在湖水裡，等著客人上門。

西湖的酒樓，家家都有醋魚。

定香橋上的花港觀魚，老高莊水閣上的五柳居，都用這種法子賣魚的。

只有湧金門外的三雅園是例外。

段老爺子最欣賞的就是三雅園，只要到了西湖，少不了要到三雅園去活殺條鮮魚，清蒸了來下酒。

所以段玉也到了三雅園。

三雅園就在湖畔，面臨著一湖春水，用三尺高的紅漆雕欄圍住。

欄杆旁有十來張洗得發亮的白木桌子，每張桌子上都準備有魚餌和釣竿。

魚已放入湖裡，用竹欄圍住，要吃魚的，就請自己釣上來。

自己釣上來的魚，味道總彷彿特別鮮美。

段玉釣了兩尾魚，燙了兩角酒，面對著這西湖的春色，無魚已可下酒，何況還有魚？

所以兩角酒之後，又來了兩角酒。

段飛熊沒有關照他，叫他少喝酒，只因爲人人都知道段家的大公子有千杯不醉的海量。

無論誰要想將他灌醉，那簡直就好像要將魚淹死一樣困難。

酒是用錫做的「爨筒」裝來的，一筒足足有十六兩。

四角酒就是四斤，段玉喝的是比遠年花雕還貴一倍的「善釀」。

這種酒本就是爲遠來客準備的，雖然比花雕貴一倍，卻未必比花雕好多少。

真正好的是陳年竹葉青，淡淡的酒，入口軟綿綿的，可是後勁卻很足，兩三碗下了肚，已經有陶陶然的感覺。

段玉喝的雖不是竹葉青，現在也已有了那種陶陶然的感覺。

他喜歡這種感覺，準備喝完這兩筒，再來兩筒，最後才叫一碗過橋雙醮的蝦爆鱔麵來壓住這陣酒意。

聽說這裡的麵並不比官巷口的「奎元館」做得差。

杭州人大多都能喝酒。

他們喝酒用碗，一碗四兩，普通喝個六七碗都不算稀奇。

但一喝就是五六斤，就有點稀奇了，何況喝酒的又只不過是個十八九歲的年輕人。

已經有很多人開始注意他了，眼睛瞪得最大的，是旁邊座上一個也穿著淺紫長衫的白面書生。

這少年的年紀好像比段玉還小兩歲，大大的眼睛，挺直的鼻子，穿著很時新，樣子很斯文，很秀氣，看來正是和段玉出身差不多的富家子弟。

最妙的是，他桌上也有好幾個四碗裝的空罈筒，顯見得酒量也不小。

酒量好的人，通常總是會對好酒量的人有興趣的。

所以他忽然對段玉笑了笑。

段玉沒有看見。

其實他也早已在注意這大眼睛的年輕人，也不是對這人沒興趣。

只不過段公子雖然初入江湖，但卻絕不笨，也不瞎，事實上，他比大多數人都聰明得多，眼睛也比大多數人亮得多。

他一眼就已看出這大眼睛的小伙子，並不真的是個小伙子，而是個大姑娘女扮男裝的。

「在路上千萬不可和陌生的女人打交道。」

這教訓段玉並沒有忘記，也不敢忘記，他一向是個很聽話、很孝順的好孩子。

所以他眼睛就一直盯在對面的一艘畫舫上。

這畫舫是從柳蔭深處搖出來的，翠綠色的頂朱紅的欄杆，雕花的窗子裡，湘妃竹簾半捲。

一個風姿綽約的絕代麗人，正坐在窗口，調弄著籠中的白鸚鵡。

她一隻手托著香腮，手腕圓潤，手指纖美，眉宇間彷彿帶著種淡淡的幽怨，彷彿正在感懷著春光的易老，情人的離別。

她也是個女人，只不過距離遠的女人，總比旁邊桌上的女人安全些。

至少她總不能飛過這五六丈湖水，過來找段玉的麻煩。

但旁邊桌上的女人要過來就容易得多了。

現在她就真的好像有這意思，忽然抱拳道：「這位兄台請了。」

段玉看了看後面，又看了看旁邊，好像還不知道別人找的就是他。

這大眼睛的小姑娘抿著嘴一笑，說道：「我的兄台，就是閣下。」

她笑的時候鼻子先皺起來，就好像春風吹起了湖水中的漣漪。

她不笑的時候，已經是個很可愛的女孩子，這一笑起來，簡直可以讓男人跳樓。

段玉再想裝傻也不行了，也只好笑了，笑道：「閣下是在跟我說話？」

小姑娘瞪著大眼睛笑道：「不是跟你說話是跟誰說話？」
段玉輕輕咳嗽了兩聲，道：「卻不知閣下有何見教？」
這小姑娘「唰」的將一柄洒金摺扇展開，輕搖著摺扇道：「獨酌不如同飲，如此佳日美景，閣下何不移玉過來共謀一醉？」
明明連瞎子都可看得出她是個女人，她卻偏偏還要裝出男人的樣子。
段玉嘆了口氣，道：「在下也頗有此意，怎奈素昧平生，何況男女有別。」
小姑娘怔了怔，眼睛瞪得更大了，道：「你說男女有別？你難道是個女人？」
段玉又笑了，忍住笑道：「閣下當然也看得出我不是。」
小姑娘眨著眼，道：「你不是誰是？」
段玉道：「你。」
這小姑娘瞪了他半天，搖著頭，喃喃道：「原來這人的眼睛有點毛病。」
她一隻手還在搖著摺扇，另一隻手端起酒碗來，仰著脖子喝了下去。
她喝起酒來實在不像是個女人。
段玉在心裡嘆了口氣。
現在正是春天，他今年才十九，正是最容易動心的年紀。
他實在很想過去，只可惜他怎麼也忘不了他父親板起臉來的樣子。
要做個又孝順又聽話的好孩子，可實在真不太容易。
夕陽滿天，照得「濃妝淡抹總相宜」的西子湖更絢麗多姿。

輕雪般的綠柳，半開的紅荷，朦朧的遠山，倒映在閃動著金光的湖水裡。遠處也不知是誰在曼聲而歌：

小村姑兒光著腳。
下水去割燈心草。
一把草兒剛繫好。
躺在溪邊睡著了。

柳蔭蓋著她的臉。
她的腳兒小又巧，
三個騎士打馬來。
臉上全都帶著笑。

一個騎士跳下馬。
癡癡望著她的腳。
有個騎士膽較大。
居然親親她的嘴。
第三個耍個把戲。

怎好記在歌詞裡。

哎呀，可憐的小村姑。

她為什麼要貪睡？

柔美的歌聲，綺麗的詞句，充滿了一種輕佻的誘惑和挑逗之意。

這是不是一個多情的村姑，正在用歌聲暗示她的情人，要他的膽子大些？

段玉忍不住又在心裡嘆了口氣，他竟連看都不敢去看旁邊那小姑娘一眼。

他覺得自己實在太沒用，連酒都不想再喝了，正想叫碗過橋雙醮的蝦爆鱔麵來，吃飽了找個地方去大睡一覺。

就在這時，湖面上突然有艘梭魚快艇，箭一般破水而來。

快艇上迎風站著四個濃眉大眼，頭皮刮得發青的健壯大和尚。

風吹湖水，快艇起伏不停，這四個大和尚卻好像釘子一般釘在船頭，紋風不動。

段玉一眼就看出他們都是練家子，而且下盤功夫都練得很好。

「在江湖中最不能惹的，就是和尚、道士和乞丐。」

因爲這種人只要敢在江湖中行走，若非有出眾的武功，就一定有很大的勢力。

如此良辰美景，這幾個出家人爲什麼要到這裡來橫衝直闖？

段玉本來有點奇怪的，現在也決心不去管他們的閒事了。

「是非全爲多開口，煩惱皆因強出頭，若要想一路平安，就千萬不可能惹事生非，以及多管閒事。」

段玉喝完了最後一碗，只等他叫的麵來吃完了就走。

只聽「砰」的一聲，那艘快艘居然筆直的往畫舫上撞了過去。

窗子裡坐著的那正在調弄著白鸚鵡的麗人，被撞得幾乎跌了下去。

那四個大和尚卻已躍上畫舫，兇神惡煞般衝了進去，指著她的鼻子破口大罵，卻又聽不出罵的什麼。

連籠裡的白鸚鵡都已被嚇得吱吱喳喳又跳又叫，人更已被嚇得花容失色，全身抖個不停，看來更楚楚可憐。

這些大和尚偏偏不懂憐香惜玉，有一個竟伸了蒲扇般的大手，彷彿想去抓她的頭髮。

哪裡來的這些惡僧，簡直比強盜還兇，光天化日之下，眾目睽睽之前，居然就敢這麼樣欺負一個可憐的單身女人。

這種事若再不管，還談什麼扶弱除強、行俠仗義？

段玉只覺胸中一陣熱血上湧，他什麼都顧不得了，抓起桌上的刀，霍然一長身，就已竄出了欄杆。

欄杆外就是一片湖水，眼見著他就要掉下去，那大眼睛的小姑娘似已驚呼失聲。

誰知段玉年紀雖輕，武功卻很老到，早已看準了落腳處。

只見他腳尖在圍住魚塘的竹欄上一點，人又騰身而起，使出來的竟是登萍渡水，燕子三抄水這一類的絕頂輕功。

大眼睛的小姑娘驚呼還沒有完，段玉已凌空翻身，一式「細胸巧翻雲」，跟著一式「平沙落雁」，輕飄飄的落在畫舫上。

四個大和尚中，有一個正留在艙外觀望，看見有人過來立刻沉著臉低叱道：「什麼人？來幹什麼？」

這和尚一臉金錢麻子，眼露殺機，看來就不像是個清淨的出家人。

段玉也沉下了臉，道：「你們是出家人？還是強盜？」

這和尚彷彿終於想起了自己的身分，雙掌合什，道：「阿彌陀佛，出家人怎麼會是強盜？」

段玉道：「既然不是強盜，怎麼比強盜還兇，連強盜也不敢這麼樣欺負女人。」

和尚厲聲道：「你是那女子的什麼人？要來管這閒事？」

段玉挺起胸，道：「天下人管天下事，這閒事我爲何管不得？」

船艙又傳出那麗人的驚呼：「救命呀，救命，這些兇僧要行非禮。」

段玉火氣更大了，冷笑道：「看來你們這些和尚的膽子倒真不小。」

這和尚怒道：「你的膽子也不小，竟敢在洒家面前如此放肆。」

他嘴裡說著話，一雙手也沒閒著，突然沉腰坐馬，雙拳齊出，猛擊段玉的腰肋，用的竟像是少林正宗伏虎羅漢拳。

只可惜段玉並不是老虎，什麼羅漢拳也伏不了他。

他身子一偏，已反手扣住了這和尚的脈門，四兩撥千斤，輕輕一帶。

這種藉力打力的功夫，正是這種剛猛拳路的剋星，和尚用的力愈大，跌得就愈慘。

他這一拳力量可真不小，只見他一個百把斤重身子突然飛起，「噗通」一聲，竟然掉入湖水裡。

岸上有人在鼓掌，卻也不知是不是那大眼睛的小姑娘。

段玉還沒有回頭去看，船艙中已有兩個大和尚衝了出來。

這兩人身法矯健，出手更快，忽然間，兩雙鉢頭般大的拳頭已到了段玉面前，只聽拳風虎虎，果然是招沉力猛。

只可惜中原第一條好漢段飛熊的大公子，武功非但不比他父親差，簡直已有青出於藍之勢。

尤其是他的輕功身法，不但輕靈過人，而且又瀟灑、又漂亮。

他輕輕一提氣，突然鷂子翻身，人已到了這兩個和尚的身後。

和尚變招也不慢，甩手大翻身，「羅漢脫衣」，揮拳反擊。

可是他已經太慢了。

段玉手裡的刀鞘，已打在他左肩的肩井穴上。

他剛翻身，這部位正是他全身平衡的重心，一下子被打著，身子立刻站不穩，踉蹌後退了七八步，「砰」的撞斷了船上的「欄杆」。

另一個和尚比他還慢一點。

段玉再一揮手，只聽「噗通，噗通」兩聲，兩個和尚又掉入水中。

剩下的一個和尚剛搶步出艙，臉色已變了，也不知是出手的好，還是不出手的好。

他做夢也沒有想到，這看來斯斯文文的少年人，竟有這麼樣一身驚人的武功。

他簡直從未看見過任何一個少年人，有這麼樣的武功。

段玉也在看著他。

這和尚年紀比較大，樣子也好像比較講理，最重要的是，他還沒有伸手打人。

所以段玉對他也比較客氣，微笑著道：「你的伙伴都走了，你還不走？」

這和尚點點頭，長長嘆息了一聲，忽然問道：「施主高姓？」

段玉道：「我姓段。」

和尚道：「大名？」

段玉道：「段玉。」

和尚又嘆了口氣，道：「段施主好武功。」

段玉笑道：「馬馬虎虎，還過得去。」

和尚忽然沉下了臉，冷冷道：「但段施主無論有多麼高的武功，既然管了今日之事，以後只怕就很難能全身而退了。」

段玉道：「哦？」

和尚道：「施主難道看不出貧僧等是從什麼地方來的？」

段玉道：「和尚當然是從廟裡出來的，除非你們不是和尚，是強盜。」

這和尚狠狠瞪了他一眼，什麼話都不再說，突然躍起，「噗通」，也跳進水裡。

段玉又笑了，喃喃道：「有福同享，有難同當，看來這和尙倒蠻夠義氣。」

他揮了揮衣裳，想走，又想過去問問那白衣麗人有沒有受傷。

正拿不定主意的時候，船艙中已有人在呼喝：「段公子，請留步。」

聲音如出谷黃鶯，又輕、又脆、又甜，和她喊救命的時候大不相同了。

段玉輕輕咳嗽了兩聲。

他並不是真的想咳嗽，這是段老爺子的毛病，老爺子喉嚨裡總是有痰，要說重要的話時，總喜歡先咳嗽兩聲。

所以段公子也學會了，他發覺在沒有話說的時候，先咳嗽幾聲，是種很好的法子。

誰知那白衣麗人卻已走了出來，手扶著船艙，看著他，美麗的眼睛裡充滿了關切，柔聲道：「段公子莫非著了涼？這裡剛巧有京都來的枇杷膏，治嗓子最好。」

段玉連咳嗽都不敢咳了，勉強笑道：「不必……在下很好。」

白衣麗人嫣然道：「公子你本來就是個好人，我知道。」

段玉的臉紅了，搶著道：「我不是這個意思，我是說，我沒有病。」

白衣麗人笑得更甜，道：「沒有病就更好了，船上還有一罈陳年的竹葉青……」

段玉趕緊道：「不必，不必客氣，在下正要告辭。」

白衣麗人垂下頭，輕輕道：「公子要走，賤妾當然不敢攔阻，只不過，萬一公子一走，那些惡僧又來了呢？」

段玉沒話說了。

要做好人，就得做到底。

岸上有人在叫：「船上那位公子的酒錢一共是一兩七錢，還沒有賞下來。」

白衣麗人笑道：「公子的酒錢，我……」

段玉趕緊道：「不行，不必客氣，我這裡有。」

要女人付酒錢，那有多難為情。

段玉公子出手救人，難道是為了要別人替他付酒錢？

這種事是千萬不能讓人誤會的。

段玉立刻搶著將荷包掏出來，慌忙中一個不小心，銀票和金葉子落了一地，連那柄碧玉刀都掉了下來。

幸好這白衣麗人並沒有注意到別的事，她那雙美麗的眼睛，好像已被段玉的酒窩吸住了，再也不願意往別地方去看。

三

陳年的竹葉青確是好酒，顏色看來已令人舒暢，就彷彿是情人的舌頭。

這白衣麗人正伸出小巧的舌頭，直添著嘴唇。

段玉趕緊低下了頭喝，喝完了這杯酒，他才想到這一下子，已將第一、第四、第五、第七，這四條戒律全都犯了。

要命的是，這艘畫舫不知何時竟已盪入湖心，他要走都已來不及。

何況她現在已將他當做朋友，甚至連自己的名字都已告訴了他：「我姓花，叫夜來。」

花夜來。

好美的姓，好美的名字。

好美的月色，好美的春光，好美的酒。

所有的一切事，彷彿都美極了，段玉在心裡嘆了口氣，決定將自己放鬆一天。

每個人都應該偶而將自己放鬆一下子的，你說是不是？

何況他今天做的，又不是什麼壞事——誰能說救人是壞事？誰能說喝杯酒是壞事？

段玉立刻原諒了自己。

原諒自己豈非總比原諒別人容易？

所以段玉不醉也醉了。

四

明月。

西湖的月夜，月下的西湖，畫舫已泊在楊柳岸邊。

人呢？

人在沉醉，人在沉睡。

段玉只知道自己被帶下了畫舫，被帶入一間充滿了花香的屋子裡，躺在一張比花香更香的床上，卻分不出是夢是醒？

旁邊彷彿還有個人，人也比花香。

是不是夜來香？他分不清，也不願分得太清。

管它是夢也好，是醒也好，就這樣一份朦朦朧朧，飄飄盪盪的滋味，人生又有幾回能夠領略得到。

夜很靜，夜涼如水。

風吹著窗戶，窗上浮動著細碎的花影。

旁邊彷彿有人在輕聲呼喚：「段公子，段玉，玉郎。」

段玉沒有回答，他不願回答，不願清醒。

但他卻能感覺到身旁有人在轉側，然後就有一隻帶著甜香的手伸過來，像是在試探他的呼吸。

他的呼吸均勻。

手在他臉上輕輕晃了幾下，人就悄悄的從床上爬了起來。

比花更美的人。

長長的腿，細細的腰，烏雲般的頭髮披散在雙肩，皮膚光滑得就像是緞子。

連月亮都在窗外偷窺，何況人？

段玉悄悄的將眼睛睜開一線，忍不住從心裡發出了讚賞之意。

幸好他沒有將這讚美說出口來，因爲他忽然發現花夜來竟悄悄的提起了他的衣裳，用最輕巧的手法，將他衣袋中的荷包拎了出來。

然後她就悄悄的走到窗口，窗台上擺著幾盆花，是不是夜來香？

她遲疑著，居然將第二盆花從花盆裡提了起來，帶著泥土一起提了起來。

然後她就用最快的動作，將段玉的荷包塞入花盆裡，再將花擺進去，將泥土輕輕的拍平。

現在誰也看不出這盆花有什麼特別的地方了。

她輕輕吐出了口氣，轉回身來的時候，臉上不禁露出了得意的微笑。

她笑得真甜，簡直就像是個天真無邪的孩子。

只可惜段玉這時已不能欣賞。

他已閉起了眼睛，鼻子裡甚至發出了一種輕微均匀的鼾聲，正是喝醉了的人發出的那種鼾聲。

花夜來站在床頭，滿意的看著他，悄悄的爬上床，用一雙光滑柔軟的手臂將他抱住。

現在她似乎已希望他醒過來了。

段玉當然沒有醒。

她輕輕嘆了口氣，忽忽低低哼起了一首歌曲，唱的彷彿是：

「哎呀，可憐的小伙子，

他爲什麼要貪睡呢？」

她低低的哼著，呼吸愈來愈重，壓在段玉身上的手臂也彷彿愈來愈重。

她睡著了，帶著滿心得意和歡喜睡著了。

風吹著窗戶，窗上浮動著細碎的花影。

段玉慢慢的翻了個身，輕喚道：「花姑娘，花夜來。」

沒有回應。

她的呼吸沉重而均勻，她畢竟也喝了不少竹葉青。

段玉又等了很久，才悄悄的爬起來，拿起了他的衣裳，悄悄的走到窗口。

窗紙已有些發白了。

段玉提起了那盆花，也用最快的手法，將花盆裡的東西全都倒在他的衣服裡。

然後他再將花擺進去，將土拍平。

他臉上也不禁露出了得意的微笑，但轉身看到她時，心裡又不禁有些歉意。

這善良的少年人，從不願令別人失望的，何況是這麼樣一個美麗的女人。

他悄悄的走過床前，順便提起了他那雙精緻的小牛皮靴子。

床上的人兒忽然翻了個身，呢喃著道：「你起來幹什麼？」

段玉勉強控制著自己的心跳，柔聲道：「我要早點走，一早我還要趕路。」

床上的人點點頭，眼睛還是張不開，含含糊糊的說道：「回來時莫要忘記再來看我。」

段玉道：「當然。」

其實他當然也知道，明天她一定就已不會在這地方了。

床上的人滿足的嘆了口氣，很快就又睡著。

她當然想不到這迷迷糊糊的少年人會發覺她的秘密，現在只希望他快走。

花盆下面實在是個藏東西的好地方。

他若沒有恰巧看見，第二天早上醒來，發現自己東西不見了時，也沒法子說是她拿的。

捉賊要捉贓，這道理他也懂的，當然只有吃定這啞巴虧了。

何況這種事根本就沒法子說出去的。

唉，女人，看來男人對女人的確要當心些。

天已經快亮了，淡淡的月還掛在樹梢，朦朧的星卻已躲入青灰色的穹蒼後。

青石板的小路上，結著冷冷的露珠。

段玉赤著腳，穿過院子，冷冷的露水從他腳底一直冷到頭頂。

他忽然變得很清醒，簡直從來也沒有這麼樣清醒過。

牆並不高，牆頭也種著花草。

花香在清冷的曉風裡沁入心裡。

段玉掠了出去，在牆角穿起了他的靴子，再把從花盆裡倒出來的東西放回衣袋裡，抬起頭，長長呼吸著這帶著花香的晨風。

他忽然發現這西子名湖在凌晨看來竟比黃昏時更美。

他沿著湖岸的道路慢慢的走著，領略著這新鮮的湖光山色。

他一點也不急，就算再走三天三夜才能走到他昨天投宿的客棧也沒關係。

那狡猾而美麗的女人醒來後，發現那花盆又變成空的時候，臉上會有什麼樣的表情呢？

想到這裡，段玉忍不住笑了，心裡雖然難免多多少少有些歉意，但那種秘密的、罪惡的歡喜卻遠比歉意更濃得多。

他忍不住伸手入懷，將那些失而復得的東西再拿出來欣賞一遍。

他怔住。

荷包裡除了他父親給他的銀票，他母親給他的金葉子和那一柄碧玉刀外，居然又多了兩樣東西。

一串比龍眼還大的明珠，一塊晶瑩的玉牌。

這樣的珍珠找一顆也許還不難，但集成這樣一串同樣大小的，就很難得了。

玉牌也是色澤豐潤，毫無瑕疵。

段玉當然是識貨的，一眼就看出這兩樣東西都是價值連城的寶物。

這兩樣東西是哪裡來的？

段玉很快就想通了，花夜來一定早已將她那花盆當做她秘密的寶庫。

在他之前，想必已有人上過她同樣的當。

段玉又笑了，他實在覺得很有趣。

他當然並不是個貪心的人，但是用這法子來給那貪心而美麗的女人一點小小的懲罰，也並不能算是問心有愧。何況，現在他就算想將這些東西拿去還給她，也找不著她那秘密的香巢了。

事實上，他也不想再去惹這麻煩。

「這些東西本來就不是她的，要還也不能還給她呀。」段玉嘆了口氣，最後終於得到了這結論。

於是他就將所有的東西全都放回他自己的衣袋裡。

他對自己處理這件事的冷靜和沉著覺得很滿意，非常滿意，簡直滿意極了。

他覺得自己實在也應該得到獎勵。

天色又亮了些。

一聲「欸乃」，柳蔭深處忽然有艘小艇盪了出來。

撐船的船家年紀並不太大，赤足穿著草鞋，頭上戴著頂大笠帽，遠遠就向段玉招呼著道：「相公是不是要渡湖？」

段玉又發現自己的運氣實在不錯，他正不知道該走哪條路回去，剛想找條船來渡湖，渡船就來了。

「你知道石家客棧在哪邊？」

當然知道。西湖的船家，又有誰不知道石家客棧的。

於是段玉就跳上了船，笑道：「你渡我過去，我給你十兩銀子。」

他自己覺得很快樂時，總是喜歡讓別人也分享一點他的快樂。

快樂本是件很奇怪的東西，絕不會因爲你分給了別人而減少。

有時你分給別人的愈多，自己得到的也愈多。

誰知這船家非但一點也沒有歡喜感激之意，反而翻起了白眼，瞪著他道：「你莫非是強盜？」

段玉笑了，道：「你看我像是個強盜？」

船家冷冷道：「若不是強盜，怎麼會渡一次湖就給十兩銀子？」

段玉道：「你嫌多？」

船家道：「本來嫌多的，現在卻嫌少了。」

段玉忍不住問道：「爲什麼？」

船家道：「你的銀子既然來得容易，要坐我的船，就得多給些。」

段玉眨了眨眼，道：「你要多少？」

船家道：「你身上有多少，我就要多少。」

段玉又笑了，道：「原來我不是強盜，你才是強盜。」

船家道：「你現在才知道，已經太遲了。」

他長篙只點了幾點，船已到了湖心，兩膀少說也有三五百斤的力氣。

段玉看著他，道：「這真是條賊船？」

船家冷冷道：「哼。」

段玉道：「聽說賊船上若要殺人時，通常有兩種法子。」

船家道：「你知道的事倒真不少。」

段玉道：「卻不知你是想請我吃板刀麵呢，還是要把我包餛飩？」

船家道：「那就得看你的銀子是不是給得痛快了。」

段玉道：「善財難捨，要拿銀子給人，怎麼能痛快得起來。」

船家冷笑道：「那麼看來我只好先請你下去洗個澡。」

段玉道：「不用客氣，我剛洗過。」

船家不等他的話說完，已忽然跳起來，一個猛子扎入水裡。

接著，這一條小船就在湖心打起轉來，轉得很快。

段玉居然還是一點也不著急，喃喃道：「只打轉還沒關係，翻了才糟糕。」

這句話還沒有說完，小船果然已翻了身。

誰知段玉還沒有掉下去。

船要翻的時候，他的人已凌空躍起，等船底翻了天，他就輕飄飄的落在船底上，喃喃道：「翻身還沒關係，沉了才真糟糕。」

突聽「咚」的一響，船底已破了個大洞，小船立刻開始慢慢的往下沉。

段玉還是沒有掉下去。

撐船的竹篙，飄在水面上，他突然掠過去，腳尖在竹篙上輕輕一點，竹篙就跟著向前滑出。

他的人已藉著這足尖一點之力，換了一口氣，再次躍起，等竹篙滑出三丈，他又掠過去用腳尖一點。

換過三次氣後，他居然已又輕飄飄的落在岸上，喃喃道：「看來船沉了也不太糟糕，只不過真有點可惜而已。」

只聽「嘩啦啦」一聲水響，那船家已從水裡冒出頭來，用一雙又黑又亮的眼睛看著他。

段玉背負著雙手，微笑道：「現在水還很冷，洗澡當心要著涼。」

船家又瞪了他半天，忽然長長嘆了口氣，道：「果然是好輕功。」

段玉道：「馬馬虎虎還過得去。」

船家沉下了臉，冷冷道：「只可惜你空有這樣的一表人材，偏偏不學好。」

段玉失聲笑說道：「是你不學好？還是我不學好？」

船家卻長嘆了口氣，淡淡的道：「我本來還想保全你，指點你一條明路的，現在看來你已只有死路一條了。」

段玉也嘆了口氣，道：「先要請我吃板刀麵，又要請我下湖洗澡，這也算是指點我的明路？」

船家冷笑一聲，一低頭，又扎入了水裡。

段玉突又喚道：「等一等。」

船家慢慢的從水裡露出頭來，道：「你還有什麼話說？」

段玉笑了笑，道：「我忘了謝謝你。」

船家皺眉道：「謝謝我？」

段玉微笑道：「不管你說的話是真是假，我一樣還是要謝謝你。」

他的微笑純真而坦誠，用這種笑容對人，永遠都不會吃虧的。

船家看著他，過了很久，忽然又嘆了口氣，道：「像你這樣的年輕人，死了的確有點可惜。」

段玉笑道：「我也不想死。」

船家沉吟著，道：「你現在若趕到鳳林寺去，找一位姓顧的道人，也許還有一線生機。」

段玉苦笑道：「我活得好好的，你爲什麼總是說我快要死了呢？」

船家道：「你難道已經忘了你自己都做過什麼事？」

段玉皺了皺眉，道：「我做了什麼事？」

船家沉著臉，道：「你得罪了個不能得罪，也不該得罪的人。」

段玉想了想，恍然道：「你說的是那四個大和尚？」

船家彷彿已覺得自己話說得太多了，一翻身，就沒入水裡。

段玉道：「鳳林寺又在什麼地方呢？你不告訴我，叫我到哪裡找去？」

他說話的聲音雖大，只可惜湖面上早已沒了那船家的影子，連小船的影子都已看不見了。

段玉嘆了口氣，苦笑道：「是不是我的運氣已漸漸變壞了？」

他慢慢的轉過身，忽然發現柳蔭深處，正有雙大眼睛在瞪著他。

那大眼睛的小姑娘居然又出現了，身上穿的還是昨天那件淺紫色的長衫，腰畔的絲絛上卻多了柄裝潢很考究的長劍。

段玉這才想起，自己還是忘記了一樣東西——他的刀。

他只記得昨天在畫舫上開始喝酒的時候，那柄刀還在桌上的。

以後他就忘了，不但忘了那柄刀，幾乎連自己的人都忘了。

這柄刀也叫做碧玉刀，本是段老爺子少年時闖蕩江湖的成名武器，據說還是段夫人未嫁時送給他的定情之物。

直到段玉十八歲時，段老爺子才將這柄刀傳給他。

段玉在心裡嘆了口氣，眼前彷彿又出現了他父親那板著臉教訓他的樣子。

大眼睛的小姑娘看見他轉過頭來，也板起了臉，冷笑道：「連鳳林寺在哪裡都不知道，還出來走什麼江湖？」

段玉忍不住問道：「你知道鳳林寺在哪裡？」

小姑娘往外面看了看，道：「你在跟誰說話？」

段玉笑道：「這裡難道還有別的人麼？」

小姑娘板著臉，冷冷道：「你既然知道男女有別，還找我說話幹甚？」

原來她還一直將昨天那筆賬記在心裡。

女人家心眼總是小些，男子漢大丈夫，總該讓著她們一點。

段玉陪笑道：「姑娘若知道鳳林寺在哪裡，又何妨指點我一條明路？」

小姑娘瞪大眼睛，冷笑道：「你我素昧平生，我憑什麼要指點你的明路？」

段玉道：「在下段玉，姑娘貴姓？」

小姑娘道：「既然男女有別，連酒都不能喝，又怎麼能互通名姓？」

看來這位小姑娘不但氣量偏狹，而且還難纏得很。

段公子可也不是受慣別人的氣的人，只要有鳳林寺這麼個地方，還怕打聽不出來？

他笑了笑，向這難纏的小姑娘抱了抱拳，道：「我惹不起你，總躲得起你吧。」

誰知這小姑娘卻又喚道：「你回來，我們話還沒有說完。」

段玉只好轉回來，苦笑道：「還有什麼話沒說完的？」

小姑娘冷笑道：「我問你，你既然不能跟我同桌喝酒，爲什麼就能到別人船上去喝酒？而且一喝就是一夜，難道她就不是女人，難道你們就不是男女有別？」

原來她心裡真正不舒服的是這件事。

段玉不說話了，這種事反正就是解釋不清的，不解釋有時反而是最好的解釋，何況，他又何必來跟這不講理的小姑娘解釋。

小姑娘卻還是不肯放鬆，大聲道：「你怎麼不開腔了，自己知道理虧是不是？」

段玉只有苦笑。

小姑娘瞪著他，竟忽又嫣然一笑，道：「自己知道理虧的人，倒還有藥可救，你跟我來吧。」

段玉怔了怔，道：「你肯帶我到鳳林寺去？」

小姑娘咬著嘴唇，道：「不帶你到鳳林寺去，難道帶你去死。」

「千萬不可和陌生的女人打交道，千萬不可。」

段玉只有在心裡嘆氣，看來他現在又不得不跟另一個陌生的女人打交道了。

他只希望這個比那個稍微好一點。

起了風，柳絮在空中飛舞，就像是初雪。

這小姑娘分開柳枝，慢慢的在前面走，她穿著雖是男人打扮，腰肢卻還是在輕輕扭動。

是不是故意扭給段玉看的？好證明她已不是個小姑娘，已是個成熟的女人？

段玉想不看都不行，事實上，這小姑娘纖腰一扭，柔若柳枝，雖然稚氣未脫卻另有一種醉人的風韻。

男人的眼睛，豈非本就是爲了看這種女人而長出來的？

段玉正是少年，段玉才十九。

小姑娘彷彿也知道有人在後面看著她，忽然回眸一笑，道：「我姓華，叫華華鳳。」

華華鳳，這名字也美得很。

段玉笑了，覺得對自己總算有了個交代，現在她至少已不能算是完全陌生的女人了。

他至少已知道她的名字。

五

鳳林寺就在岳王墳旁的杏花村左鄰，是西湖的八大叢林之一。

寺中的香火一向很盛，尤其是在春秋佳日，遊湖的人就算不信佛，也會到廟裡來上幾炷香的。

鳳林寺是和尙寺。那個船家爲什麼要叫段玉來找一個姓顧的道人呢？

華華鳳眼珠轉動著，道：「那船家叫你來找一個姓顧的道人？」

段玉道：「嗯。」

華華鳳道：「你沒有聽錯？」

段玉苦笑道：「我耳朵還沒有毛病。」

華華鳳道：「可是據我所知，鳳林寺中連一個道士都沒有，只有和尙。」

段玉皺眉道：「昨天我打下水的那四個和尙，莫非就是鳳林寺的？」

華華鳳道：「不對，鳳林寺的方丈，好像是法華南寺的傳人，那四個和尙使的都是少林拳。」

段玉笑道：「看不出你倒也是行家。」

華華鳳冷笑道：「難道只許男人打架，就不許女人練武？」

段玉道：「我沒有這意思。」

華華鳳道：「你是不是也跟別的男人一樣，總認爲女人要什麼都不懂才好？」

段玉道：「我也沒有這意思。」

華華鳳道：「你是什麼意思？」

段玉道：「我只不過說你的眼力很好，是個行家，這難道還有什麼別的意思？」

華華鳳道：「這句話雖然沒有說錯，可是你說話的口氣卻不對。」

段玉嘆了口氣，道：「現在我總算也明白你的意思了。」

華華鳳道：「哦！」

段玉苦笑道：「你好像很喜歡找人的麻煩，很喜歡找人吵架。」

華華鳳道：「誰說我喜歡找別人吵架，我只喜歡找你。」

這句話說出來，她自己也忍不住笑了。

段玉看著她的甜笑，心裡忽然也覺得甜甜的，這連他自己也弄不清是怎麼回事。一個女人喜歡找你的麻煩，跟你吵架，你本應覺得很喪氣才對。奇怪的是，有時你反而偏偏會覺得很歡喜。

女人總是要說男人是天生的賤骨頭，大概也就因爲這道理。

段玉在看著她的時候，華華鳳也在看著段玉。他們你看著我，我看著你，好像已忘了這世上還有別的人。這地方當然不止他們兩個人，別的人當然全在看著他們。

段玉本來已經很夠引人注目的了，何況再加上一個半男不女的華華鳳。

她忽然板起臉來大發嬌嗔，忽然又笑得那麼甜，有幾個人簡直連眼睛都已看直了。

現在剛過清明，正是遊湖的佳期，這一路上的人就不少，到了廟門口，更是紅男綠女，絡繹不絕的。

其中有遠地來的遊客，也有從城裡來上香的，有揹著黃布袋賣香燭的老人，也有提著花籃賣茉莉花的小姑娘，有吳儂軟語，酣美如鶯的少婦，也有滿嘴粗話的市井好漢。

事實上，在這種地方，各式各樣不同的人你幾乎全可以看得到。就只看不到道人，連一個都沒有。道士本就不會到和尚廟裡來。

牆角後有兩個眉清目秀的小沙彌，正躲在那裡偷偷的吃糖，正是剛從鳳林寺裡溜出來的。

段玉生怕犯了和尚的忌諱也不敢到廟裡去打聽，但過去問問這兩個小沙彌，大概總不會有什麼關係。

「借問兩位小師傅，廟裡是不是有位姓顧的道人？」

「沒有。」

「道士從不敢上這裡的門，就算來了，也要被打跑的。」

「為什麼？」

「因為有好些道人看著這裡的香火盛，總是想到這裡來奪廟產，打主意。」

「而且我師傅常常說，道士連頭髮都不肯剃，根本就不能算六根清淨的出家人。」

「聽說有的道士還有老婆哩。」

這兩個小沙彌顯然剛出家不久，看他們的表情，好像很遺憾自己為什麼不去做可以娶老婆的道士，反來當了和尚。

段玉覺得很有趣，偷偷塞了錠銀子在他們懷裡，悄悄道：「過兩天找頂帽子戴上，到三雅園去吃條宋嫂魚，那比糖好吃。」

小沙彌看了他兩眼，忽然一溜煙跑了。

華華鳳忍不住笑道：「你在誘人犯罪。」

段玉道：「吃魚不能算犯罪。」

華華鳳道：「出家人怎麼能動葷腥？」

段玉道：「酒肉穿腸過，佛在心頭坐，這句話你難道沒聽說過？」

華華鳳笑道：「幸好你沒去做和尚，否則一定是個花和尚。」

段玉道：「我就算要出家，也寧願做道士，不會做和尚。」

華華鳳道：「為什麼？」

段玉微笑道：「你應該知道為什麼。」

華華鳳想起那小沙彌的話，狠狠瞪了他一眼，卻又忍不住笑了，道：「我本來還以爲你很老實，誰知道你也不是個好人。」她忽又接著道：「但你卻是個呆子。」

段玉道：「呆子？」

華華鳳道：「是誰說這廟裡有道士的？」

段玉道：「那位船家。」

華華鳳道：「你認得他？」

段玉道：「不認得。」

華華鳳道：「但他叫你到這裡來找道士，你就來了，他若叫你到這裡來找個尼姑，你是不是也一樣會來？」

段玉怔住。

「第六條，不可輕信人言。」

他忽然發覺自己又將他爹爹的戒律犯了一條。

華華鳳道：「你打的若真是少林門下，這麻煩的確不小，但少林寺乃是名門正宗，也不至於爲了這點事就要你的命呀。」

段玉聽著。

華華鳳又道：「何況，少林寺若真要將你置之於死地，就連武當山的龍真人都未必能管得了，何況一個名不見經傳的道士。」

段玉嘆氣。

華華鳳也嘆了口氣，繼續說道：「像你這麼樣隨隨便便就相信別人的話，總有一天被人賣了都不知道的。」

段玉忽然道：「我只相信一件事。」

華華鳳道：「什麼事？」

段玉道：「那船家這麼說，絕不會只爲了要騙我到這裡來白跑一趟。」

華華鳳道：「你認爲他另有目的？」

段玉點點頭，道：「他若是存心要害我，就一定會先在這裡挖好個陷阱等著我來跳。」

華華鳳眨著眼，道：「你想跳？」

段玉苦笑道：「只可惜現在我連這陷阱在哪裡都不知道。」

華華鳳道：「你若知道，那也就不能算是個陷阱了。」她忽又笑了笑，悠然道：「就因爲陷阱永遠是你看不見的，所以你才會掉下去。」

段玉道：「所以我隨時都可能掉下去。」

華華鳳道：「不錯。」

段玉也眨了眨眼，道：「那船家和我素不相識，若連他都要來害我，對面那趕車的就也可能是他的同謀。」

華華鳳正色道：「嗯，很可能。」

段玉眼珠子四面一轉，道：「這地方每個人說不定都有可能。」

華華鳳道：「嗯。」

段玉的眼睛忽又瞪在她臉上，道：「你呢？你是不是也有可能？」

華華鳳板著臉道：「最可能的就是我。」

段玉道：「哦。」

華華鳳道：「我現在就想灌你碗毒酒，活活的毒死你。」

段玉嘆道：「毒死總比淹死好。」

華華鳳瞪著他，道：「你敢跟我去？」

段玉道：「到哪裡去。」

華華鳳的手向前一指，道：「那邊好像就有個地方賣酒的，你……」

她聲音忽然停止。因爲她發現自己的手正指著三個字——

就是「顧道人」這三個字。

二 顧道人

一

用竹竿高高挑起的青布酒帘，已洗得發白，上面寫著三個龍飛鳳舞的大字。就是顧道人這三個字。

「顧道人」竟是個酒館的名字。

這酒館只不過是三間用木板搭成的小屋，屋子裡陰暗而潮濕，堆滿了酒缸。木屋前的竹棚下，也擺著一隻隻的大酒缸，酒缸上鋪著白的木板，就算是喝酒的桌子，客人們就坐在旁邊的小板凳上喝酒。

杭州城裡有很多冷酒店，也都是這樣子的。

這裡酒店只賣冷酒，沒有熱菜，最多只準備一點煮花生、鹽青豆、小豆乾下酒，所以來的也多半是會喝酒的老客人。

這種人只要有酒喝就行，既不分地方，也不分時候，所以現在雖然還是上午，但這酒店的桌子卻已擺了起來。

一個斜眼的小癩痢，正將一大盆鹽水煮的毛豆子從裡面搬出來，擺在櫃台上。

已經有兩個長著酒糟鼻的老頭子在喝酒了。

華華鳳和段玉已坐下來等了半天，那小癩痢還未過來招呼。

段玉試探著問道：「你就是這裡的老闆？」

小癩痢翻了翻白眼，道：「我若是這裡的老闆，這地方就該叫小癩痢了。」

段玉道：「老闆是誰？」

小癩痢手往那酒帘上一指，說道：「你不認得字？」

段玉笑說道：「原來這個地方真有個姓顧的道人。」

小癩痢用斜眼瞪著他，道：「你們到底喝不喝酒？」

華華鳳瞪起了眼，道：「不喝酒來幹什麼？」

小癩痢道：「要多少酒？」

華華鳳接著道：「先來二十碗花雕，用筒子裝來。」

小癩痢又用斜眼瞪著她，臉上這才稍微露出了一點好顏色。

在這裡只有一種人才是受歡迎，受尊敬的，那就是酒量好的人。

陰暗的櫃台外，居然還掛著副對聯。

「肚饑飯盅小，

寬魚美腸酒。」

段玉又忍不住問道：「這裡也賣醋魚？」

小癩痢道：「不賣。」

段玉道：「可是這副對聯……」

小癩痢道：「對聯是對聯，魚是魚。」

他翻著白眼走了，好像連看都懶得再看段玉。

段玉苦笑道：「這小鬼一開口就好像要找人打架似的，也不知是誰得罪了他。」

華華鳳也忍不住笑道：「這種人倒也算少見得很。」

段玉眨了眨眼，道：「但我卻見過一個。」

華華鳳道：「誰？」

段玉不說話了，只笑。

華華鳳瞪著他，咬著嘴唇道：「你假如敢說是我，我就真的毒死你。」

然後她自己也笑了。

他們雖然初相識，但現在卻已忽然覺得像是多年的朋友。

這時，那小癩痢總算已將五筒酒送來，「砰」的，放在酒缸上，又扭頭就走。

酒缸上本就有幾隻空碗。

段玉倒了兩碗酒，剛想端起來喝。

華華鳳忽然按住他的手，道：「等一等。」

段玉道：「還等什麼？」

華華鳳道：「我當然並不想真的毒死你，但別人呢？」

段玉笑道：「那小鬼雖然看我不順眼，總算不至於想要我的命。」

華華鳳卻沒有笑，板著臉道：「你難道忘了到這裡來是找誰的？」

段玉道：「我還沒喝醉。」

華華鳳道：「你若真的有殺身禍，一個賣酒的假道士怎麼能救你？」

段玉道：「也許他只不過是藉酒來掩飾自己的身分而已。」

華華鳳道：「所以他就很可能是個隱姓埋名的武林高手。」

段玉道：「不錯。」

華華鳳道：「所以他的武功可能很高。」

段玉道：「不錯。」

華華鳳道：「他是不是也很可能會下毒呢？」

那船家既然淹不死段玉，就要他的同謀來將段玉毒死。

這當然也很有可能，看來華華鳳不但想得比段玉周到，而且對他真的很關心。

段玉想說的話並沒有說出口，因爲他忽然發現有個人正在看著他們。

無論誰看到這個人，都忍不住會多看幾眼的。

這個人當然是個女人，當然是個很美麗的女人，不但美，而且風姿綽約，而且很會打扮。

會打扮的女人並不一定是濃妝艷抹的。

這女人一張白生生的清水鴨蛋臉，就完全不著脂粉。

可是她穿得卻很考究，一件緊身的墨綠衫子，配著條曳地的百褶湘裙，不但質料高貴，手工精緻，顏色也配得很好。

穿衣服也是種學問，要懂得這種學問，並不是件容易事。

她看來顯然已不再年輕，卻更顯得成熟艷麗。

這種年齡的女人，就像是一朵盛開的花，風韻最是撩人。

段玉看著她，眼睛裡不覺露出了讚賞之色。

華華鳳正在看著他，顯然已從他的眼色中，發現他正在看著個女人。

所以她也回過了頭。

她剛巧看見這女人的微笑。一種成熟而美麗的微笑。

唯有她這種年紀的女人，才懂得這麼樣笑。

華華鳳的臉立刻板了起來，壓低聲音，道：「這女人是誰？」

段玉道：「不知道。」

華華鳳道：「你不認得她？」

段玉搖搖頭。

華華鳳道：「既然不認得她，她爲什麼要看著你笑？」

段玉淡淡道：「有人天生就喜歡笑的，那至少總比天生喜歡找麻煩的人好。」

華華鳳瞪著眼道：「現在你是不是在找我的麻煩？」

段玉沒有回答，因爲那女人現在居然已向他們走了過來。

她走路的姿勢也很美，微笑著走到他們面前，道：「兩位好像是從遠地來的？」

華華鳳立刻搶著道：「這跟你有什麼關係？」

婦人還是帶著微笑，道：「沒有關係。」

華華鳳道：「既然沒有關係，你問什麼？」

婦人道：「只不過是隨便問問而已。」

華華鳳道：「有什麼好問的？」

婦人道：「因為這地方來的一向是熟客，很少看見兩位這樣的生人。」

華華鳳道：「這地方來的什麼客人，跟你又什麼關係？」

婦人笑道：「這就有一點關係了。」

華華鳳道：「哦。」

婦人嫣然道：「所以我說姑娘一定是遠地來的，否則又怎麼會不知道我是誰呢？」

原來她也已看出華華鳳是女扮男裝的。

華華鳳更生氣了，冷笑道：「你這人難道有什麼特別？」

婦人道：「說起來倒真有點特別。」

華華鳳道：「哪點特別？」

婦人笑道：「並不是每個女人都能嫁給道士的，你說是不是？」

華華鳳愕然道：「你說什麼？」

婦人道：「外子就是這裡的顧道人，所以這裡有很多人都在背地叫我女道士，他們還很怕我知道，其實我倒很喜歡這名字。」她微笑著，接著道：「我若不喜歡道士，又怎會嫁給道士呢？」

華華鳳這次終於沒話可說，無論如何，能嫁給道士的女人實在不多。

段玉卻笑了。

他忽然發覺這位女道士不但美，而且非常之有趣。

看到他臉上的表情，華華鳳的火氣更大，忽然端起面前的一碗酒，一口氣喝了下去。

女道士道：「姑娘也喝酒？」

華華鳳道：「我難道不能喝？」

女道士笑道：「我只不過覺得奇怪，姑娘爲什麼忽然又不怕酒裡有毒了？」

原來她不但眼睛尖，耳朵也很長。

華華鳳的臉已有些發青了。

幸好女道士已改變話題，道：「你兩位這樣的人，到這裡來，當然不會是來喝酒的。」

段玉微笑道：「在下的確想來拜訪顧道人。」

女道士道：「你認得他？」

段玉道：「還未識荆。」

女道士道：「那麼，是不是有人叫你來的？」

段玉道：「不錯。」

女道士道：「是誰叫你來的？」

段玉道：「那位仁兄我也不認得。」

女道士彷彿也覺得這件事有點意思了，眨著眼道：「他是個什麼樣的人？」

段玉道：「是位搖船的大哥。」

女道士道：「搖船的？」

段玉道：「也許他本來並不是，只不過我看見他的時候，他是在搖船。」他笑了笑，接著道：「無論誰要打扮成船家，都不太困難的。」

女道士道：「他長得是什麼樣子？」

段玉道：「黑黑的臉，年紀並不太大，眼睛發亮，水性也很高。」他苦笑接著道：「我若到了水裡，現在說不定已被他淹死。」

女道士忽然嘆了口氣，道：「我就知道一定又是他。」

段玉道：「他究竟是什麼人？」

女道士笑道：「這人姓喬，天下只怕再也沒有人比他更喜歡多管閒事的。」

段玉笑道：「我同意。」

女道士看著他，看了很久，才問道：「真是他叫你到這裡來的？」

段玉道：「嗯。」

女道士道：「你殺了人？」

段玉又忍不住笑了，這笑，就等於是否認，無論誰殺了人後，都絕不會像他笑得這麼純真。

女道士嫣然道：「我看你的樣子也不像殺過人的。」她好像鬆了口氣，但很快又接著問道：「你最近做了件大案？」

段玉搖搖頭，笑道：「我看來像強盜？」

女道士道：「是不是有仇家追捕你？」

段玉道：「沒有。」

女道士道：「你身上是不是帶著紅貨，有人在打你的主意？」

段玉道：「紅貨？」

女道士解釋道：「紅貨的意思就是很值錢的珠寶了。」

段玉道：「也沒有。」

女道士皺了皺眉，道：「那末你究竟惹了什麼麻煩呢？」

段玉道：「麻煩倒好像有一點。」

女道士道：「恐怕還不止一點，否則喬老三就不會叫你來的。」

段玉道：「我只不過打了幾個人而已。」

女道士道：「你打的是什麼人？」

段玉道：「是幾個和尚。」

女道士道：「和尚？什麼樣的和尚？」

段玉道：「幾個很兇的和尚，說話好像不是這裡的口音。」

女道士道：「是不是會武功的和尙？」

段玉點了點頭，道：「他們使的好像是少林拳。」

女道士又皺起了眉，道：「你出門的時候，難道沒有人告訴你，在江湖中行走最好不要和僧道乞丐結怨。」

段玉苦笑道：「有人告訴過我，只可惜那時我忽然忘了。」

女道士輕輕嘆了口氣，道：「原來你也是個很衝動的人。」

段玉道：「可是我出手並不重，絕沒有打傷他們，只不過將他們打下水了而已。」

女道士道：「爲了什麼呢？」

段玉道：「我看不慣他們欺負人。」

女道士道：「他們欺負了誰了？」

段玉道：「是個……是個女人。」

女道士笑道：「我也想到一定是個女人……是不是長得很美？」

段玉的臉有點紅了，訥訥道：「長得倒還不難看。」

女道士道：「叫什麼名字？」

段玉道：「她自己說她叫花夜來。」

女道士第三次皺起了眉，皺得很緊，過了很久，才問道：「你以前不認得她？」

段玉道：「連見都沒有見過。」

女道士道：「你只看見那幾個和尙在欺負她，連話都沒有問清楚，就把他們打下了水？」
段玉道：「他們也根本沒有讓我說話。」
女道士道：「然後呢？」
段玉紅著臉，答道：「然後她就一定要請我喝酒。」
女道士的眼睛盯在他臉上，道：「你是不是喝了很多？」
段玉道：「不太少。」
女道士道：「然後呢？」
段玉道：「然後……然後我就走了。」
女道士道：「就這麼簡單？」
段玉道：「嗯。」
女道士道：「難道你沒有吃什麼虧？」
段玉笑道：「那倒沒有。」
女道士展顏道：「看來你若不是很聰明，就一定是運氣很不錯。」
段玉忍不住問道：「她究竟是個怎麼樣的人？是不是常常要人家吃虧？」
女道士嘆了口氣，道：「你難道真不知道，她就是長江以南最有名的獨行女盜？」
段玉怔住。
女道士又道：「你跟她分手之後，就遇見了喬老三？」
段玉點點頭，道：「那時天剛亮。」

女道士道：「那時你還不知道他是個什麼樣的人？」

段玉苦笑道：「我只知道他不但要我將身上所有的東西都拿出來，而且還要請我下湖洗澡。」

女道士道：「那時你在他的船上？」

段玉嘆道：「現在那條船已沉了。」

女道士失笑道：「但你卻一點也看不出像下過水的樣子。」

段玉道：「船沉了下去，我並沒有沉下去。」他忍不住笑了笑，接著道：「也許這只因爲我運氣真的不錯。」

女道士卻嘆了口氣，道：「也許這只因爲你運氣不好。」

段玉怔了怔，道：「爲什麼？」

女道士道：「你若真的被他請到水裡去泡一泡，以後的麻煩也許就會小些了。」

段玉道：「我不懂。」

女道士道：「你也沒聽說過『僧王』鐵水這個人？」

段玉道：「沒有。」

女道士道：「這個人本是少林門下，卻受不慣少林寺的戒律束縛，最近也不知爲了什麼，竟一怒脫離了少林派，自封爲僧王，少林寺竟對他無可奈何，從這一點你就可想像到他是個怎麼樣的人了。」

段玉動容道：「看來這人不但是個怪物，而且膽子也不小。」

女道士道：「他這個人也跟他的名字一樣，有時剛烈暴躁，有時卻很講理，誰也摸不透他的脾氣。」

段玉道：「他竟敢公然反抗少林派，武功當然也很高。」

女道士道：「據說他武功已可算是少林門下的第一高手，就因爲脾氣太壞，所以在少林寺中的地位一直很低。」

段玉道：「想必也就是因爲這緣故，他才會脫離少林的。」

女道士道：「其實他也不能算是個壞人，只不過非常狂傲剛愎，不講理的時候比講理時多得多，無論誰得罪了他，都休想有好日子過。」她嘆了口氣，接著道：「他到江南來才不過兩三個月，卻已經有七八個很有名望的武林高手，傷在他的手下，據說他只要一出手，對方就算不死，至少也得斷條腿，蕪湖大豪方剛只被他打了一拳，竟吐血吐了兩個月，最後死在床上。」

段玉道：「你說的方剛，是不是那位練過金鐘罩、鐵布衫的前輩？」

女道士嘆道：「不錯，連練過金鐘罩的人，都受不了他一拳，何況別的人呢！」

段玉沉吟著，道：「我打的那四個和尙，莫非就是他的門下？」

女道士點點頭道：「他脫離少林寺後，就廣收門徒，無論誰想要投入他的門下，都得先剃光頭做和尙，但只要一入了他門，就再也不怕人欺負，所以現在他的徒弟，只怕已比少林寺還多。」她又嘆口氣道：「你想想，你得罪了這麼樣一個人，你的麻煩是不是很大？」

段玉不說話。

女道士又道：「何況這件事錯的並不是他，是你。」

段玉道：「是我？」

女道士道：「江南武林中，吃過花夜來大虧的人，也不知有多少，鐵水就算殺了她，也是天經地義的事，你卻爲了這種人去打抱不平，豈非自尋煩惱？」

段玉苦笑道：「看來我想不認錯也不行了。」

女道士道：「現在鐵水想必已認定了你是花夜來的同黨，所以一定不會放過你。」

段玉道：「我可以解釋。」

女道士道：「你難道已忘了，他通常都是個很不講理的人。」

段玉苦笑道：「所以我除了被他打死之外，已沒有別的路可走了。」

女道士道：「也許你還有一條路可走。」

段玉道：「哪條路？」

女道士伸出青蔥般的纖纖玉手，向前一指。

她指著一扇門。

這扇門就在那陰暗狹窄的酒店裡，上面擺著花生、豆乾的櫃台後。門上掛著油膩的藍布門簾，上面也同樣有三個大字：「顧道人。」

段玉道：「道人還在高臥？」

女道士道：「他從昨天一直賭到現在，根本還沒有睡。」

段玉笑道：「道人的豪興倒不淺。」

女道士嫣然道：「他雖然是個賭鬼，又是個酒鬼，但無論什麼樣的麻煩，他倒是總能夠想得出一些稀奇古怪的法子來解決，喬老三並沒有叫你找錯人。」

段玉道：「我現在可以進去找他？」

女道士笑道：「喬老三的朋友，就是我們的朋友，你隨時都可進去，只不過……」她嘆了口氣，臉上露出無可奈何的表情，接著道：「這賭鬼賭起來的時候，就算天塌下來，他也不會抬起頭看一眼的。」

段玉笑道：「我可以在旁邊等，看人賭錢也是件很有趣的事。」

女道士看著他，又笑道：「你好像對什麼事都很有興趣。」

段玉還沒有開口，華華鳳突然冷冷道：「這句話倒說得不錯，別人就算把他賣了，他還是會覺得很有趣。」

她一直坐在旁邊聽著，好像一直都在生氣。

段玉笑道：「你放心，就算有人要賣我，只怕也沒有人肯買。」

華華鳳冷笑道：「這句話也沒有說錯，又有誰肯買個呆子呢？」

段玉道：「我真的像是個呆子？」

華華鳳道：「你真要進去？」

段玉答道：「我本來就是爲了拜訪顧道人而來的。」

華華鳳問道：「別人無論說什麼，你全都相信。」
段玉嘆了口氣，道：「你若不相信別人，別人又怎麼會相信你？」
華華鳳突然站起來，板著臉道：「好，你要去就去吧。」
段玉道：「你呢？」
華華鳳冷笑道：「我既沒有興趣去看別人賭錢，也不想陪個呆子去送死，我還有我的事。」
她再也不看段玉一眼，扭頭就走。
段玉居然就看著她走，她居然就真的走了。
女道士眨著眼，道：「你不去拉住她？」
段玉嘆了口氣，道：「一個女人若真的要走時，誰也拉不住的。」
女道士道：「也許她並不是真的要走呢？」
段玉淡淡道：「若不是真的要走，我又何必去拉她。」
女道士又笑了，道：「你這人真的很有趣，有時連我都覺得你有點傻氣，但有時卻又覺得你說的話很有道理。」
段玉苦笑說道：「現在我只希望我真的很有運氣。」
女道士忽然正色的道：「但我還是要勸你一件事。」
段玉道：「我在聽。」
女道士道：「你進去了之後，千萬不要跟他們賭錢，否則也許真的會連人都輸掉的。」

段玉當然不會去賭的，這本就也正是他父親給他的教訓。

「十賭九騙，江湖郎中騙子到處都是，愈以為自己賭得精明的人，輸得愈兇，還沒有摸清別人底細之前，你千萬不能去賭，千萬不能。」

段玉本就不是那種見了賭就不要命的人，他怎麼會去賭！

二

後面的一間屋子，堆滿了酒缸和酒罈，一個疊著一個，堆得高高的，中間只留下一條窄窄的弄堂。

從弄堂穿過去，又是一道門，在門外就可以聽見裡面擲骰子的聲音。只有擲骰子的聲音，裡面的人賭得居然很安靜。

有四個人在賭，一個人在看。四個人都坐在酒罈子上，圍著個大酒缸，酒缸上也鋪著木板。

他們賭的是牌九，推莊的是個獨臂道人，穿著件已洗得發白的藍布道袍，顴骨很高，一雙眼睛炯炯有神，用一隻手疊牌比別人兩隻手還快。

段玉知道他一定就是這地方的老闆顧道人了。

另外的三個人，一個是瘦小枯乾，滿臉精悍之色的老人，一雙指甲留得很長的手上，戴著個拇指般大的碧玉斑指。

他押的是天門。

上家是個面有病容的中年人，不時用手裡一塊雪白的絲巾捂著嘴，輕輕咳嗽。絲巾用過兩次就不要，旁邊那看牌的那人立刻送一條全新給他換。看來這人不但用的東西很講究，而且還特別喜歡乾淨。

可是這地方卻髒得很，他坐在這裡賭錢，居然已賭了一天一夜。

好賭的人，只要有得賭，就算坐在路邊，也一樣賭得很起勁。

下家的一個人身材高大，滿臉大鬍子，顧盼之間，凜凜有威，一雙手卻粗得很，五根手指竟幾乎一樣長短，顯然練過鐵砂掌一類的功夫，而且練得還很不錯。

這三人的衣著都非常華麗，氣派看來也很不小，顯見得都是很有身分，很有地位的人。

但他們賭的，卻只不過是幾十個用硬紙板剪成的籌碼。籌碼上也同樣的有「顧道人」三個字，寫得龍飛鳳舞，彷彿是顧道人的親筆花押。好賭的人，只要有得賭。輸贏大小，他們也不在乎的。所以四個人全都賭得聚精會神，四個人的臉色全都已發白，竟沒有一個開口說話的。

那練過鐵砂掌的大漢剛贏了四個籌碼，額上已開始冒汗，一雙連殺人時都不會發抖的手，此刻竟似乎微微顫抖起來。咬了咬牙，終於又推了四個籌碼出去。滿面病容的中年人沉吟著，也押了四個籌碼上去。

現在只剩下天門還沒有押了。

那精瘦的華服老人卻在慢吞吞的數著籌碼，忽然長長吐了口氣，道：「今天我沒有輸贏。」

虬髯大漢立刻軒眉道：「現在談什麼輸贏？芝翁莫非想收手了？」

老人點了點頭，慢吞吞的站了起來，皮笑肉不笑的歪了歪嘴，道：「你們三位還可以多玩玩，我還有事，要告辭了。」

虬髯大漢變色道：「只剩下三個人，還玩什麼？芝翁難道就不能多留一下子？」

那老人卻已挑起簾子，頭也不回的走了出去。

虬髯大漢咬著牙，恨恨道：「這老狐狸，簡直賭得比鬼還精——好，我們就三個人押下去。」

滿面病容的中年人也在數著面前的籌碼，輕輕咳嗽著，道：「只剩下三個人怎麼押，我看今天不如還是收了吧！」

虬髯大漢著急道：「現在就收怎麼行，我已輸了十幾文錢了。」

原來一個籌碼竟只不過是一文錢。

這虬髯大漢想必是天生一副爭強好勝的脾氣，不肯服輸，否則又怎麼會在乎這十幾文錢了。

顧道人彷彿也意猶未盡，這才發現屋裡多了一個人，抬起頭來看了段玉兩眼，微笑道：「這位朋友想不想來湊一腳？」

段玉剛想說「不」，那虬髯大漢已搶著道：「小玩玩，沒關係的，賭過了我請你喝酒。」

他們的輸贏實在不大。

段玉沉吟著，心道：既然有事來找人家，怎麼好意思掃人家的興，就算輸一點又有什麼關係。想到這裡，段玉就笑了笑，道：「好，我就來陪三位玩一會兒，只不過我不太會賭的。」

虬髯大漢立刻喜露顏色，笑道：「還是這位朋友夠意思。」

顧道人一雙炯炯有光的眼睛也在打量著段玉，微笑道：「聽朋友說話的口音，好像是從北邊來的？」

段玉道：「不錯，我是中原人。」

顧道人道：「貴姓？」

段玉道：「姓段，叫段玉。」

顧道人眼睛彷彿更亮了，笑道：「段朋友就押天門如何？」

段玉道：「行。」

天門上還有那老人留下來的一疊籌碼，好像有四五十個。

顧道人道：「我們這裡都是賭完了才算帳的，朋友你就算暫時身上不方便，也沒關係。」

段玉笑道：「我身上還帶著些。」

那滿面病容的中年人也一直在盯著他，忽然道：「卻不知朋友你賭多少？」

段玉將老人留下的那疊籌碼點了點，道：「暫時就賭這麼多，輸光了再說。」

虬髯大漢笑道：「好，就要這麼樣賭才過癮，我王飛今天交定你這個朋友了。」

那中年人面上也露出微笑，道：「在下姓盧行九，朋友們都叫我盧九。」

段玉笑道：「幸會得很。」

於是他也押了四個籌碼上去。顧道人擲出的骰子是七點，天門拿第一副，是副梅花配三，六點。

莊家拿的卻是副地槓。

段玉輸了。

第二副莊家七點，天門又是六點。

段玉又輸了。

第三副莊家爛污二，天門卻是蹩十。

最後莊家打老虎，居然又命了副雜五對。

這一手牌，段玉已輸了十六個籌碼。

他當然面不改色。

這十六個籌碼就算是一百六十兩銀子，段公子也一樣輸得起。

第二手牌段玉居然又連輸四副。又是十六個籌碼輸了出去。

他當然還是面不改色。

盧九和王飛看著他，神色間卻似已有些驚奇，還有些佩服。

王飛已搬回了一些。對這大方的少年顯然已很有好感，竟忍不住道：「老弟，你手風不順，這兩把還是少押些吧。」

段玉笑了笑，道：「沒關係。」

這次他竟押了八個籌碼，他只想快點輸光，快點散局，好跟顧道人談正事。輸點錢他並不在乎，那「僧王」鐵水他也未見得害怕。但他卻實在不願惹麻煩，更怕他父親知道他在外面惹了麻煩。

這位顧道人若能將這件事大事化小，小事化無，能讓他早點趕到寶珠山莊去，就算再多輸點，他還是很愉快的。

誰知從第三手牌開始，他竟轉運了。第一副牌他拿了個一點，莊家竟是斃十。

於是八個籌牌就變成了十六個。

他就將十六個籌碼全都押下去，這副牌他居然拿了對天牌。

他當然也很高興，於是這一注他就押了三十二個籌碼，只想一下子輸光。

輸贏一向不動聲色的顧道人，這次臉上居然也彷彿有點動容了。

盧九和王飛神色間也顯得更驚訝、更佩服。

王飛道：「老弟，一下子何必押這麼多呢，還是留著慢慢賭吧。」

段玉微笑道：「沒關係。」

王飛看著他，突然一挑大拇指，道：「好，老弟，你真有種。」

段玉微笑著，覺得很有趣，甚至覺得有點滑稽的。左右不過是三十二個破籌碼而已，這些人爲什麼看得如此重？他滿心無所謂根本不在乎。所以他又贏了，連贏了二把，三十二個籌碼已變了一百二十八個。

顧道人吃兩門，賠天門，額上已現出汗珠。

段玉微笑著，將一百二十八個籌碼，全部押了上去。

顧道人動容道：「你真押這麼多？」

段玉微笑道：「就這麼多？」

顧道人看著盧九，又看著王飛，忽然把牌一推，嘆道：「好，我服了你。」

段玉很驚奇，道：「你不推了？」

顧道人苦笑道：「今天算我認輸了。」

段玉看著盧九，又看著王飛，這次王飛居然也沒有開口。

段玉微笑道：「現在就收了也好，我請三位喝兩杯。」

他隨手拈起兩個籌碼，塞到旁邊看牌的那小伙子手裡，道：「這個給你吃紅。」

這小伙子的臉一下子變得蒼白，吃吃道：「這……這怎麼敢當。」

段玉微笑道：「沒關係，你只管拿去，到外面喝酒，酒賬也算我的。」

這小伙子手裡拿著籌碼，全身不停的發抖，突然跳起來，轉身奔了出去，奔到門外才放聲大笑起來，笑個不停。

盧九嘆道：「難怪趙瞎子算準了小潘今年要發財，這課算得果然神準。」

王飛用力一拍段玉的肩，道：「老弟，你好大的手筆，我也服了你。」

段玉已經開始有些迷糊了，已隱隱發現，這一個籌碼絕不止一文錢。

顧道人直到此刻，神色才恢復鎮定，道：「你先算算贏了多少？」

段玉道：「不必算了。」除了本錢外，他將這八九十個籌碼，全都推了過去，微笑道：「這些就算今天的酒錢，我請各位喝酒。」

顧道人臉上又變了顏色，也不知是驚是喜，過了半晌，才緩緩道：「我不能收。」

段玉道：「爲什麼？」

顧道人道：「這太多了。」

段玉想了想，笑道：「好，我就收十個回來，算紅錢，其餘的務必請你收下，否則就是看不起我，不願交我這個朋友。」

顧道人看著他，又過了很久，才長長嘆了口氣，道：「你以後一定會有很多朋友的……」

王飛也挑起大拇指讚道：「老弟，像你這麼樣豪爽、慷慨的好朋友，我敢說江南還找不出第二個。」

盧九道：「改天有空，務必要請到『賽雲莊』來聊聊。」

段玉道：「賽雲莊？閣下莫非是人稱『妙手維摩』的盧賽雲盧老爺子？」

盧九微笑道：「我看老弟你想必就是段飛熊段老爺子的大少爺。」

王飛一拍掌，道：「對了，除了段家的公子，誰有這麼大的出手。」

段玉已怔住了。

賽雲莊主盧九爺世代鉅商，他本就是江南的名公子，不但文武雙全，而且琴棋書畫，絲竹彈唱，樣樣皆通，樣樣皆精。但江湖中人都知道，他最精的還是賭。以他的身分地位，當然絕不賭幾十文錢輸贏的牌九，那麼一個籌碼究竟是多少呢？

顧道人道：「剩下的這十個籌碼，不知段公子是要兌什麼呢？」

段玉道：「隨便。」

顧道人道：「用赤金來兌行不行？」

段玉道：「隨便。」

他微笑著，勉強控制著自己，不要露出太吃驚的樣子來。

顧道人已提起他坐著那酒罈子，放到桌上，扳開了泥封，罈子裡竟是滿滿一罈赤金錁子。

顧道人道：「這裡是赤金八百五十兩，兌換成銀，恰巧是八萬兩，就請段公子收下。」

段玉又怔住。

這一個籌碼，竟是整整一千兩銀子。

他剛才隨隨便便的，將十來萬兩銀子一下子押了下去。

段老爺子的家教一向很嚴，因爲希望能將他的獨生子訓練成一個正直有用的人，並不想他兒子做一個揮金如土的風流公子。

所以段玉直到十二歲的時候，才開始有規定的零用錢，一開始是每個月一兩銀子，到十四歲時，才增加爲二兩，到十六歲時還是他母親說情，才給他十兩。

這情形一直繼續到他十八歲，這次他出門時，段老爺子雖然給了他十張一百兩的嶄新銀票，卻還是再三叮嚀他，要他不可花光。

這一千兩銀票，也正是段玉這一生中所擁有的最大財富。

他花得雖然不寒酸，卻很小心，至於他母親私下給他應急的那些金葉子，他根本就不準備動用的。

他覺得一個人若要花錢，就該花自己憑勞力賺來的。

他一向很看不起那些將上一代的金錢隨意揮霍的敗家子。

事實上，他根本就從未揮霍浪費過一兩銀子。

但剛才他隨隨便便就給了那年輕的小廝兩千，又送給顧道人六十萬。

段玉深深的吸了口氣，慢慢的坐下來，看著面前滿滿一罈金子。他這一生中，從未有過這麼多錢。現在有這一萬兩銀子，他已可做很多以前想做而做不到的事了。

醇酒、美人，他要什麼就可以有什麼，至少他不必再拚命約束自己，至少可以先去狂歡幾天，享受一下他從未享受過的歡樂。對一個剛出家門的年輕人來說，這的確是不可抗拒的誘惑。就算對一個老頭子來說，這又何嘗不是種很大的誘惑？

顧道人凝視著他，微笑道：「腰纏十萬兩，騎鶴下揚州，有了這麼多錢，無論在什麼地方，都可以痛痛快快的花一陣子了。」

王飛笑道：「何況這些錢本就是贏來的，花光了也無妨。」

顧道人道：「其實杭州也有很多有趣的地方，杭州的美人一向是名聞天下的，段公子年少多金，到了這裡正該去享受溫柔的滋味。」

段玉沉吟著，忽然道：「這一萬兩銀子我也不能收。」

顧道人皺眉道：「爲什麼？」

段玉嘆了口氣，苦笑道：「我根本就不知道這籌碼是一千兩銀子一個的。」他不讓別人開口，很快的接著又道：「若是知道，我根本就不會賭，因爲我若輸了，也根本拿不出這麼多銀子來。」

顧道人道：「但你現在並沒有輸。」

段玉道：「既然輸不起，贏了就不能拿。」

顧道人道：「你若不說，也沒有人知道你輸不起。」

段玉道：「可是我自己知道，我可以騙別人，但沒有法子騙自己，所以我若拿了這些銀子，晚上一定會睡不著覺。」

顧道人笑了。

他微笑著看了看王飛，又看了看盧九，道：「你們看過這麼笨的年輕人沒有？」

盧九搖了搖頭：「沒有。」

王飛嘆了口氣，道：「這年頭的年輕人，的確已一個比一個聰明了。」

段玉紅著臉，道：「我也許並不聰明，但卻還知道什麼東西是該拿的，什麼是不該拿的。」

王飛又看了看段玉和盧九，道：「這些銀子是不是偷來的？」

盧九道：「不是。」

王飛笑道：「江湖中都知道，顧老道也許有點來歷不明，但卻絕不是強盜小偷。」

顧道人道：「我們賭得有沒有假？」

王飛道：「無論誰都知道，這裡賭得最硬了，否則杭州城裡到處都可以賭，我們爲什麼偏偏喜歡到這破地方來。」

顧道人這才回過頭，瞪著段玉，道：「這銀子既不是偷來的，賭得又不假，你既然贏了，爲什麼不能拿走？」

段玉急得臉更紅，吃吃道：「我……我……」

顧道人道：「你輸了也許拿不出，但你又沒有輸，因爲你的運氣好，所以你就應該贏別人的錢，就應該比別人過得舒服。」

王飛笑道：「一點也不錯，運氣好的人，走在路上都會踢著大元寶。」

段玉微笑道：「世上的確再也沒有什麼比這種運氣更好的事了。」

王飛接著道：「世上有這種好運氣的人也並不多。」

顧道人道：「何況你不但運氣很好，而且很誠實，老天對你這種人，本就是特別照顧的，也許這些銀子本就該你所有，你若不拿走，我們都要倒楣的。」

段玉道：「可是我……」

顧道人打斷了他的話，沉下臉道：「你若再推諉客氣，就表示你不願交我們這些朋友了。」

段玉遲疑著，終於嘆了口氣，道：「既然如此，我就收下。」他紅著臉苦笑道：「老實說，我也並不是真不想要，只不過我這一輩子從未有過這麼多銀子，我真不知道應該怎麼花才好？」

顧道人笑了，道：「這點你倒不必著急，我保證你以後一定能學會的。」

王飛也笑了道：「一個男人可以不隨便花錢，但卻絕不能不懂得花錢。」

顧道人笑道：「不懂得花錢的男人，一定是個沒用的男人。」

王飛道：「因爲你一定要先懂得花，才會懂得怎麼去賺。」

段玉也笑了，道：「我保證以後一定會用心去學的。」

王飛道：「我也可以保證，學起這種事來，不但比學別的事快得多，也愉快得多。」

段玉道：「我相信。」

盧九一直在仔細觀察著他，忽然問道：「你本不是來賭錢的？」

段玉道：「不是。」

盧九道：「那麼，你是不是有了麻煩？」

段玉怔了怔，道：「前輩怎麼知道？」

盧九微笑道：「若不是有了麻煩，誰會來找這邋遢道人？」

王飛搶著道：「現在我們既然已經是朋友，無論你有什麼麻煩都可以說出來。」

顧道人笑說道：「你也許還不知道這個人的來頭。」

段玉道：「請教。」

顧道人接著道：「說起來這人的來頭倒真不小，江南有個以火器名震江南的霹靂堂，你總該知道。」

段玉道：「久聞大名了。」

顧道人道：「他就是霹靂堂現任的堂主，江湖人稱霹靂火。」

王飛拍著胸，道：「所以，你的麻煩若連我們三個人都沒法替你解決，江南只怕就沒有人能替你解決了。」

段玉嘆了口氣，道：「其實，我只不過在無意中得罪了一個人。」

王飛道：「得罪了誰？」

段玉道：「聽說他叫做『僧王』鐵水。」

王飛皺眉道：「你怎麼得罪他的？」

段玉的臉紅了紅，道：「也是爲了一個人。」

王飛道：「爲了誰？」

段玉道：「聽說她叫做花夜來。」

王飛道：「是不是那女賊花夜來？」

段玉道：「大概是的。」

王飛立刻沉下了臉，道：「她跟你有什麼關係？是你的什麼人？」

段玉苦笑道：「我根本不認得她。」

王飛道：「但你卻不惜爲了她而得罪了僧王鐵水。」

段玉嘆道：「我根本也不知道那四個和尚是他的徒弟。」

王飛道：「四個和尚？」

段玉道：「也不知爲了什麼，鐵水要他門下的四個和尚去找花夜來，當時我既不知道他們的來歷，也不知道花夜來是女賊，只覺得這四個和尚兇得很。」

王飛道：「所以你不分青紅皂白，就去打抱不平了。」

段玉紅著臉，道：「我的確太魯莽了些，但那四個和尚也實在太兇。」

顧道人嘆了口氣，道：「鐵水本就是個蠻不講理的人，他手下的徒弟當然也跟他差不多，但是你……你什麼事不好做，爲什麼偏偏要去管花夜來的閒事？」

盧九一直很注意聽著，此刻忽然道：「你可知道鐵水是爲了什麼去找花夜來的？」

段玉搖了搖頭。

盧九換了條新絲巾，輕輕咳嗽了幾聲，才緩緩道：「他是爲了我。」

段玉又怔住。

盧九道：「我有個兒子，叫盧子雲。」

段玉道：「我聽說過。」

盧九道：「哦，你一向在中原，怎麼會聽說過他？」

段玉吶吶的道：「因爲家父告訴過我，說我一定會在寶珠山莊裡遇見他，還叫我在他面前問候你老人家。」

他並沒有說謊，卻也沒有完全說實話。

其實段老爺子是叫他特別提防盧小雲，因爲到寶珠山莊去求親的少年人中，只有兩三個是他的勁敵，盧小雲就是其中之一。

盧九卻完全相信了他的話，慢慢的點了點頭，道：「不錯，這次我就是要他到寶珠山莊去拜壽的，你想必也是爲了這緣故，才到江南來？」

段玉道：「是。」

盧九道：「但他到了杭州之後，卻突然間失蹤了。」

段玉詫道：「失蹤了，前輩怎麼知道他失蹤了呢？」

盧九道：「這次本是我陪他一起來的，因爲我要來會鐵水，可是四天之前，這孩子出門之後，就沒有再回去過。」他又咳嗽了幾聲，才接著道：「就在那天，有人看到他跟花夜來那女賊在一起。」

段玉道：「鐵水叫人去找花夜來，爲的就是要追問令郎的下落？」

盧九道：「不錯。」

段玉說不出話來。

盧九忽又問道：「你可知道我爲什麼要到這裡來找顧道人？」

段玉道：「不是爲了賭錢？」

盧九道：「除了賭錢外，還有一個更大的原因。」

段玉道：「什麼原因？」

盧九道：「爲了找你。」

段玉又一次怔住。

盧九道：「昨天我聽說有個不明來歷的少年人，幫著花夜來，將鐵水的四個和尙全都打下了水，然後這少年就跟花夜來一起走了，下落不明。」

顧道人道：「所以你就來找我打聽這少年的行蹤來歷？」

盧九道：「這一帶地面上的事，還有誰比你更清楚的。」

顧道人道：「但你爲什麼一直沒有開口呢？」

盧九笑了笑，道：「無論誰都知道，要來求你的人，好歹都得先陪你賭個痛快。」

顧道人也笑了，道：「想不到我這賭鬼的名聲，竟已傳到賽雲莊了。」

盧九凝視著段玉，輕輕的咳嗽著，道：「你剛才若沒有跟我們賭錢，現在我只怕早已對你出手了，就因爲賭錢時最容易看出一個人的人品，所以，我才相信你是個很誠實的年輕人，所以我才相信你絕不會說謊。」

段玉苦笑道：「想不到賭錢也有好處的。」他沉吟著，忽然又問道：「令郎是在四天之前就已失蹤了的？」

盧九道：「不錯。」

段玉道：「這四天來，前輩一直沒有找到花夜來？」

盧九冷冷道：「她行蹤本就一向很飄忽，否則又怎能活到現在。」
段玉道：「但昨天她卻忽然出現了。」
盧九道：「就連我都從未想到，這女賊居然也敢去遊湖。」
段玉嘆道：「昨天我剛來，她就出現了，這倒實在巧得很。」
顧道人也嘆了口氣，道：「天下湊巧的事本就很多。」
王飛道：「也許這就叫無巧不成書。」
段玉道：「直到現在為止，盧公子還是連一點消息都沒有？」
盧九默然道：「完全沒有。」
段玉道：「所以這件事還是沒有解決。」
盧九沉吟著，道：「但我卻可替你去向鐵水解釋，因為我信任你，鐵水卻信任我。」
他笑了笑，接著道：「這人在世上假如還有一個朋友，恐怕就是我了。」
段玉苦笑道：「只不過，這件事既然因我而起，我總也不能置身事外的。」
王飛立刻道：「不錯，你至少應該替盧九爺找出花夜來女賊來。」
段玉垂首道：「昨天晚上，我的確是跟她在一起的。」
王飛道：「在什麼地方？」
段玉道：「在湖畔一棟小房子裡。」
王飛道：「現在你還能不能找到那地方？」
段玉道：「我可以去試試看。」

王飛跳起來，道：「我們現在就去。」

段玉忽又抬起頭，道：「不知道這些東西是不是盧大哥身上帶著的？」

他說話的時候，已取出了那串珍珠和玉牌。

盧九動容道：「這是哪裡來的？」

段玉道：「在一個花盆裡。」

盧九皺眉道：「在花盆裡？」

段玉紅著臉，吞吞吐吐的，終於還是將昨夜的事全都說了出來。

盧九每個字都聽得很仔細，聽完了長長嘆了口氣，忽然拍了拍段玉的肩，道：「你的確是個好孩子，不但敢說實話，而且勇於認錯，我在你這種年紀時，就未必敢將這種事說出來。」他嘆息著，又道：「現在我就算找到犬子，也不會再叫他到寶珠山莊去了。」

段玉忍不住問道：「為什麼？」

盧九道：「因為他實在不如你，我若是朱二爺，也一定要把女兒嫁給你。」

三

這一帶雖較荒僻，卻更幽靜，湖濱零星的建築有一些很精緻的小房子，綠瓦紅牆，帶著小小的庭園，遠遠看過去就像是圖畫一樣。

走過柳蔭時，段玉忍不住道：「我就是在這裡遇見喬三爺的。」

王飛道：「你見過喬三？」

段玉道：「若不是他的指點，我又怎麼會找到顧道人那裡去？」

顧道人道：「想不到他居然對你不錯，這人脾氣一向很古怪的。」

段玉苦笑道：「這點我倒也同意，本來他幾乎要把我淹死的。」

顧道人笑道：「那也許只因爲他知道鐵水大師的脾氣，先讓你吃些苦頭後，鐵水大師看到你也跟他徒弟一樣下過水，火氣也許就會少些了。」

段玉道：「但他又怎麼會知道這件事的呢？」

顧道人微笑道：「這一帶湖面上的事，他不知道的還很少。」

王飛也笑道：「難道你從未聽說過，西湖也有兩條龍，一條是這老道，一條就是喬三。」

顧道人大笑道：「龍是不敢當的，只不過是兩條地頭蛇而已。」

盧九用絲巾掩著嘴，輕輕咳嗽著，道：「你從那房子出來後，就遇見了喬三？」

段玉道：「我還是走了一段路。」

盧九道：「走了多久？」

段玉沉吟著，道：「不太久，我出來的時候，天已亮了，走到這裡，太陽還沒有昇起。」

盧九道：「你走得快不快？」

段玉道：「也不快，那時……那時我正想著心事。」

盧九道：「這麼樣說來，那屋子離這裡一定並不太遠。」

段玉道：「好像是不太遠。」

盧九道：「現在你不妨再想想心事，用早上那種速度，再沿著這條路走回去。」

段玉點點頭，他忽然發現這種老江湖做事，的確有些是他比不上的地方。

於是他就又開始想心事了。

想什麼呢？

他想得很多，想得很亂，後來竟不知不覺忽然想起了華華鳳。

這大眼睛的小姑娘現在到哪裡去了？

她在這件事裡，究竟是個什麼樣的角色呢？

仔細想起來，她出現得很巧，好像一直在跟著段玉似的。

難道她也有什麼目的？

但無論如何，她對段玉總算還不錯，她甚至已經會爲段玉吃醋了。

一個女人若已開始爲男人吃醋，那就表示她對這男人至少並不討厭。

想到這裡，段玉嘴角不禁露出了微笑。

也就在這時，他看見了那道牆頭上還種著花草的矮牆。

牆頭上種著含羞草和薔薇，沿著牆腳走過去，就可以看到一扇朱紅的窄門，這當然是後門。

段玉也記不清是不是從這扇門走進去的，但卻記得的確是從這道牆上跳出來的，他的赤腳還彷彿碰到了薔薇的刺。

他在門外停下腳步，觀望著。他並沒有十分的把握。

那時他走得很匆忙，也沒有再回到這裡來的意思。

只不過在牆頭上還種著花草的人家並不多，這點他至少還很有把握。

盧九道：「就在這裡？」

段玉沉吟著，道：「大概是的。」

盧九看著他，蒼白的臉上忽然露出種很奇怪的表情。

段玉並沒有注意到他的表情，遲疑了片刻，終於舉手拍門。

無論如何，光天化日之下，他總不能就這樣闖入別人家裡去。

他也沒有想到，裡面居然很快的就有人來開門了。

開門的是個荳蔻年華的垂髫少女，穿著身月白輕衫，長得很美，笑得也很甜。

杭州果然是個出美人的地方。

段玉正遲疑著，不知道該怎麼說，誰知這少女既沒有問他是誰，也沒有問他是來找誰的。

她根本什麼話都沒有問，只抬起頭來嫣然一笑，就又轉身走了進去。

這少女莫非就是花夜來的貼身丫鬟，莫非認得段玉？

但段玉卻已記不得自己是不是見過她了，只好跟著她走進去。

門裡面是個小小的花園，有條鋪著青石板的小路。

段玉記得今天早上正是從這條小路走出來的，那時路上還有很冷的露水。現在他就算還沒有十分的把握，至少已經有八九分了。現在他只希望花夜來還留在這裡，等著他將東西送回來，這並不是沒有可能。

花夜來一直將他當做個老實人，老實人當然絕不會佔了別人這種便宜，就一去不回的。

那少女的身形已消失在花叢中。

月季花和紅薔薇都開得正艷。

暮春午後的陽光，正懶洋洋的照在花上。這裡天氣，誰願意關在屋子裡？花夜來莫非正在園中賞花？

段玉走過去，怔住。

他沒有看見花夜來，卻看見了和尚！

四

花叢間綠草如茵，一個光頭和尚，正大馬金刀的趺坐在一個圓桌般大的蒲團上。

他顴骨高聳，獅鼻海口，顧盼之間，凜凜有威，眉目間不怒時也帶著三分的殺氣，身上只披著件黑絲寬袍，敞開衣襟，赤著足，手裡的金杯在太陽下閃閃的發著光。滿園的春色都似已映在金杯上。

一個比開門的少女更美的女孩子，正跪在蒲團前，為他修剪著腳上的趾甲。

這少女竟是完全赤裸著的。在陽光下看來，她的皮膚比緞子還光滑，胸膛圓潤堅挺，一雙手柔美如春蔥。這滿園的春花，也比不上她一個人的顏色。

有人來了，她只抬起頭來輕輕一瞥，就又垂下頭，專心爲她的主人修腳，臉上既沒有羞澀之意，也並沒有驚慌。

除了她的主人之外，別的人在她眼中，完全就像是死人一樣。

段玉的臉色已紅了，也不知是該進的好，還是該退的好。

黑衫僧卻已仰面而笑，大笑道：「老九，你來得正巧，我剛開了罈波斯來的葡萄酒，已經用井水鎮得涼涼的，過來喝一杯如何？」

除了盧九外，別的人在他眼裡，也完全和死人差不多。

盧九居然微笑著走過去，對這種情況，竟似也見慣了。

段玉、王飛、顧道人，三個人怔在那裡，真有點哭笑不得。

顧道人嘆了口氣，悄悄道：「你說這裡就是花夜來的居處？」

段玉苦笑著，點了點頭。

顧道人道：「那麼這僧王鐵水卻又是從哪裡來的？」

三 血酒

一

牆頭上的薔薇和含羞草，在微風中輕輕搖晃著，青石板鋪成的小路，蜿蜒通向花蔭後的紅磚小屋。

窗子是開著的，竹簾半捲，依稀還可以看到高台上擺著幾盆花。

段玉記得很清楚，這裡的確就是昨夜花夜來帶他來的地方。

但他卻實在不知道花夜來到哪裡去了，更不知道這黑衫僧是哪裡來的？

今天在這裡的人，昨夜他連一個都沒有見過。

那白衣垂髫的少女，剛才當然也不是對他笑，她認得的顯然是盧九。

盧九彷彿也曾經到這地方來過。

這裡究竟是什麼地方呢？

本來很簡單的一件事，現在卻好像愈變愈複雜了。

黑衫僧只叫人倒了一杯酒給盧九，道：「酒如何？」

盧九嚐了一口，讚道：「好酒。」

黑衫僧道：「中土的酒，多以米麥高粱釀造，這酒卻是葡萄釀的，久藏不敗，甜而不膩，比起女兒紅來，彷彿還勝一籌。」

盧九又嚐了一口，笑道：「不錯，喝起來果然另有一種滋味。」

黑衫僧道：「這酒入口雖易，後勁卻足，而且很補元氣，你近來身子虛弱，多喝兩杯，反而有些好處的。」

他居然和盧九品起酒來，而且居然還是個專家，談得頭頭是道。

不只他完全沒有將段玉這些人看在眼裡，盧九竟似也將他們忘了。

顧道人忍不住嘆了口氣，道：「貧道也是個酒鬼，主人有如此美酒，爲何不見賜一杯？」

黑衫僧這才轉過頭瞪了他一眼，沉著臉道：「你是誰？」

顧道人道：「貧道顧長青。」

黑衫僧道：「你莫非就是那嗜賭如命、好酒如渴的顧道人？」

顧道人道：「正是貧道。」

黑衫僧突然仰面大笑，道：「好，你既然是顧道人，就給你喝一杯。」

他揮了揮手，那輕衣垂髫的少女，就捧了杯酒過來。

顧道人一隻手接過，一口氣喝了下去，失聲道：「好酒。」

黑衫僧卻又沉下了臉，冷冷道：「雖然是好酒，你卻只配喝一杯。」

顧道人也不生氣，微笑道：「一杯就已足夠，多謝。」

王飛臉上顏色早已變了，突然大聲道：「這酒我難道就不配喝？」

黑衫僧道：「你是誰？」

王飛道：「江南霹靂堂的王飛。」

黑衫僧道：「你知道我是誰？」

王飛冷笑道：「最多也不過是僧王鐵水而已，就算你殺了我，我也要喝這杯酒的。」

黑衫僧突又大笑，道：「好，就憑你這句話，也只配喝一杯。」

他果然就是僧王鐵水，除了鐵水外，世上哪裡還有這樣的和尚？

那輕衣垂髫的少女，立刻也捧了杯酒過來。

王飛一仰脖子就喝了下去，冷笑道：「原來這酒也沒什麼了不起，簡直就像是糖水，喝一杯就已足夠了！」

鐵水仰面大笑道：「好，憑你這句話，還可以再喝一杯。」

王飛怔了怔，也大笑道：「既然如此，就算是糖水，我也喝了。」

顧道人嘆了口氣，喃喃道：「想不到你騙酒喝的本事比我還大。」

盧九忽然道：「既然如此，這位段公子就當喝三杯。」

鐵水道：「他憑什麼？」

盧九道：「你不知他是誰？」

鐵水道：「他是誰？」

盧九道：「他就是中原大俠段飛熊的大公子，姓段名玉。」

鐵水冷冷道：「這不夠。」

盧九道：「他也就是昨天在畫舫上，將你四個徒弟打下水的人。」

鐵水的臉色變了，質問道：「你爲何要將他帶來？」

盧九卻答道：「我並沒有帶他來，是他帶我來的。」

鐵水皺眉道：「他帶你來的？」

盧九道：「他帶我來找花夜來。」

鐵水怒道：「那女賊怎會在這裡？」

盧九道：「她不在？」

鐵水道：「當然不在。」

盧九道：「昨天晚上她也沒有來？」

鐵水道：「有洒家在這裡，她怎敢來！」

盧九嘆了口氣，用絲巾掩著嘴，輕輕咳嗽著，轉臉看著段玉，道：「你聽見了麼？」

段玉苦笑道：「聽見了。」

盧九又嘆了口氣，道：「你走吧。」

段玉還沒有開口，鐵水已霍然長身而起，瞪著段玉，厲聲道：「你既然來了，還想走！」

盧九道：「他並不想走，是我叫他走的。」

鐵水道：「你爲什麼要叫他走？」

盧九道：「因爲他是我的朋友。」

鐵水道：「他騙你，你還將他當作朋友？」

盧九道：「也許並不是他在騙我，而是別人騙了他。」

鐵水道：「你相信他？」

盧九道：「他本就是個誠實的少年，絕不會說謊的。」

鐵水瞪著眼，上上下下的打量著段玉，突又大笑，道：「好，好小子，過來喝酒。」

段玉道：「這酒我也配喝？」

鐵水道：「無論你是個怎麼樣的人，你能令盧九相信你，這已很不容易。」

盧九微笑道：「這已配喝三杯。」

那輕衣垂髫的少女，又開了新罇，滿引一杯，用一雙白生生的小手捧著，臉上帶著春花般的甜笑，盈盈的送到段玉面前。

春光明媚，春風輕柔。

滿園的花開得正艷。

鐵水雖然驕狂跋扈，雖然貪杯好色，但看來倒也是條英雄。

千古以來的英雄，又有幾個不是這樣子的？

段玉雖然一直空著肚子，但此情此景，此時此刻，忍不住也想喝兩杯了。

黃金杯中，盛滿了鮮紅的酒。

段玉微笑著，接過了這杯酒。

他的笑容突然凍結，一雙手也突然僵硬。

杯中盛得竟不是酒，是血。

鮮紅的血！

「叮」的，金杯落地。

鮮血濺出。

鐵水怒聲說道：「敬酒不喝，你莫非要喝罰酒？」

段玉沒有開口，只是垂著頭，看著鮮紅的血，慢慢的流過碧綠的草地。

盧九動容道：「這不是酒，是血！」

鐵水臉色變了，霍然回頭，怒目瞪著那輕衣少女。

少女面上已無人色，捧起了那新開的酒罇，驚呼一聲，酒罇也從她手裡跌落。

罇中流出的也是血。

血還是新鮮的，還沒有凝固。

少女失聲道：「剛才這裡面還明明是酒，怎麼會忽然變成了血？」

顧道人動容道：「酒化爲血，是凶兆。」

王飛道：「凶兆？這裡難道有什麼不祥的事要發生了？」

鐵水沉著臉，一字字道：「不錯，這裡只怕已有個人非死不可。」

王飛道：「誰？」

鐵水沒有回答，卻慢慢的抬起頭，銳利的目光，慢慢的在每個人臉上掃過去。

這目光就像是一把刀，殺人的刀。

兇刀！

每個人的掌心都不覺已沁出了冷汗。

就在這時，花叢外突然有個人大步奔來，大聲道：「花夜來的畫舫已找著了。」

這人光頭麻面，濃眉大眼，正是昨天被段玉打下水的和尚。

鐵水道：「畫舫在哪裡？」

這和尚道：「就在長堤那邊。」

他隨手往後面指了一指，指尖竟似也在不停的發抖。

二

長堤外。

一艘無人的畫舫，正在綠水間盪漾著。

翠綠色的頂，朱紅的欄杆，雕花的窗子裡，湘妃竹簾半捲。

窗前的人呢？

春色正濃，湖上的遊船很多。

但卻沒有一條船敢逼近這條畫舫的。

所有的船都遠遠就停了下來，船上的人都瞪大了眼睛，看著這條畫舫，目中都帶著驚慌恐懼之色，竟彷彿將這條畫舫看成了一條鬼船，船上竟似滿載著不祥的災禍。

突然間，一艘快艇破水而來，箭一般向這畫舫駛了過去。

鐵水雙手插著腰，紋風不動的站在船頭，黑絲的寬袍在風中獵獵飛舞，距離畫舫還有四丈，他的人已騰身而起。看來就像是綠波上突然飛起了一朵烏雲，一掠四丈，已飄然落在畫舫上。

喝采聲中，段玉也跟著掠了過去。

他並不是有心賣弄。

他只不過是心裡著急，急著想看看這畫舫上有什麼事令人恐懼。

他看見了。

一躍上畫舫，他立刻就看到了。

船艙中佈置得很雅緻，四壁都貼著雪白的壁紙，使得這艙房看來就像是雪洞似的。

雪白的壁紙上，今天卻多了串梅花。

鮮血畫成的梅花。

一個人就站在梅花下，頭垂得很低，一張臉似已乾癟，七竅中流出的血也凝固，胸膛上竟赫然插著一柄刀，竟似活生生被人釘在牆上的。

刀柄纏著紅綢，風從窗外吹進來，血紅的刀衣在風中飛揚。

鐵水拔刀。

刀已被嵌住，他用了用力，才拔出。

血已乾。

沒有乾的血，只有一滴。

一滴血慢慢的從刀尖滴落，刀鋒又亮如一泓秋水。

好亮的一把刀。

鐵水凝視著刀鋒，良久良久，突然大聲讚道：「好刀。」

王飛也跟了過來，讚道：「的確是好刀。」

鐵水道：「你可認得這把刀？」

王飛搖了搖頭。

鐵水霍然回身，瞪著段玉，一字字道：「你呢？你可認得這把刀？」

段玉的臉色早已變了。

他早已認出了這把刀。

鐵水冷冷道：「你當然應認得的，我若看得不錯，這就是段家的碧玉七星刀！」

這的確是段家的碧玉七星刀，也就是段玉遺失在花夜來香閨中的那柄刀。

刀鋒近鍔處，還刻著段家的標記。

鐵水的目光比刀鋒更利，瞪著他，又道：「你可認得這個人？」

段玉搖了搖頭。

他實在不認得這個人。

這個人的臉雖已乾癟扭曲，但還是依稀可以看得出生前一定是很清秀的年輕人，穿的衣服也很考究。

刀拔出來後，他的人就沿著牆壁慢慢的滑了下去，彷彿也正在仰著臉，看著段玉，凸出的眼睛裡，充滿了一種說不出的悲憤和冤屈之意。

他死得實在太慘，而且死不瞑目。

段玉忽然猜出這人是誰了。

他並不是從這人的臉上看出來的，而是從盧九臉上看出來的。

就在這一瞬間，盧九似已老了十歲，整個人都已虛脫。

他倚在牆上，彷彿也快要倒了下去。

慘死在刀下的這年輕人，莫非就是他的兒子盧小雲？

段玉的心也已沉了下去。

鐵水瞪著他，道：「你到江南來，當然也是爲了要到寶珠山莊去求親的？」

段玉只好承認。

鐵水道：「盧小雲藝出名門，文武雙全，當然是你的勁敵。」

段玉也不能不承認。

鐵水道：「所以你認爲只要殺了他，就沒有人能跟你競爭了。」

段玉道：「我……我連看都沒有看過他。」

鐵水道：「殺人用的是刀，不是眼睛。」他揚起了手中的刀，厲聲道：「這柄刀是不是你的？」

段玉道：「是，但是用這柄刀殺他的人並不是我。」

鐵水冷笑道：「碧玉七星刀是段家家傳的寶刀，怎麼會落入別人手裡？」

段玉道：「那是我……」

鐵水道：「以你一人之力，要殺他當然還沒有如此容易，花夜來當然也是幫兇。」

段玉道：「但昨天晚上……」

鐵水道：「昨天晚上，你是不是跟花夜來在一起的？」

段玉垂下了頭。

他忽然發現自己這時已落入了一個惡毒無比的圈套裡，這冤枉就算用西湖滿湖的水來洗，也是洗刷不清的了。

鐵水目光已轉向顧道人，沉聲道：「酒化爲血，確是凶兆。」

顧道人長長嘆了口氣，道：「的確是的。」

鐵水又道：「現在這裡是不是已有個人非死不可？」

顧道人道：「是。」

鐵水忽然也長長嘆息了一聲，道：「這三個月來，江湖中人都說鐵水殺人如草，又有誰知道我的刀下從不刺無辜之人。」他凝視著手裡的刀，慢慢的接著道：「這是柄好刀，用這樣的刀殺奸狡之徒，倒也是一大快事，看來今日我又要大開殺戒了。」

段玉居然好像還不知道他要殺的是誰，也長嘆著，道：「用寶刀殺奸徒，確是人生一快，只可惜我們現在還不知道兇手是誰！」

鐵水反而怔了怔，道：「你還不知道？」

段玉搖搖頭，道：「現在雖然還不知道，但天網恢恢，疏而不漏，總有一天會找到他的。」

鐵水看看他，那眼色就好像在看著個白癡。

段玉道：「前輩現在不如先將這柄刀擲還，等找到了那兇手，晚輩一定再將這柄刀送上，讓前輩親手以此刀斬下他的頭顱，爲盧公子復仇。」

鐵水道：「你是要我將這柄刀給你？」

段玉點點頭道：「正如前輩所說，此刀乃是晚輩家傳之物，本當時刻帶在身邊的。」

鐵水突然仰面大笑，道：「好，你既然要，你就拿去。」

刀光一閃，已閃電般劈向段玉的肩。

這本來就是柄好刀，使刀的更是絕頂好手，這一刀揮出，但見寒芒閃動，風生刀下，連顧道人都忍不住機伶伶打了個寒噤，只覺得一股肅殺之氣，直逼眉睫而來。

段玉失聲道：「前輩，你怎麼殺我，莫非殺錯人了！」

刀快，他的身法更快。

只說了兩句話，他已閃開了七刀。

但船艙中的地方本不大，他能夠閃避的餘地也不多，盧九在旁邊若也出手，段玉只怕已死在刀下了。

想不到的是，盧九反而沒有出手。

他還是倚著牆，癡癡的站在那裡，就像是已完全痲木。

鐵水的出手一刀比一刀快，這忽然崛起，已聲震江湖的梟雄人物，果然有一身驚世駭俗的好武功。

少林雖不以刀法見長，但這柄刀在他手中使出來，威力絕不在天下任何一位刀法名家之下。

現在他刀法已變，施展的正是刀法中最潑辣、最霸道的「亂披風」。

剎那間刀光就已將整個船艙籠罩，段玉幾乎已退無可退了。

連顧道人和王飛都已被逼出艙外。

段玉並不是不想退出去，怎奈無論往哪邊退，刀光都已將他去路封死。

他的輕功雖高，在這種地方，又怎能完全施展得開。

王飛在艙外看著，忍不住嘆道：「我還是不相信這麼樣一個誠實的少年，會是殺人的兇手。」

顧道人沉吟著，道：「也許他以前都是在裝傻，你難道看不出他很會裝傻？」

王飛冷冷道：「我只看出鐵水是個殘忍好殺的人。」

顧道人道：「哦。」

王飛道：「他要殺段玉，好像並不是爲了替盧九報仇，而是爲了他自己喜歡殺人。」

顧道人嘆了口氣，說道：「只要他殺的不是無辜……」

王飛打斷了他的話，道：「你怎知他殺的不是無辜？」

顧道人道：「事實俱在。」

王飛道：「什麼事實？那柄刀。」

顧道人道：「嗯。」

王飛道：「你殺了人後，會不會將自己的刀留下？」

顧道人想了想，道：「那柄刀似已被嵌住，也許他走得匆忙，來不及拔出來了。」

王飛沉吟著，道：「你說他該殺？」

顧道人道：「你說不該？」

王飛接著道：「無論如何，等問清了再殺也不遲。」

顧道人道：「你莫非想救他？」

王飛沉默著，一隻手卻已伸入腰際的革囊，革囊中裝的正是江南霹靂堂名震天下的火器。

顧道人卻拉住他的手，沉聲道：「這件事關係太大，你我既非當事人，千萬不可輕舉妄動。」

王飛還沒有開口，突然間，「砰」的一聲大震，竟然幾乎將這條船撞翻了，他們的人也被震得跌倒。

刀光一起，本就聚在四周看熱鬧的遊船，就愈聚愈多。

突然間，一艘大船從中衝了出去，船上一個紫衫少年，手點長篙。

他看來雖文弱，但兩臂的力氣卻不小，長篙只點了幾點，這條船已箭一般衝了過去，「砰」的，正撞在畫舫的左舷上。

段玉閃避的圈子本來已愈來愈小，手裡剛提起張凳子招架，突然刀光一閃，凳子已只剩下一條腳。

鐵水跟著又劈出三刀，誰知船身突然一震，他下盤再穩，刀鋒也已被震偏。

段玉的人也被震得飛了起來，飛出了刀光，飛出了窗子，「噗通」一聲，跌入湖心。

只見湖面上露出一串水珠，他的人很快就沉了下去。

船身仍在搖動，鐵水怒喝，翻身掠到窗口。

撞過來的這條大船上的紫衫少年對他嫣然一笑，突然揚手，灑出一片寒芒。

鐵水揮刀，刀光如牆，震散了寒芒。

但這時紫衫少年卻已掠起，「魚鷹入水」，也鑽入了湖心。

湖上漣漪未消，他的人也已沉了下去，看不見了。

鐵水轉身衝出，一把揪住顧道人的衣襟，怒道：「這小子是哪裡來的？」

顧道人道：「想必是跟著段玉來的。」

鐵水道：「你知道他是什麼人？」

顧道人道：「遲早總會知道。」

鐵水跺了跺腳，恨恨道：「等你知道時，段玉只怕已不知在哪裡了！」

顧道人淡淡道：「大師若是怕他跑了，就請放心……」

鐵水怒道：「我放什麼心？」

顧道人道：「段家世居中原，在陸上雖然生龍活虎，一下了水，只怕就很難再上得來了。」

他微笑著轉過頭，忽然發現王飛正瞪大了眼睛，在看著他。

三

大船上的紫衫少年是誰呢？無論誰都想得到，當然一定是華華鳳。

一個女人若總是喜歡找你的麻煩，吃你的醋，跟你鬥嘴，這種女人當然不會太笨。

所以等到你有了麻煩之時，來救你的往往就是她。

華華鳳也想到段玉很可能是個旱鴨子了。

她在水裡，卻像是一條魚，一條眼睛很大的人魚。

但是她卻看不到段玉。

段玉明明是在這裡沉下來的，怎麼會忽然不見了呢？

難道他已像秤錘般沉入了湖底？

華華鳳剛想出水去換口氣，再潛入湖底去找，忽然發覺有樣東西滑入了她領子。

她反手去抓，這樣東西卻又從她手心裡滑了出去，竟是一條小魚。

她轉過身，就又看到了一條大魚。

這條大魚居然在向她招手。

魚沒有手，人才有手。

段玉有手，但現在他看起來，竟比魚還滑，一翻身，就滑出了老遠。

華華鳳咬了咬牙，拚命去追，居然追不到。

她生長在江南水鄉，從小就喜歡玩水，居然竟追不上個旱鴨子，她真是不服氣。

一條條船的底，在水中看來，就像是一重重屋脊。

她就彷彿在屋脊上飛，但那種感覺，又和施展輕功時差得多了。

至少她不能換氣，她畢竟不是魚。

段玉也不是魚，游著游著，忽然從身上摸出了兩根蘆葦，一根含在嘴裡，將另一端伸出水面去吸氣，剩下的一根就拋給了華華鳳。

華華鳳用這根蘆葦深深吸了口氣，這才知道一個人能活在世上自由的呼吸，已是件非常幸運，非常愉快的事，已經應該很知足才對。

人生有很多道理，本就要等到你透不過氣來時，你才會懂的。

西子湖上，風物如畫，這是人人都知道的，但西子湖下的風物，非但跟別的湖下面差不多，甚至還要難看些，這就很少有人知道了。

能知道的人，雖不是因爲幸運，而是因爲他們倒楣，但這種經驗畢竟是難得的。

世上有很多人都遊過西湖，又有幾人在湖下面逛過呢！

他們潛一段水，換一次氣，上面的船底漸漸少了，顯然已到了比較偏僻之處。

段玉這才翻了個身，冒出水面。

華華鳳立刻也跟著鑽了上去，用一雙大眼睛瞪著段玉。

段玉正在微笑著，長長的吸著氣，看來彷彿愉快得很。

華華鳳咬著嘴唇，忍不住的問道：「你還笑得出？」

段玉道：「人只要還活著，就能笑得出，只要還能笑得出，就應該多笑笑。」

華華鳳道：「我只是奇怪，你爲什麼還沒有淹死？」

段玉看著她，忽然不開口了。

華華鳳道：「你明明應該是條旱鴨子，爲什麼忽然會游水了呢？」

聽她的口氣，好像段玉至少應該被淹得半死，讓她來救命似的。

段玉竟敢不給她個機會來大顯身手，所以她當然很生氣。

段玉還是看著她，不說話。

華華鳳大聲道：「你死盯著我看什麼？我臉上長了花？」

段玉笑了，微笑道：「我只不過忽然覺得你應該一直耽在水下面的。」

華華鳳忍不住問道：「爲什麼？」

段玉道：「因爲你在水下面可愛得多了。」

他知道華華鳳不懂，所以又解釋著道：「你在水下面眼睛還是很大，卻沒法子張嘴。」

也許這就是公魚唯一比男人愉快的地方——母魚就算張嘴，也只不過是爲了呼吸，而不是爲了說話。

所以段玉又潛下了水。

他知道華華鳳絕不會饒他的，在水下面總比較安全些。

現在無論華華鳳再說什麼，他都已聽不見了。

只可惜他畢竟不是魚，遲早總要上去的。

華華鳳就咬著嘴唇，在上面等。

等了半天，還是沒有看見他上來。

「這小子難道忽然抽了筋，上不來了？」

華華鳳本來就是個急性子的人，忍不住也鑽下水去，這次她很快就找到了段玉。

他正在用力將一大團帶著爛泥的水草從湖底拖上來。

現在若是在水面上，華華鳳當然不會錯過這機會，「瘋子、白癡」，這一類的話一定早就從她嘴裡說了出來。

幸好這裡是水下面，所以她只有看著。

她忽然發覺他拖著的並不是一團水草，而是一隻箱子。

箱子上的水草和爛泥，現在已被沖乾淨了。

箱子居然還很新，木料也很好，上面還包著黃銅，黃銅居然還很亮，顯見是最近才沉下水的。

無論誰都看得出，這種箱子絕不會是裝破衣服爛棉被的。

像這麼樣一隻箱子，怎麼會沉在湖底下的呢？怎麼會沒有人來打撈？

華華鳳立刻也幫著段玉去拖了。

她本來就是個很好奇的人，遇著這種事，她當然也不肯錯過。

這箱子裡裝著些什麼？是不是也藏著件很大的秘密？

若有人不讓她打開箱子來看看，她不跟這人拚命才是怪事。

四

這裡離湖岸已很近，用不了多久，他們就已將這箱子拖上岸去。

華華鳳這才鬆了口氣，道：「這箱子好重。」

段玉道：「的確不輕。」

華華鳳道：「所以這箱子一定不是空的。」

段玉點點頭。

華華鳳道：「你猜裡面裝的是什麼？」

段玉笑著說道：「我沒有千里眼，也不是諸葛亮。」

華華鳳眨著眼，道：「那末你爲什麼還不打開來看看呢？」

段玉道：「急什麼，這箱子也不會跑的。」

華華鳳卻已著急道：「你還等什麼？」

段玉笑了笑，道：「至少也該等我們先找個地方去換件衣服。」

他的話還沒有說完，華華鳳的臉已紅了。

她終於也看到了自己的樣子。

一個女人身上穿的若只不過是件很單薄的衣裳，這件衣裳又是濕的，那麼她這時候的樣子，實在不適於被男人看見。

現在段玉卻偏偏正在看著她，看的卻又偏偏正是他最不該看的地方。

她第一個想法，是趕快再跳下水去，第二個想法，是挖出段玉這雙賊眼來。

但這當然也只不過是想想而已。

她全身都好像已被看得有點發軟了，最多也不過只能躲到箱子後面去，紅著臉，輕輕的罵：「你這雙賊眼爲什麼總是不看好地方！」

這裡是個好地方。

連段玉都沒有想到，在這裡偏僻之處，居然有這麼樣一個好地方。

這裡也是棟很精緻的小屋子，幾乎就跟花夜來帶他去的那地方差不多精緻。

這地方卻是華華鳳帶他來的，女人好像總是比男人有辦法。

現在華華鳳正在裡面換衣裳。

華華鳳還沒有開始換衣裳。
濕衣裳雖已脫了下來，她卻還是癡癡的站在那裡，癡癡的發著呆。
面前有個很大的穿衣銅鏡，她就站在這鏡子前，看著自己。
她已不再是個孩子了。
她的胸很挺，腰很細，雙腿筆直修長，皮膚比緞子還光滑。
就連她自己，都很難在自己身上找出一點瑕疵缺陷，就連她自己看著自己的時候，有時都彷彿有點心動。
段玉看著她的時候，心裡正想什麼呢？
華華鳳的手，輕輕的，慢慢的，從她圓潤的腰肢上滑了下去……
窗子關著，窗簾低垂。
她忽然覺得全身都在發熱。
她禁止自己再想下去，她禁止自己的手再動。
她今年才十七歲。
十七歲豈非正是一個人生命中最神奇、最奇妙的年紀？
華華鳳終於換好衣裳，走了出來。
她換上的是件蘋果綠的連衣長裙，剪裁得比合身還緊一點，恰巧能將一個十七歲成熟少女的身材襯托得更美。

這正是當時少女們最時新的式樣。

她的皮膚本已十分細嫩，現在又淡淡的抹了些胭脂，淡淡的抹了些粉。

這樣子當然比剛才好看多了，也比她女扮男裝時好看多了。

這樣子她本是特地給段玉看的——是誰說「女爲悅己者容」的？說這句話的人，他一定還不太了解女人。

事實上，女孩子打扮自己，一定是爲了要給她喜歡的男人看。

只可惜段玉現在反而偏偏不看她了。

他正在看那隻箱子。

上好的樟木箱子，鑲著黃銅，鎖也是用黃銅打成的。

箱子很堅固，鎖也很堅固，無論誰想打開看，都不容易。

段玉思索著，喃喃道：「你以前看過這種箱子沒有？」

華華鳳道：「沒有。」

段玉道：「我看過，這種箱子通常是富貴人家用來裝綢緞字畫、珠寶首飾的。」

華華鳳道：「哦。」

段玉道：「所以這種箱子通常都被保管得很好，怎麼會掉下湖底的呢？」

華華鳳突然冷笑道：「也許這箱子裡裝的只不過是個死屍，你還是少做你的財迷夢吧。」

她在段玉面前來來回回走了兩趟，段玉居然還是沒有抬起頭來看她一眼。

她實在已經火大了。

段玉沉吟著，卻又笑道：「不錯，箱子裡裝的也許真是個人，但卻是活人，不是死人。」

華華鳳冷笑道：「你又在做什麼夢？」

段玉接著說道：「我以前聽過一個很有趣的故事……」

他忽然停住嘴，不說了。

他若接著說下去，華華鳳也許根本不聽，至少裝著不聽的樣子。

但他現在既然沒有說下去，華華鳳反而忍不住問道：「什麼故事？」

段玉道：「那也是有關一口箱子的故事。」

華華鳳道：「什麼樣的箱子？」

段玉道：「也是一口跟這差不多的箱子。」

華華鳳忍不住大聲道：「你要說就快說。」

段玉這才笑了笑，道：「據說從前有個年輕的獵人，很聰明也很勇敢，有一天他剛從陷阱活捉到一隻熊，跟他的伙伴們用繩子捆住了，準備抬回去，誰知半路上竟在草叢中發現了一口箱子。」

華華鳳道：「就是這樣的箱子？」

段玉道：「比這箱子還要大，他當然也奇怪，這麼樣一口箱子，怎會掉在野草叢中呢？」

華華鳳道：「所以他就想打開這一口箱子來看看？」

段玉道：「不錯。」

華華鳳道：「箱子裡是什麼？」

段玉笑了笑，道：「是個女人，很年輕、很漂亮的女人。」

華華鳳冷笑著，搖著頭道：「我不信，女人怎麼會在箱子裡？」

段玉道：「那獵人本來也很奇怪，所以等這姑娘醒了，就立刻問她。」

華華鳳道：「她怎麼說？」

段玉道：「原來她本是個富家千金，她的家被一批強盜洗劫，全家人都已慘死。」

華華鳳道：「她是怎麼逃脫虎口的？」

段玉道：「她並沒有逃脫虎口，那批強盜爲首的兩個人，是兩個和尙，這兩個和尙看中了她的美色，就把她藏在箱子裡，準備帶回去。」

華華鳳道：「既然他們沒安好心，爲什麼又將箱子拋在道旁呢？」

段玉道：「那地方本來偏僻，他們爲了避人耳目，才將箱子藏在那裡，兩個和尙抬著口大箱子在路上走，總難免要被人懷疑的。」

華華鳳道：「他們本沒有想到有人會到那種偏僻的地方去。」

段玉點點頭。

華華鳳道：「後來呢？」

段玉道：「那些獵人聽了這位千金小姐的故事，當然對她很同情，就將她從箱子裡救了出來，卻將那隻剛捉來的大熊裝在箱子裡去。」他微笑著，又道：「我說過，那口箱子比這口箱子還要大。」

華華鳳忍不住看了看面前的箱子，道：「這口箱子也不小。」

段玉道：「的確不小，若要將一個人裝進去，也並不是件困難的事。」

華華鳳道：「你的故事還沒有說完。」

段玉道：「後來那位千金小姐爲了感激那年輕獵人的救命之恩，就嫁給了他。」

華華鳳冷笑道：「那也許不過是因爲她沒地方可去了，只好嫁給他。」

段玉笑道：「也許是的，我只知道她的確嫁給了他。」

華華鳳道：「那兩個和尙呢？」

段玉道：「他們後來再也沒有看到那兩個和尙，只不過聽說城裡出了件怪事。」

華華鳳道：「什麼怪事？」

段玉道：「那天城裡最大的客棧，有兩個穿著新衣服，還戴著新帽子的人去投宿，還帶著口很大的箱子。」

華華鳳道：「就是那口箱子？」

段玉沒有回答，接著道：「他們要了間最大的房間，還要了很多酒菜，就關起門，再三囑咐店裡的伙計，無論聽到什麼聲音都不要去打擾他們。」

華華鳳恨恨道：「這兩個賊和尙，真不是好東西。」

段玉道：「後來伙計果然就聽到他們房裡傳出很奇怪的聲音，雖然不敢去問，卻忍不住想到外面去看看動靜。」

華華鳳道：「他看到了什麼？」

段玉道：「他等了沒多久，就看到一隻大熊從房裡衝出來，嘴角還帶著血痕，等這隻熊落荒而逃了之後，他才敢到那間房裡去看。」

他嘆了口氣，接著道：「房裡當然已被打得亂七八糟，而且還有兩個和尙死在裡面，臉上帶著種說不出的驚訝恐懼之色。」

華華鳳忍不住笑道：「他們當然做夢也想不到箱子裡的美人會變成了隻大熊。」

段玉笑道：「別人當然更想不到他們爲何要將一隻大熊藏在箱子裡，所以這件事一直是件疑案，只有那年輕的獵人夫妻，才知道這其中的秘密。」

他笑著又道：「他們就一直保留著這秘密，一直很幸福的活到老年，而且活得很富裕，因爲那和尙將搶來的贓物，也藏在那箱子裡。」

華華鳳臉上也不禁露出了愉快的微笑，道：「這故事的確很有趣。」

段玉笑著說道：「所以我一直到現在還沒有忘記。」

華華鳳用眼角瞟著他，道：「你是不是很羨慕那年輕人的遭遇？」

段玉嘆了口氣，道：「這樣的事，又有誰不羨慕？」

華華鳳已板起了臉，冷冷道：「所以你現在只希望這箱子裡，最好也有個活生生的大美人。」

段玉微笑，笑得很開心。

華華鳳瞪著他，冷笑道：「但你又怎知這箱子裡裝的不是隻吃人的大熊呢？」

段玉笑道：「惡人才會有那樣的惡報，以前別人把這個有趣的故事講給我聽的意思，就是叫我不要做壞事。」

華華鳳道：「你沒有做過壞事。」

段玉點點頭，笑道：「所以這箱子裡裝著的，絕不會是隻大熊。」

華華鳳道：「也絕不會是個大美人。」

段玉故意問道：「爲什麼？」

華華鳳冷冷道：「世上根本就不會有這樣的事，這故事根本就是你編造的，因爲你吃了和尚的虧，所以就說那強盜是和尚。」

段玉正色道：「你錯了，這件事並不假，段成式的筆記『酉陽雜俎』上就記載過這件事，善有善報，惡有惡報，這句話也不假，所以一個人活在世上，還是不要做壞事的好。」

華華鳳瞪了他一眼，忍不住笑道：「無論你怎麼說，我還是不相信會有人被裝在箱子裡……」

她這句話並沒有說下去，因爲這時箱子裡竟突然發出了一種很奇怪的聲音，竟像是真的有個人在箱子裡呻吟。

箱子裡竟赫然真的有個人。

而且是個活人。

華華鳳張大了眼睛，瞪著這口箱子，就好像白天見了活鬼似的。

段玉也很吃驚。

他就算真相信世上有這種事，也從未想到這種事會被自己遇著。

過了半晌，呻吟居然沒有停止。

華華鳳忽然道：「這箱子是你找來的。」

段玉只好點點頭。

華華鳳道：「所以你應該打開它。」

段玉嘆了口氣，苦笑道：「我當然總不能將它再拋下水去。」

華華鳳道：「你現在為什麼還不動手？」

段玉皺眉道：「這鎖真大，我能不能打開還不一定。」

華華鳳道：「你一定能打開的，我知道你手上的功夫很有兩下子。」

段玉道：「你呢，你顯然想看，為什麼不自己來動手？」

華華鳳道：「我不行，我是個女人。」

她好像直到現在才想起自己是個女人。

女人若是不想做一件事時，通常都很快就會想起這一點。

這一點恰巧也正是男人沒法子否認的。

所以段玉只好自己動手去開箱子了。

華華鳳卻已轉過了身。

她非但不肯幫忙，連看都不肯看，好像生怕箱子裡會跳出個活鬼來。

「叮」的一聲，段玉終於扭斷了銅鎖，打開了箱子。

華華鳳等了半天，還沒有聽見動靜，忍不住問道：「箱子裡真有個人？」

段玉道：「嗯。」

華華鳳道：「是個活人？」

段玉道：「嗯。」

華華鳳咬著嘴唇，道：「是個老人還是年輕人？」

段玉道：「年輕人。」

華華鳳又咬了半天嘴唇，終於又忍不住問道：「是男的還是女的？」

段玉道：「是男的。」

華華鳳這才鬆了口氣，嘴角也露出了微笑。

她寧願這箱子裡是一隻大熊，也不希望是個女人。

有人說，女人最討厭的動物是蛇。

也有人說，女人最討厭的是老鼠。

其實女人真正最討厭的是什麼？——女人。

女人真正最討厭的動物，也許就是女人。

一個可能成爲她情敵的女人，尤其是一個比她更美的女人。

箱子這人不但很年輕，而且很清秀，只不過臉色蒼白得可怕，身上又只穿著套內衣褂，所以看起來很狼狽。

他一直在輕輕的呻吟著，眼睛卻還是閉著的，並沒有醒。

華華鳳剛轉身走過來，就嗅到一股酒氣，忍不住皺眉道：「原來這人也是個酒鬼。」

段玉道：「只不過他肚子裡的酒，絕對沒有他衣服上的多。」

這人身上一套質料很好的短衫褂上，果然到處都有酒漬。

華華鳳道：「他若沒有醉，爲什麼還不醒？」

段玉沉吟著，道：「這人看來好像是中了蒙汗藥、薰香一類的迷香，而且中的份量很不輕。」

華華鳳道：「你的意思是說，他是被人迷倒之後，再裝進箱子的？」

段玉道：「無論誰清醒的時候，都絕不會願意被人裝進箱子的。」

華華鳳看著這個人蒼白又清秀的臉，忽然笑了笑，道：「不知道將他裝進這箱子裡的，是不是兩個尼姑？」

段玉眨了眨眼道：「不知道他現在是不是也已沒地方可去，你倒也不妨把他招做女婿。」

華華鳳卻立刻沉下了臉，冷冷道：「謝謝你，這實在是個好主意，真虧你怎麼想得出來的。」

段玉也笑了，也好像鬆了口氣。

華華鳳瞪著他，冷笑著又道：「你難道真怕我找不到女婿？」

段玉笑著道：「難道只准你氣我，就不准我氣你？」

華華鳳道：「就是不准。」

段玉嘆了口氣，道：「其實這小伙子看來也蠻不錯的，也未必配不上你。」

華華鳳也嘆了口氣，道：「只可惜這人也跟你有一樣的毛病。」

段玉道：「什麼毛病。」

華華鳳道：「呆病。」她抿著嘴一笑，接著又道：「假如一個人若是沒有呆病，又怎麼會被人裝進箱子裡！」

段玉又嘆了口氣，這次是真的嘆氣。

現在他的確有這種感覺，覺得自己好像已被人裝進了箱子裡，而且很快就要沉下去。

最難受的是，直到現在，他還不知道自己是怎麼會被裝進這口箱子的。

華華鳳眼波流轉，又道：「你看他是怎麼會被人裝進箱子的？」

段玉嘆息著，搖了搖頭。

華華鳳道：「不知道他是不是也跟你一樣，別人無論說什麼，他都相信。」

段玉只有苦笑。

華華鳳接著又道：「看來這一定是有人想謀財害命。」

段玉道：「哦。」

華華鳳正色道：「先謀財害命，然後再毀屍滅跡。」

看來這人的確是個富家子，他身上穿的這套短衫褂，就已不是平常人穿得起的。

華華鳳道：「想不到這西子湖上居然也有強盜，等這個人醒了後，我們要仔細問問他，這些強盜在哪裡。」

她並沒有等多久，這人就醒了過來。

他看見自己忽然到了個陌生的地方，當然覺得很驚奇。

但是他很快就鎮定了下來。

若是換了別人，在這種情況下醒來，一定有很多話要問段玉他們的。

但是他連一句話都沒有問，甚至連一個「謝」字都沒有說。

別人救了他，他好像反倒認爲別人是在多事。

華華鳳忍不住道：「你知不知道你是怎麼會到這裡來的？」

這人看了她一眼，好像輕輕的搖了搖頭。

華華鳳道：「你是被我們從一口箱子裡救出來的，這口箱子本來已沉在湖底。」

若是換了別人，聽到自己剛才在一口箱子裡，當然要大吃一驚。

但這人卻連眼睛都沒有眨一眨。

華華鳳道：「你怎麼會到那口箱子裡去的？是不是有人害你？」

這人還是閉著嘴，目光卻已移向段玉。

華華鳳道：「你看的這個人，姓段，叫段玉，是個很有本事的人，你若告訴他是誰害你，他一定會去幫你出氣。」

這人非但閉著嘴，連眼睛都已閉了起來。

華華鳳忍不住大笑道：「你難道是個啞巴？」

這人看來不但像是個啞巴，而且還是個聾子。

華華鳳嘆了口氣，看著段玉，苦笑道：「我們錯了。」

段玉道：「哪點錯了？」

華華鳳道：「看來這人好像是自己願意被裝進箱子的，我們又何苦多事救他出來？」

段玉笑了笑，道：「我若剛從一口箱子裡出來，我也不會有心情說話的。」

華華鳳道：「但他若什麼事都不肯說，我們又怎能去替他出氣呢？」

段玉道：「有種人若要找人算賬時，就自己去，並不想要別人幫忙的。」

華華鳳冷笑：「我知道有很多男人都是這樣的臭脾氣。」

這人忽又睜開眼睛來看了他一眼，終於說出了三個字：「謝謝你。」

他直到現在才說出這三個字，好像並不是因爲段玉救了他的命，而是因爲段玉替他說出了心裡的話。

他說出了這三個字，就立刻站了起來。

華華鳳皺眉道：「你現在就要走？」

這人點了點頭，剛走了一步，臉上突然露出極劇烈的痛苦之色，就好像突然被尖針刺了一下。

然後他的人就倒了下去。

段玉這才發現，他肩後有一點血漬，華華鳳已失聲道：「你受了傷？」

這人掙扎著，又站起來，又倒下，這次倒下去後，就已暈了過去。

他果然受了傷。

傷在肩後，傷口只有針孔般大，但整個肩頭都已烏黑青腫，顯然是被人用一種很輕巧，卻很歹毒的暗器，從他背後暗算了他。

華華鳳皺眉道：「這暗器有毒。」

段玉嘆道：「不但有毒，而且毒得厲害。」

華華鳳道：「還有沒有救？」

段玉笑了笑，道：「我殺人雖然不在行，救人卻是專家。」

他微笑著捲起了衣袖，又道：「你只要給我一壺燙熱了的好酒，我保證還你個活人。」

華華鳳用眼角瞅著他，目光中帶著狐疑之色，喃喃道：「這人莫非是想騙我的酒喝？」

段玉並不是在騙酒喝，也沒有吹牛，看來他倒真有點本事。

他先將酒含在嘴裡，一口噴在這人的傷上，再從懷裡拿出了那柄晶瑩翠綠的碧玉刀，挖出了傷口附近的爛肉。

等到傷口中流出的血由烏黑變爲鮮紅，他就用熱酒調了些藥粉敷上去，長長吐出口氣，笑道：「你現在總該相信我不是吹牛的了。」

華華鳳嫣然一笑，道：「想不到你果然真有兩下子。」

段玉道：「何止兩下子，簡直有好幾下子。」

華華鳳道：「你真的什麼病都會治？」

段玉道：「只有一種病我治不了。」

華華鳳道：「什麼病？」

段玉道：「餓病。」他嘆了口氣，苦笑道：「不知道你這裡有什麼藥能治好我這餓病？」

華華鳳笑道：「你想吃什麼？」

段玉道：「你這裡有什麼？」

華華鳳道：「這裡本是棟空房子。」

段玉道：「連個人都沒有？」

華華鳳道：「沒有。」

段玉道：「你自己會做飯？」

華華鳳嫣然道：「不會，可是我會買。」

這次她也沒有吹牛，她果然會買。

段玉剛將病人扶到屋裡去躺下，等了還沒多久，她就大包小包的買了一籃子回來。

她解開第一包，是蝦。

段玉的眼睛已亮了，笑道：「這一定是太和樓的油爆蝦。」

第二包是炸排骨。

段玉道：「這大概是奎元館的排骨麵澆頭。」

第三包是包子。

段玉道：「這是不是又一村的菜肉包？」

第四包是肉，每塊至少有三寸厚。

段玉用舌頭添了添嘴唇，笑道：「這想必就是清和坊王潤興的鹽件兒了。」

第五包是魚丸。

段玉道：「這是得月樓的肋鯗蒸魚丸兒。」

第六包是熟藕。

段玉道：「這是酥藕。」

華華鳳笑了，道：「想不到吃你也是專家。」

段玉道：「我就算沒吃過豬肉，至少還看見過豬走路。」

其實這些東西他連看都沒看過，只不過聽說過而已。

西湖的鹽件兒和酥藕，本就是天下聞名的。

最後一包是太平坊巷子裡的炸八塊，再配上杏花村的陳年竹葉青，除了在西湖，你大概只有在做夢時才能吃到這些東西。

事實上，奎元館、清和坊、得月樓，這些地方本也是老饕們在夢中常到的。

段玉正擇肥而噬，拈了塊鹽件兒放進嘴裡，華華鳳忽又從籃子裡拿出一張桑皮紙，臉上帶著種神秘的笑意，道：「你認不認得這是什麼？」

桑皮紙上畫著一個人，一個眉清目秀，面帶笑容的年輕人。

人像下還有一行大字：「懸賞紋銀伍仟兩。」

段玉認得的人也許不太多，但這人他總是認得的。

因爲這人就是他自己。

他看著紙上的畫像，摸著自己的臉，苦笑著喃喃道：「畫得不太像，這畫中的人比我漂亮。」

華華鳳嫣笑道：「你大概連自己都沒想到，你這人還値伍仟兩銀子。」

段玉嘆了口氣，道：「是誰花伍仟兩銀子來找我呢？」

華華鳳道：「你真想不到。」

段玉道：「莫非是鐵水？」

華華鳳道：「對了。」

段玉苦笑道：「我跟這人又無冤，又無仇，我實在想不通他爲什麼一定要跟我過不去。」

華華鳳道：「看來他的確是不肯放過你，這樣的賞格，他至少已發出好幾千件，這地方每間酒樓飯館裡，都至少貼著好幾張。」她笑了笑，接著道：「現在杭州城裡，還不認得閣下這副尊容的人，只怕已不太多了。」

段玉道：「伍仟兩銀子也不算太少。」

華華鳳道：「當然不算少，爲了伍仟兩銀子，有些人連祖宗牌位都肯出賣的。」

段玉道：「所以現在我已沒法子想了。」

華華鳳道：「現在你簡直已寸步難行，就算沒有這伍仟兩銀子，殺人的兇手也是人人都痛恨的，你只要出去走一步，立刻就會有人去鐵水那裡通風報訊。」

段玉苦笑著，喃喃道：「殺人兇手……連我自己也想不通我怎麼會忽然變成個殺人兇手，難道這也算是運氣？」

華華鳳道：「你真想不通？」

段玉倒了杯酒，一口氣喝下去。

華華鳳道：「你再想想，最好從頭想起。」

段玉又倒了杯酒喝下去，道：「那天你看到我的時候，我剛到這裡來。」

華華鳳道：「然後呢？」

段玉道：「然後我就剛巧看到了那件事，花夜來也恰巧在那天出現了。」

華華鳳接道：「然後你就跟著她到了她的香閨。」

段玉道：「我出來的時候，就剛巧遇見了那好管閒事的喬老三。」

華華鳳道：「他就要你到鳳林寺去找個姓顧的道士。」

段玉道：「我本來也未必找得到的，但剛巧又遇見了你。」

華華鳳道：「我剛巧知道鳳林寺在哪裡。」

段玉道：「鳳林寺那裡剛巧真有個顧道人，我不但見著了他，還認得了兩個新朋友，贏了成萬兩的銀子，正覺得自己運氣不錯。」

華華鳳道：「他們剛巧也知道這件事，所以就叫你去找花夜來。」

段玉長嘆道：「所以我就忽然變成了個殺人的兇手，死人身上的那柄刀，竟剛巧是我的。」

華華鳳道：「你想世上真有這麼巧的事？」

段玉苦笑道：「我想來也是絕不會有的，但卻偏偏被我遇見了。」

華華鳳也嘆了一口氣，道：「這簡直就像是走到路上時，平空會掉下個大元寶來，掉在你的頭上。」

段玉道：「我現在只覺得自己好像也被裝進口箱子裡，而且是口密不透風的箱子。」

華華鳳道：「是誰把你裝進去的呢？是花夜來？還是鐵水？」

段玉道：「我想不出。」

華華鳳道：「你難道從未想過，也許這只不過是你自己將自己裝進去的？」

段玉道：「絕不是我自己，一定有個人，這人也不知爲了什麼。有心要害我，我還沒來的時候，他已經在這裡挖好了個陷阱等著我跳下去。」他喝下了第四杯酒，一字字接著道：「可是你只管放心，我遲早總會將這人找出來的。」

華華鳳輕輕嘆息著，道：「我只怕你還沒有找出他來時，就已經被埋在湖底的爛泥裡。」

她替自己倒了杯酒，又倒了杯給段玉。

段玉卻連酒都已有點喝不下去了，現在這酒也好像是苦的。

他竟沒有發現有個人已悄悄的走了過來，正在看著桌上的那張桑皮紙。

這人的臉色蒼白得跟紙一樣，卻有雙很銳利的眼睛。

一個人若已被裝進了箱子，若沒有特別好的運氣，就很難再活著出來了。

你有沒有被人裝進過箱子？

四 月夜釣青龍

一

很少有人被裝進過箱子，更少有人還能活著出來。

這人遇見段玉，真是他的運氣。

現在他已坐了下來，但眼睛卻還是在瞪著那桑皮紙。

華華鳳臉色已有些變了，段玉卻笑了笑，道：「閣下看我像是個殺人的兇手麼？」

這人道：「不像。」

他居然也開口說話了，段玉似乎有些喜出望外，又笑道：「我看也不像。」

這人道：「別人說他殺的是誰？」

段玉道：「是個我連看都沒有看過的人，姓盧，叫盧小雲。」

這人道：「其實盧小雲並不是他殺的。」

段玉苦笑道：「當然不是，只不過若有十個人說你殺了人，你也會忽然變成殺人兇手的。」

這人慢慢的點了點頭，道：「我知道這是什麼滋味，我也被人裝進過箱子。」

華華鳳忍不住道：「但現在你已出來了，是他救你出來的。」

這人又慢慢的點了點頭。

華華鳳道：「所以你就算沒法子救他出來，至少也不該想要這五仟兩銀子。」

這人面上忽又露出痛苦之色，黯然道：「我的確無法救他出來，現在我只想喝杯酒。」

段玉笑道：「你也會喝酒？」

這人笑了笑，笑得很苦澀，緩緩道：「能被裝進箱子裡的人，多少總能喝一點的。」

他喝的並不止一點。

事實上，他喝得又多又快，一杯接著一杯，簡直連停都沒有停過。

愈喝他的臉愈白，臉上的表情也愈痛苦。

段玉看著他，嘆道：「我知道你很想幫我的忙，但你就算幫不上這忙，也用不著難受，因爲現在根本就沒有人能把我從這口箱子裡救出來。」

這人忽也抬起了頭，凝視著他，道：「你自己呢？」

段玉在沉吟著，道：「現在我也許還有一條路可走。」

這人道：「哪條路？」

段玉道：「先找出花夜來，只有她才能證明我昨天晚上的確在那棟屋子裡，說不定也只有她才知道誰是殺死盧小雲的真兇。」

這人道：「爲什麼？」

段玉道：「因爲也只有她才知道盧小雲這幾天的行跡。」

裡。」

這人道：「怎見得？」

段玉道：「這幾天盧小雲一定就跟她在一起，所以盧家的珍珠和玉牌，才會落到她手

這人道：「你能找得到她？」

段玉道：「要想找到她，也只有一種法子。」

這人道：「什麼法子？」

段玉道：「她就像是條魚，要釣魚，就得用魚餌。」

這人道：「你準備用什麼做魚餌？」

段玉道：「用我自己。」

這人皺著眉道：「用你自己？你不怕被她吞下去?!」

段玉苦笑道：「既然已被裝在箱子裡，又何妨再被裝進魚肚子。」

這人沉默著，接連喝了三杯酒，才緩緩道：「其實你本不該對我說這些話的，我只不過是個陌生人，你根本不知道我的來歷。」

段玉道：「可是我信任你。」

這人抬起頭，目中又露出感激之色。

你若在無意之間救了一個人，並不是件能令人感動的事，但你若了解他，信任他，那就完全不同了。

但這時段老爺子若也在這裡，他一定會很生氣的。

因爲段玉又忘記了他的教訓，又跟一個來歷不明的陌生人交上了朋友。

段玉忽然轉身從窗台上拿了個酒杯過來。

杯中沒有酒，卻有樣閃閃發光的東西，看來就像是魚鈎，鈎上還帶著血絲。

段玉道：「這就是我從你身上取出的暗器，你不妨留下來作紀念。」

這人道：「紀念什麼？」

段玉笑道：「紀念這一次教訓，別人以後再想從你背後暗算你，機會只怕已不多了。」

這人不停的喝著酒，竟連看都懶得看一眼。

段玉道：「你不想看看這是什麼暗器？」

這人總算抬起頭來看了看，道：「看來好像是個魚鈎。」

段玉笑道：「的確有點像。」

這人忽然也笑了笑，道：「所以你不妨就用它去釣魚。」

段玉道：「這東西也能釣魚？」

這人道：「不但能釣魚，有時說不定還會釣起條大龍來。」

段玉笑了笑，覺得他已有些醉了。

這人卻又道：「水裡不但有魚，也有龍的，有大龍，也有小龍，有真龍，也有假龍，有白龍紅龍，還有青龍。」

段玉道：「青龍？」

這人道：「青龍是最難釣的一種，你若想釣青龍，最好今天晚上就去，因爲今天晚上正是二月初二龍抬頭。」

他的確已醉，說的全是醉話。

現在明明已過了三月，他卻偏偏要說是二月初二龍抬頭，他自己的頭卻已抬不起來。

然後他非但嘴已不穩，連手都已不穩，手裡的酒杯突然跌在地上，跌得粉碎。

華華鳳忍不住笑道：「這麼樣一個人，就難怪會被人裝進箱子裡。」

段玉卻還在出神的看著酒杯裡的魚鈎，竟似沒有聽見她在說什麼。

二

又一村的包子是很有名的，所以比別的地方的包子貴一點，因爲它滋味確實特別好，所以買的人也沒什麼怨言。

但等到它冷了的時候再吃，味道就不怎麼樣了，甚至比普通的熱包子還難吃些。

段玉嘴裡嚼著冷包子，忽然發現了一樣他以前從未想到過的道理。

他發現世上並沒有「絕對」的事，既沒有絕對好吃的包子，也沒有絕對難吃的包子，一個包子的滋味好壞，主要是看你在什麼地方，和什麼時候吃它。

本來是同樣的東西，你若換個時候，換個角度去看，也許就會變得完全不同了。

所以你若要認清一件事的真象，就必須在各種不同的角度都去看看，最好是將它一塊塊拆散，再一點點拼起來。

這道理彷彿給了段玉很多啓示，他似已想得出神，連咀嚼著的包子都忘記咽下去。

對面的一扇門上，掛著蘇繡門簾，繡的是一幅春夜折花圖。

華華鳳已走了進去，裡面好像就是她的閨房。

那個從箱子裡出來的陌生人，已被段玉扶到另一間屋子裡躺下。

他好像醉得很厲害，竟已完全人事不知。

酒量也不是絕對的，你體力很好，心情也很好的時候，可以喝得很多，但有時卻往往會糊裡糊塗的就醉了。

段玉嘆了口氣，替自己倒了杯酒，他準備喝完了這杯酒，就去釣魚。

說不定他真會釣起條龍來，世上豈非本就沒有絕對不可能的事？

就在這時，那繡花門簾裡，忽然伸出了一隻手來。

一隻纖秀優美的手，正在招呼叫他進去。

女孩子的閨房，怎麼可以隨便招呼男人進去的呢？

段玉猶豫著，道：「什麼事？」

沒有回答。

不回答往往就是最好的回答。

段玉心裡還在猜疑著，但一雙腳卻已站了起來，走了過去。

門是開著的，屋子裡有股甜甜的香氣，掛著繡帳的床上，亂七八糟的擺著好幾套衣服，其中有一套就是華華鳳剛才穿在身上的。

顯見她剛才試過好幾套衣服之後，才決定穿上這一套。

現在卻又脫了下來，換上了一套黑色的緊身衣褲，頭髮也用塊黑巾包住，看來就像是個正準備去做案的女賊。

段玉皺了皺眉，道：「你準備去幹什麼？」

華華鳳在他面前轉了個身，道：「你看我像幹什麼的？」

段玉道：「像個女賊。」

華華鳳卻笑了，嫣然道：「女賊跟兇手一起走出去，倒真夠人瞧老半天的了。」

段玉道：「你準備跟我出去？」

華華鳳道：「不出去換這套衣服幹什麼？」

段玉道：「但我只不過是出去釣魚啊？」

華華鳳道：「那麼我們就去釣魚。」

段玉道：「你不能去。」

華華鳳道：「為什麼？」

段玉嘆道：「釣魚的人，往往反而會被魚釣走，你不怕被魚吞下肚子？」

華華鳳笑道：「那也好，我天天吃魚，偶然被魚吃一次，又有什麼關係？」

段玉道：「你以為我是在說笑話？你看不出這件事有多危險？」

華華鳳淡淡道：「若是看不出，我又何必陪你去？」

她說得雖然輕描淡寫，但眼睛裡卻充滿了關切和憂慮，也充滿了一種不惜和段玉同生死、共患難的感情。

這種情感就算是木頭人也應該感覺得到。

段玉不是木頭人，他的心已變得好像是一個掉在水裡的糖球。

他似已不敢再去看她，卻看著床上那套蘋果綠色的長裙，忽然道：「你這件衣服真好看。」

華華鳳白了他一眼，又忍不住笑道：「你難道看不出我剛才一直在等著你說這句話，現在才說豈非已經太遲了。」

段玉也忍不住的笑說道：「遲點說也總比不說的好。」

華華鳳嫣然一笑，轉身關起了門。

明明是要出去的，爲什麼忽然關起了門。

段玉的心忽然跳了起來，跳得好快。

華華鳳又將門上起了栓。

段玉的心跳得簡直已快跳出了腔子，他從來沒有遇見過這種場面。

他簡直不知道該怎麼辦才好。

華華鳳已轉過身，微笑著道：「現在就算隔壁那個人醒過來，也不知道我們去幹什麼了。」

她笑得好甜。

段玉紅著臉，吃吃道：「我們幹什麼？」

華華鳳道：「你不是說要去釣魚嗎？」

段玉道：「在這屋子裡釣魚？」

華華鳳「噗哧」一笑，忽然間，她的臉也紅了起來。

她終於也想到段玉心裡在想什麼。

「男人真不是好東西。」

她咬著嘴唇，瞪了段玉一眼，忽然走過來，用力推開了窗子。

窗外就是西湖。

這屋子本就是臨海而建的。

月光照著湖水，湖水亮得彷彿是一面鏡子，一條輕巧的小船，就泊在窗外。

「原來她要從這裡出去。」

段玉總算明白了，長長鬆了口氣，忍不住笑道：「原來這裡也有條路，我還以為……」

華華鳳很快的打斷了他的話，大聲道：「你還以為怎麼樣？」

她的臉更紅，恨恨的瞪著他，道：「你們男人呀，心裡為什麼總是不想好事？」

夜。

月夜。

月下湖水如鏡，湖上月色如銀，風中彷彿帶著種木棉花的香氣。

小舟在湖面上輕輕盪漾，人在小舟上輕輕的搖晃。

是什麼最溫柔？

是湖水？是月色？還是這人的眼波？

人已醉了，醉的卻不是酒。

三月的西湖，月下的西湖，豈非本就比酒更醉人？

何況人正年輕。

華華鳳把一隻槳遞給段玉。

段玉無言的接過來，坐到她身旁，兩隻槳同時滑下湖水，同時翻起。

翻起的水珠在月光下看來就像是一片碎銀。

湖水也碎了，碎成一圈圈的漣漪，碎成一個個笑渦。

遠處是誰在吹笛？

他們靜靜的聽著這笛聲，靜靜的聽著這槳聲。

槳聲比笛聲更美，更有韻律，兩雙手似已變成一個人的。

他們沒有說話。

但他們卻覺得自已從未和任何一個人如此接近過。

兩心若是同在，又何必言語？

也不知過了多久，段玉才輕輕的嘆息了一聲，道：「假如我沒有那些麻煩的事多好？」

華華鳳又沉默了很久，才輕輕的道：「假如沒有那些麻煩的事，這船上也許就不會有你，也不會有我了。」

段玉看著她，她也在看著段玉，他們的手伸出來，輕輕一觸，又縮了回去。

但就只這雙手輕輕的一觸，已勝過千言萬語。

小舟已泊岸。

岸上垂柳，正是段玉遇見喬老三的地方。

華華鳳擱下了槳，道：「你叫我帶你到這裡來，現在呢？」

段玉接道：「現在我們上岸去，我想再去找一次。」

華華鳳道：「找那屋子？」

段玉道：「我總不相信我會找錯地方。」

華華鳳道：「世上有很多敲錯門的人，就因爲他們也不相信自己會找錯地方。」

段玉道：「所以我要再找一次。」

這次他更小心，幾乎將每棟有可能的屋子都仔細觀察了很久。

幸虧現在夜已很深，沒有人看見他們，否則就要把他們當賊辦了。

他們找了很久，看過了十幾棟屋子，最後的結論是：段玉白天並沒有找錯。

華華鳳道：「你就是白天帶顧道人他們到這裡來的？」

段玉點點頭。

華華鳳道：「昨天晚上，你跟花夜來喝酒的地方，也是這裡？」

段玉道：「絕不會錯。」

華華鳳道：「那麼鐵水怎會在這裡呢？而且已住了很久。」

段玉道：「這正是我第一件想查明的事。」

院子裡沒有燈光，也沒有聲音。

華華鳳道：「你想進去？」

段玉道：「不進去看看，怎麼能查個明白？」

華華鳳嘆了口氣，道：「但這次你若再被鐵水抓住，他就再也不會放你走了。」

段玉道：「所以你千萬不要跟我一起進去。」

華華鳳笑了笑，只笑了笑，什麼話都不再說。

段玉也沒法子再說什麼，因爲她已先進去了，她的輕功居然也很不錯。

庭園寂寂，薔薇花在月下看來，雖沒有白天那麼鮮艷，卻更柔媚。

在這裡他們才發現，還有一間屋子裡是燃著燈的。

昏黃的燈光從窗戶裡映出來，映出了窗台上三盆花的影子。

段玉壓低聲音，道：「昨天晚上我就是在這屋子裡睡的。」

華華鳳道：「花夜來呢？」

段玉道：「她也在。」

說出了這句話，他就發現自己說錯了。

華華鳳的臉，一下子就變得像是個債主，冷笑道：「看來你昨天晚上艷福倒不淺。」

段玉紅著臉，道：「我……我……」

華華鳳大聲道：「你既然享了福，就算受點罪，也是活該。」

她似已忘了這是在別人的院子裡，似已忘了他們來幹什麼的。

據說一個女人吃起醋來的時候，連皇帝老子都管不住的，何況段玉。

段玉只有苦笑，只有乾著急。

誰知屋子裡還是一點動靜也沒有，裡面的人好像全都睡得跟死豬一樣。

隨便你怎麼看，鐵水也不會是能睡得像隻死豬一樣的人，花夜來倒可能，據說淫蕩的女人都貪睡。

難道今天晚上他不在這裡？

難道花夜來又回來了？

華華鳳咬著嘴唇，突然竄過去，用指甲點破了窗紙。

她實在不是做賊的人材，也不知道先在指甲上蘸了口水，免得點破窗紙時發出聲音來。

只聽「噗」的一聲，她竟然將窗紙戳穿了個大洞。

段玉的臉已有點發白了，誰知屋子裡還是無絲毫動靜。

屋子裡難道沒有人？

屋子裡果然沒有人。

非但沒有人，連裡面的東西都搬走了，這地方竟變成了一棟空房子，只剩下窗戶上的三盆花，忘記被拿走。

段玉怔住。

華華鳳也怔住。

兩個人在空房子裡怔了半天，華華鳳道：「也許你白天去的不是這地方。」

段玉點點頭。

華華鳳道：「你走了之後，花夜來怕你再來找她，所以也搬走了。」

段玉道：「那麼我白天去過的那棟房子，現在到哪裡去了呢？」

華華鳳道：「也許就在這附近，但現在你卻又找不到了。」

段玉嘆了一口氣，苦笑著說道：「也許我活見了鬼。」

華華鳳冷笑道：「你本來就見了鬼，而且是個女鬼。」

段玉不敢再答腔了，幸好他沒有再答腔。

因爲就在這時，他忽然聽見外面傳來一陣很奇怪的呼哨聲。

這種呼哨聲，通常是夜行人發出的暗號。

果然有夜行人在外面，他們已聽見了有兩個人在外面說話：「確定就是這裡？」

「絕不會錯，我上個月才來過。」

「可是裡面爲什麼還沒有人出來呢？」

「只怕都已睡了。」

「睡得這麼死？」

「江湖上有誰敢到這裡來打主意？太平日子過慣了的人，睡覺當然睡得沉些。」

「可是……」

「反正我絕不會弄錯的，我們先進去再說。」

「就這樣進去？」

「大家都是自己人，怕什麼。」

聲音雖然是從牆外傳來的，但在靜夜中聽來還是很清楚。

段玉看了看華華鳳，悄聲道：「這兩人好像跟這裡的主人是朋友。」

華華鳳道：「所以我們只要去問問他，就可以知道這裡的主人究竟是誰了。」

她也不等段玉同意，就竄出了窗子。

外面的兩個人正好從牆頭上竄進來，兩個人都是勁裝衣服，顯見是趕夜路的江湖人。

他們看見了華華鳳，立刻一手翻天，一手指地，擺出了種很奇怪的姿勢。

華華鳳居然也擺出跟他們一樣的姿勢。

這兩人又同時問了個奇怪的問題：「今天是幾月初幾。」

華華鳳眼珠子一轉，道：「二月初二。」

這兩人才鬆了口氣，臉上也現出笑容，同時抱拳一禮。

其中一個比較高的人，抱拳說道：「兄弟周森，是三月初三的，到鎮江去辦事，路過貴寶地，特來拜訪。」

華華鳳道：「好說好說。」

周森道：「龍抬頭老大已睡著了麼？」

華華鳳道：「他有事到外處去了，兩位有什麼事，跟我說也一樣。」

周森遲疑著，陪笑道：「我們兄弟運氣不好，在城裡把盤纏都送給了么二三，久聞龍老大對兄弟們最照顧，所以想來求他周轉周轉。」

華華鳳笑道：「既然是自己人，你們不到這裡來，龍老大若知道，反而會生氣的。」

周森笑道：「我們若是不知道龍老大的慷慨聲名，也不敢來了。」

華華鳳轉過頭，向屋子裡的段玉招了招手，然後才道：「快拿五百兩銀子出來，送給這兩位大哥作盤纏。」

段玉道：「是。」

他只好跳出窗子，將身上的十張銀票拿出來，剛準備數五張，華華鳳已將銀票全搶了過去，笑道：「這一點小意思，周大哥就請收下。」

周森接過了銀票，喜笑顏開，連連稱謝，道：「想不到花姑娘比龍老大還慷慨。」

華華鳳道：「自己人若再客氣，就見外了。」

周森笑道：「我們兄弟也已久聞花姑娘的大名，今天能見到姑娘，真是走運。」

華華鳳嫣然道：「兩位若是不急，何妨在這裡躲兩天，等龍老大回來見過面再走。」

周森道：「不敢打擾了，我兄弟也還得回去交差，等龍老大回來，就請姑娘代我們問候，說我們三月初三的兄弟，都祝他老人家萬事如意，早生貴子。」

華華鳳笑道：「周大哥善頌善禱，我也祝周大哥手氣大順，一擲就擲出個四五六了。」

周森笑了，旁邊一個人也笑了，兩個再三拜謝，出去了之後還在不停的稱讚，這位花姑娘真夠義氣，真會做人。

「現在她入會雖然不久，但是總有一天，她一定會升爲堂主的，我們兄弟能在她手底下做事，那才有勁。」

等他們的聲音去遠了，段玉才嘆了口氣，苦笑道：「你出手倒真大方得很，一送就把我全身的家當都送出去了。」

華華鳳道：「反正你還有贏來的那一萬兩存在顧道人的酒舖裡。」

段玉道：「但你又怎麼知道我身上隨時都帶著銀子呢？」

華華鳳笑道：「那天你在花夜來的船上錢財已露了白，我沒有把你的金葉子也一起送出去，已經是很客氣的了。」

段玉苦笑道：「錢財不可露白，這句話看來倒真有點道理。」他嘆息著，又忍不住道：「但我還是不明白，這究竟是怎麼回事？」

華華鳳的表情忽然變得嚴肅了起來，道：「你有沒有聽過『青龍會』這三個字？」

段玉當然聽過，最近這三個字在江湖中簡直已變成了一種神秘的魔咒，他本身就彷彿有種不可思議的力量，可以叫人活，也可以叫人死。

華華鳳道：「據說青龍會一共有三百六十五個分壇，一年也正好有三百六十五天，所以他們一問我今天是幾月初幾，我就立刻想起了那位從箱子裡出來的仁兄說的話了。」

段玉的眼睛也亮了，道：「他說湖裡有龍，又說今天是二月初二。」

華華鳳道：「當時我就覺得他的話很奇怪，其中想必另有深意。」

段玉道：「所以你也說今天是二月初二。」

華華鳳笑道：「其實我也只不過是姑且一試，想不到竟被我誤打誤撞的撞對了。」

段玉道：「你認爲他們都是青龍會的人？」

華華鳳道：「當然是的。」

段玉道：「那麼這地方難道就是青龍會的秘密分壇所在地。」

華華鳳道：「這裡就是二月初二，青龍會的分壇，想必就是以日期來作秘密代號的。」

段玉的眼睛更亮，道：「難道僧王鐵水就是龍抬頭老大？」

華華鳳道：「很可能。」

段玉道：「鐵水是個和尙，那姓周的怎麼會祝他早生貴子？」

華華鳳道：「道士可以娶老婆，和尙爲什麼不能生兒子。」

段玉道：「但他們從沒有見過你，怎麼會如此輕易就相信了你？」

華華鳳眨了眨眼，道：「你剛才說我這身打扮像幹什麼的？」

段玉道：「像個女賊。」

華華鳳笑道：「所以他們也將我當做女賊了，你難道沒聽見他們叫我花姑娘。」

段玉恍然的說道：「原來他們將你當做了花夜來。」

華華鳳道：「所以你並沒有找錯地方，花夜來和鐵水都是這裡的主人，他們本就是一家人。」

段玉看著她，忍不住嘆了口氣，他忽然發現這女孩子比她外表看來聰明得多。

華華鳳道：「其實這道理你本該早就想得通，只不過你已被人繞住了，所以才會當局者迷。」

段玉苦笑道：「你幾時也學會誇獎別人了？」

華華鳳嫣然道：「剛學會的。」

事實上，這件事的確太複雜，就像迷魂陣，假如你一開始就錯了，那麼無論你怎麼去走，走的全是岔路。

段玉本來是站著的，忽然坐了下去，就坐在地上。

華華鳳皺眉道：「你累了？」

段玉道：「不是累，只不過我還有幾個問題要問問我自己。」

華華鳳也跟著坐了下去，坐在他的身旁，柔聲道：「你爲什麼不問我？兩個人一起想，總比一個人想好。」

段玉看著她，目光中充滿了感激，情不自禁伸出了手。

她也伸出了手。

他們的手輕輕一觸，又縮回。

段玉垂下頭，又過了很久，才緩緩道：「假如鐵水真的就是龍抬頭老大，那麼這件事想必也是青龍會的陰謀之一。」

華華鳳道：「對。」

段玉道：「他們的目的是什麼呢，是爲了對付我？」

華華鳳道：「很可能，他們要的也許是你這個人，也許是你身上帶著樣他們要的東西。」

段玉點點頭，已想到身上帶著的碧玉刀。

華華鳳道：「他們設下這些圈套，爲的就是要陷害你，讓你無路可走。」

段玉道：「那麼盧小雲又是誰殺了的？」

華華鳳道：「當然也是他們。」

段玉道：「但盧九卻是鐵水的好朋友。」

華華鳳道：「青龍會的人做事，從來都不擇手段，有時連老子都可以出賣，何況朋友。」

段玉道：「以鐵水的武功和青龍會的勢力，本來豈非可以直接殺了我的？」

華華鳳道：「可是段家在武林中不但名望很高，朋友也很多，他們若直接殺了你，一定會有後患，青龍會做事，一向最喜歡用借刀殺人的法子。」

段玉道：「借刀殺人？」

華華鳳道：「他們本來一定認爲盧九會殺了你替他兒子復仇的，但也不知爲了什麼，盧九卻好像很相信你。」

段玉接口道：「因爲他知道我不是個會說謊的人。」

華華鳳道：「他怎麼會知道，他對你的認識又不深？」

段玉笑了笑，道：「但我們在一起賭過，你難道沒聽說在賭桌上最容易看出一個人的脾氣。」

華華鳳也笑了，道：「這麼說來，賭錢好像也不是完全沒有好處的。」

段玉沉思著，緩緩道：「天下本來就沒有絕對壞的事，你說對不對？」

華華鳳柔聲道：「我不知道，我想得沒有你這麼多。」

段玉苦笑道：「但我還是想不出，要怎麼樣才能證明鐵水才是真兇。」

華華鳳嘆道：「這的確很難，這本是死無對證的事。」

段玉道：「至少我要先證明他是青龍會的人，證明他跟花夜來是同黨。」

華華鳳道：「你想出了什麼法子？」

段玉道：「沒有。」

華華鳳道：「青龍會組織之嚴密，幾乎已無懈可擊，你若想找別人證明他們是青龍會的，根本就不可能。」

段玉道：「我也聽說過，好幾百年來，江湖中都從未有過組織如此嚴密的幫會。」

華華鳳道：「所以我們剛才就算能將周森留下來，他也絕不敢洩露鐵水的秘密。」

段玉道：「所以我剛才根本連想都沒有這麼想。」

華華鳳道：「鐵水和花夜來自己當然更不會承認。」

段玉道：「當然不會。」

華華鳳嘆了口氣，道：「那末你還能想得出什麼法子來呢？」

段玉笑了笑，道：「現在我還不知道……現在我只知道世上本沒有絕對不可能的事。」

華華鳳道：「你難道真的從來也不相信世上還有你做不到的事？」

段玉道：「嗯。」

華華鳳看著他，忽然也笑了。

段玉道：「你笑什麼？」

華華鳳道：「我笑你，看來你就算真的被人裝進箱子裡，也不會絕望的。」

段玉笑道：「一點也不錯。」

華華鳳嫣然道：「有時連我也不知道，你這人究竟是比別人聰明呢？還是比別人笨？」

段玉道：「我自己也不知道，但我卻知道我至少總是能比別人活得開心些。」

華華鳳道：「你還知道什麼？」

段玉道：「我還知道假如我們就一直坐在這裡，絕不會有人自己跑來承認是兇手的。」

華華鳳道：「你準備到哪裡去？」

段玉道：「去找鐵水。」

華華鳳道：「你去找他？」

段玉說道：「難道只許他找我，就不許我去找他。」

華華鳳道：「你真的要自己送上門去？」

段玉苦笑說道：「我總不能一輩子躲著不見人吧。」

華華鳳道：「躲幾天也不行？」

段玉道：「不行。」

華華鳳道：「爲什麼？」

段玉道：「我一定要在四月十五之前，趕到寶珠山莊去。」

華華鳳忽然不說話了。

夜很深很靜，淡淡的星光照進窗子，依稀只能看得出她臉上美麗的輪廓，和那雙發亮的眼睛。

她眼睛裡彷彿有種很奇異的感情。

段玉道：「四月十五是朱二叔的壽誕之期，朱二叔是我父親多年的兄弟。」

華華鳳忽然抬起了頭，用那雙發亮的眼睛瞪著他，問道：「你急著趕到寶珠山莊，真是爲了要給朱二爺拜壽？」

段玉道：「怎麼會是假的？」

華華鳳垂下頭，拉起腰帶，用力捲在她纖長的手指上，又沉默了很久，才緩緩道：「聽說朱二爺有個很漂亮的女兒，她是不是長得真的很美？」

段玉道：「我不知道，我沒見過。」

華華鳳道：「聽說朱二爺這次做壽，爲的就是要選中意的女婿。」她又抬起頭，瞪著段玉，冷冷道：「看來你倒很有希望被選上的。」

段玉勉強笑了笑，想說什麼，又忍住，想看著她，卻又偏偏不敢接觸到她的目光。

風吹著樹葉，沙沙的響。

他忽然輕輕的嘆了一口氣，道：「你應該回去了。」

華華鳳道：「你呢？」

段玉道：「我去找鐵水……」

華華鳳冷笑道：「難道只許你去找他，就不許我去？」

段玉道：「這件事本來就跟你一點關係都沒有的。」

華華鳳道：「本來是沒有關係的，但現在卻有了。」

段玉終於忍不住轉過頭來，凝視著她。

她並沒有迴避他的目光。

星光照進她的眼睛，她眼睛裡彷彿帶著種說不出的幽怨之意。

她說不出，但他總是看得出的。

他忍不住伸出了手。

他們的手忽然緊緊的握住，這一次他們的手誰也沒有縮回去。

她的手那麼柔軟，又那麼冷。

夜更深，更靜，星光朦朧，春風輕柔。

大地似已在春光中溶化。

也不知過了多久，段玉才緩緩道：「我去找鐵水，只因爲我已沒有別的路可走，我父親就算能忍受任何事，也絕不能忍受別人將我當做兇手。」

華華鳳道：「我知道。」

段玉道：「所以我明知這麼做很危險，很愚蠢，也不能不去。」

華華鳳道：「我知道。」

段玉道：「其實我並沒有對付他的把握。」

華華鳳道：「我知道。」

段玉道：「可是你還是要跟我去？」

華華鳳咬著嘴唇，道：「我本來可以不去，但現在也已不能不去，你難道還不明白？」

段玉凝視著她，終於長長嘆了口氣，道：「我明白，我當然明白。」

華華鳳嫣然一笑，柔聲道：「只要你明白這一點，就已足夠了。」

「我們要怎麼樣才能找到鐵水？」

「你根本不必去找他。」

「爲什麼？」

「因爲只要有人看見你，就立刻會通知他來找你。」

「我們現在就去？」

「現在卻不是時候。」

「爲什麼？」

「因爲現在根本沒有人能看見你。」

「我們難道要在這裡等到天亮？」

「假如你真的相信世上沒有絕對不可能的事，現在你就該先乖乖的睡一覺。」

段玉真的睡著了。

他還年輕，一個疲倦的年輕人，無論在什麼地方都能睡得著的。

何況他正在她身旁。

世上還有什麼地方能比這裡更溫暖、更安全？

一個溫柔可愛的女人的懷抱，豈非本就是男人的天堂？

三

春天，艷陽天。

陽光燦爛，天空澄藍。

段玉覺得精神好極了。

其實他並沒有睡多久，可是他睡得很熟，就好像小時候他睡在母親的懷抱中一樣，夢裡都帶著極溫馨的甜美。

醒來時，他發現自己睡在華華鳳腿上。

她的腿溫暖而結實。

她沒有睡，正在看他。

他一張開眼就看到了她，看到了平時總是深藏在她眼睛裡的溫柔情意。

在這一瞬間，他忽然覺得她已是個真正的女人，已不再是那個專門喜歡找他鬥嘴的孩子。

他看著她笑了。

他們笑得愉快而真摯，誰也沒有覺得羞澀，誰也沒有覺得抱歉。

他枕在她腿上，好像本就是件很自然、很合理的事。

他們的心情也正和窗外的天氣一樣，新鮮、清潔，充滿了希望，充滿了光明。

春天的陽光，總是不會令人失望的。

他們走在陽光下。

他們看見了很多人，覺得每個人好像都很快樂，當然，也有很多人看見了他們，當然也覺得他們很快樂。

他們本是令人羨慕的一對，但最被人注意的，並不是段玉，而是華華鳳。穿著一身緊身衣服在路上走的女人並不多，身材像她這麼的女人也不多。

段玉道：「別人都在看你。」

華華鳳道：「哦？」

段玉道：「他們爲什麼不看我？」

華華鳳抿著嘴笑道：「因爲你沒有我好看。」

段玉道：「可是我値五仟兩銀子。」

華華鳳這才覺得有點奇怪了。

她剛才還沒有想到，女孩子在被很多人看著的時候，心裡又怎麼會想到別的事？

華華鳳道：「也許現在看見你的人，湊巧都沒有看見鐵水貼出來的那張懸賞單子。」

段玉道：「你是在哪裡看見的？」

華華鳳道：「茶館裡。」

無論什麼地方的茶館，通常都是人最雜的地方，現在雖然還很早，但大多數茶館都已開門了。

「上午皮泡水，下午水泡皮」，最懂得享受的杭州人，早上當然不會耽在家裡，吃老婆煮的稀飯。

杭州茶館裡的湯包、蟹殼黃、楊州乾絲，本就和廣東茶樓裡的魚餃、燒賣一樣受歡迎。

段玉一走進這家茶館，果然立刻就發現自己的尊容被貼在牆上。

奇怪的是，茶館裡的人偏偏還是沒有注意他，一雙雙眼睛還是要盯著華華鳳。

這些人難道全都是色鬼，沒有財迷？

兩個穿著對襟短衫，手裡提著鳥籠子的市井好漢，大搖大擺的走了進來，他們選的位子，恰巧就在一張懸賞下。

有個人正抬著頭在看段玉的尊容，嘴裡也不知在跟他的朋友說什麼。

段玉向華華鳳遞了個眼色，慢吞吞的走了過去，有意無意間往這張懸賞下一站。

提著鳥籠的市井好漢，倒也看了他兩眼，卻偏偏又轉過頭去，大聲招呼伙計：「來兩籠小包，一壺龍井。」

難道他對包子比對五仟兩銀子還有興趣？

段玉乾咳了兩聲，開始唸上面的字：「無論誰發現此人行蹤，前來通風報訊，賞五仟兩銀整。」下面還有個報訊的地址。

段玉好像這才發現別人懸賞招拿的就是他自己，立刻做出很害怕的樣子。

誰知這兩個人還是當他假的。

段玉忽然對他們笑了笑，道：「你看這上面的人像不像我？」

「不像。」

「一點都不像。」

這兩人回答得好乾脆。

段玉怔了怔，勉強笑道：「可是我自己爲什麼愈看愈像呢？」

這兩人已開始在喝茶，連理都懶得理他了。

段玉真想揪住他們耳朶，問問他們究竟是瞎子？還是呆子？

有個茶博士正拎著個大茶壺在爲客人加水。

段玉忽然一把拉住了他，大聲道：「你看這上面畫的人是不是我？」

茶博士拚命搖頭，就像是看見了個瘋子，嚇得臉色發白。

段玉又怔住。

華華鳳已走過來，悄悄的拉他衣襟。

段玉眼珠子轉了轉，故意用很多人都可以聽得見的聲音道：「這上面畫的人明明就是我，幸好這些人竟連一個看出來的都沒有。」

他一面說，一面用眼角去打量別人。

但滿屋子的人好像忽然全都變成了餓死鬼投胎，一個個都在埋頭吃他們的點心，誰也沒有抬頭看他一眼。

段玉已開始覺得有點哭笑不得了。

「這麼好賺的五仟兩銀子，爲什麼竟偏偏沒有人賺呢？」

他實在想不通。

華華鳳也想不通。

她拉著段玉坐下來，勉強笑道：「也許已有人去通風報訊了，只不過不敢被你看見而已。」

段玉嘆了口氣，道：「但願如此。」

於是他們就在這裡等，幸好這裡的湯包和乾絲味道還不錯。

等到一籠湯包兩碗乾絲全都下了肚，居然還是全無動靜。

段玉看著牆上的畫，喃喃道：「難道上面畫的真不像我？」

華華鳳道：「不像才怪。」

段玉道：「既然很像，他們不去賺這五仟兩銀子，豈非更怪？」

華華鳳道：「的確有點怪。」

段玉嘆了口氣，苦笑道：「假如我不想被人趕出來，現在滿屋子裡的人只怕已經全都認出了我。」

華華鳳也嘆了口氣，苦笑道：「世上有很多事本來就是這樣子的……」

她的話還沒有說完，忽然看見一個人昂然而入，把牆上貼的懸賞，一張張全都撕了下來。

茶館裡的人居然好像全都沒看見。

段玉當然看見了。

這人黑黑的臉，眼睛炯炯有神，竟是那最愛多管閒事的喬老三。

段玉正想過去問問他，爲什麼又來多管閒事，誰知這時又有個他認得的人走了過來。

一個清癯瘦削的獨臂道人。

他不等段玉招呼，已走過來坐下，微笑道：「兩位今天好清閒，這麼早就有空出來喝茶。」

華華鳳冷冷道：「道人今天好清閒，這麼早就有空出來喝茶。」

顧道人笑道：「聽說，有位專喜歡跟人抬槓的姑娘，想必就是這位了。」

段玉也忍不住笑道：「一點也不錯。」

華華鳳狠瞪了他一眼，居然忍住了，沒有找他的麻煩。

因爲這時喬老三也已過來，手裡拿著從牆上撕下的一疊懸賞，往桌上一擱，笑道：「這已是最後的幾張了，我一個人收回來的就有三百多張。」

段玉忍不住問道：「爲什麼要收回來？」

喬老三道：「因爲我天生喜歡多管閒事。」

段玉嘆了口氣，也不能不承認他說的是實話。

華華鳳板著臉，道：「你既然喜歡多管閒事，現在就請你把它們一張張貼回去。」

喬老三皺了皺眉，道：「爲什麼要將這些廢紙貼回去？」

華華鳳道：「誰說這是廢紙？」

喬老三道：「我說的。」

華華鳳道：「你難道不想要這五仟兩銀子？」

喬老三道：「我想是想要，只可惜沒有人肯給我。」

華華鳳道：「難道鐵水已不想捉他了？」

喬老三道：「你現在才知道？」

華華鳳怔住，段玉也怔住。

過了半晌，華華鳳又忍不住問道：「鐵水爲什麼忽然改變了主意？」

喬老三看了她一眼，又看了看段玉，道：「你們還不知道？」

華華鳳道：「知道了爲什麼還要問你？」

喬老三瞪著他們看了半天，忽然笑了笑，道：「這也許只因爲他忽然變成了好人。」

華華鳳又怔了怔，大聲道：「不管怎麼樣，我們還是要找他。」

喬老三好像也怔住了，道：「你們要找他？」

華華鳳冷笑道：「難道只許他來找我們，就不許我們找他？」

喬老三卻笑了，道：「你們當然可以找他，而且一定能找得到。」

他笑得好像很奇怪、很神秘。

華華鳳道：「你怎麼知道我們一定能找到？」

喬老三道：「因爲我可以帶你們去。」

他果然帶他們去了，而且真的很快就找到了鐵水。

鐵水居然真的變成了個好人。

死人絕不可能再做壞事，所以死人都是好人。

鐵水已是個死人。

四

段玉做夢也想不到鐵水會忽然間死了，而且死得很慘。

第一個發現他屍身的就是喬老三。

「你是在什麼地方發現的？」

「就在大街上。」

「他怎麼死的？」

「被人一刀砍下了頭顱，他的人倒在街心，頭顱卻落在一丈外。」

他死得真慘。

「是誰殺了他？」

「沒看見，我只看見了殺他的那把刀。」

刀就在棺材上，棺材就停在鳳林寺，刀赫然又是段玉那柄碧玉七星刀。

在廟裡照料喪事的是盧九。

這個多病的人，在已將垂暮之年，竟在一日之間親眼看見他的兒子和好友連續慘死在刀下。

慘死在同一柄刀下。

陽光穿過枝葉濃密的菩提樹後，已經變得很陰黯。

陰森森的陽光，照在他面前兩口棺材上，也照著他蒼白的臉。

他看來似乎已忽然老了很多。

到了這裡，就連華華鳳的心情都變得沉重了起來。

盧九用絲巾掩著嘴，輕輕的咳嗽著，絲巾髒了，可是他已不在乎。

沉默了很久，華華鳳終於忍不住道：「刀本來是在鐵水自己手上的，是不是？」

顧道人道：「但他並沒有一直帶著。」

華華鳳道：「他將刀留在什麼地方了？」

顧道人道：「不知道，我只知道在黃昏時刀已不見了。」

華華鳳道：「我可以證明昨天黃昏時，段玉一直跟我在一起的。」

顧道人道：「哦。」

華華鳳又接道：「除了我之外，還有一個人可以證明。」

顧道人道：「還有誰？」

華華鳳道：「一個我不認得的人。」

顧道人淡淡道：「你不認得這個人，但這個人卻跟你們在一起？」

華華鳳道：「因爲他是被我們從一口箱子裡救出來的，而且受了傷。」

顧道人看了看喬老三，喬老三仰面看著屋樑，兩個人臉上一點表情也沒有。

華華鳳的臉卻已急得發紅，她自己也知道自己說的話很難讓人相信。

現在就算還能找到那個人，也是一樣沒有用的——一個陌生人說的話，又有誰會相信？

顧道人忽然道：「昨天晚上你們在哪裡？」

華華鳳道：「就在鐵水那屋子裡。」

顧道人道：「那裡還有人？」

華華鳳說道：「非但沒有人，連東西都被搬空了。」

顧道人道：「你們兩位就在那棟空房子裡耽了一夜？」

華華鳳的臉更紅。

這件事也同樣很難讓人相信。

顧道人忽然嘆息了一聲，道：「鐵水並不是我的朋友。」

喬老三道：「也不是我的。」

顧道人抬起頭，凝視著段玉，道：「但你卻是我的朋友。」

段玉慢慢的點了點頭，但卻沒有說什麼，因爲他實在無話可說。

顧道人道：「我們雖然是朋友，但你現在若要走，我也絕不留你。」

段玉很感激。

他當然懂得顧道人的好意，顧道人是在勸他趕快離開這是非之地。

盧九忽然長長嘆息了一聲，道：「你的確已該走了。」

段玉道：「我……」

盧九道：「這是你的刀，你也可以帶走。」他看著棺材上的刀，慢慢的接著道：「因爲我也說過你是我朋友，而且我相信你。」

盧九道：「到了寶珠山莊，請代向朱二爺致意，就說……就說我父子不能去拜壽了。」

段玉勉強忍耐著，不讓盈眶的熱淚流出，咬著牙一字字道：「可是我並不想走。」

盧九皺眉道：「爲什麼？」

段玉道：「因爲我不能走。」

盧九道：「鐵水已去世，這地方現在已沒有人再留難你。」

段玉道：「我知道。」

盧九道：「那麼你爲什麼還不走？」

段玉道：「因爲我現在若是走了，這一生都難免要被人懷疑是兇手。」

顧道人接著道：「可是我們都信任你，這難道還不夠？」

段玉道：「你們相信我，只因爲你們是我朋友，但這世上卻還有很多人不是我的朋友。」他凝視著棺上的刀，慢慢的接著道：「何況，這的確是我段家的刀，無論誰用段家的刀殺了人，段家都有關係。」

顧道人道：「你想找出真兇？」

段玉點點頭。

顧道人道：「你有線索？」

段玉道：「只有一條。」

顧道人道：「一條什麼？」

段玉道：「一條龍，青龍。」

顧道人聳然動容，道：「青龍？青龍會？」

段玉道：「不錯，青龍會。」

聽到了「青龍會」這三個字，每個人的神色彷彿都有點變了。

數百年以來，江湖中的確從未有過像青龍會這麼神秘，這麼可怕的組織。

這組織真的就像是一條龍，一條神話中的毒龍，雖然每個人都聽說過它，而且相信它的存在，但卻從來沒有人真的看見過它，也從來沒有人知道它究竟是什麼形態，究竟有多大。

大家只知道，無論在什麼地方，好像都在它的陰影籠罩下，無論什麼時候，它都可能會突然出現。

有些人近來甚至已覺得隨時隨地都在被它威脅著，想自由呼吸都很難。

過了很久，顧道人才吐出口氣，道：「你認爲這件事跟青龍會也有關係？」

段玉點點頭，道：「我是初九才到這裡的。」

顧道人道：「就是前天？」

段玉道：「不錯，前天下午我剛到這裡，就遇到了花夜來。」

顧道人道：「聽說那時你正在三雅園喝酒。」

段玉道：「花夜來的行蹤本來一直很秘密，因爲她知道有人正在找她，無論誰若想躲避別人的追蹤，都絕不該到三雅園那些地方去的，但那天她卻居然在那裡露了面。」他笑了笑，接著道：「而且她好像還生怕別人看不到她，所以特地坐在窗口，還特地將窗簾捲起，窗戶打開。」

顧道人在沉吟著，說道：「這的確好像有點不太合理。」

段玉道：「鐵水的門下，剛巧也在那時找到了她，剛巧就在我面前找到了她！」

顧道人道：「你認爲這件事本是他們早已安排好了的？」

段玉說道：「我實在不能相信天下真的有這麼巧的事。」

顧道人想了想，道：「這麼樣說來，鐵水和花夜來難道也是早已串通好了的？」

段玉點點頭，道：「他們想必早已在注意我的行蹤，知道我來了，就特地安排好這齣戲，在我面前演給我看。」

顧道人接著道：「但當時你若不去管這件閒事呢？」

段玉嘆了口氣，苦笑道：「他們想必也已算準了我是絕不會袖手旁觀的。」

華華鳳忽然也嘆了口氣，冷哼道：「一個血氣方剛、自命不凡的年輕人，又喝了點酒，若是看見幾個兇橫霸道的大和尚公然欺負一個漂亮的單身女人，怎麼可能錯過這種英雄救美的好機會？」

段玉苦笑道：「何況我當時就算不出手，他們也絕不會就此罷手的。」

華華鳳用眼角瞟著他，道：「幸好我們的段公子是個好打不平的英雄好漢，所以他們也根本用不著多費事了。」

看來女人若是有了吃醋的機會，她也是絕不肯錯過的。

顧道人皺著眉頭，說道：「他們這麼樣做，目的何在？」

段玉道：「第一，他們本就想除去盧小雲，再嫁禍給我。」

顧道人在聽著。

段玉道：「所以那天晚上他們就叫花夜來先偷走我的刀，去殺了盧公子。」

顧道人道：「他們認爲盧九爺一定也會殺了你替盧公子報仇的。」

段玉答道：「不錯，這就叫一石兩鳥，借刀殺人之計。」

顧道人道：「盧公子身上帶著的珍珠和玉牌，難道也是花夜來故意送給你的？」

段玉道：「那倒不是，若是她送給我的，我就不會收下了。」他又嘆了口氣，苦笑道：「她用的是種很巧妙的法子，當時連我都被她騙過了。」

直到現在，他才發現花夜來並不如他所想像中那麼笨。

她故意偷了段玉的銀票和碧玉刀，故意藏到那花盆裡，故意讓段玉看到。

然後她才故意裝作睡著，讓段玉去將那些東西全都偷回去。

她當然也已算準，段玉得手之後，一定會偷偷溜走的。匆忙之中，段玉當然不會發現多了東西，何況那些東西本就在同一袋子裡。

等段玉發現東西多了時，就算立刻送回去，她一定已不在那裡了，從此之後，段玉一定再也找不到她了。

所以段玉也就沒法子再找到任何人能證明那天晚上他在什麼地方。

何況，任何人都知道盧小雲是他的勁敵。

一個人爲了要娶得那樣既富有又美麗的妻子，先在暗中將自己的情敵殺死，並不是一件奇怪的事。

等到盧九發現珍珠和玉牌也在段玉身上時，當然就會更認定他是兇手了。

顧道人嘆息著，道：「看來他們這一計，本來的確可以算是天衣無縫、萬無一失的了。」

段玉道：「只可惜他們還是算錯了一著。」

顧道人道：「哦！」

段玉道：「他們沒有想到，盧九爺竟會在賭桌上認得了我，而且把我當做朋友。」

盧九一直在聽著，表情痛苦而嚴肅，此刻忽然道：「鐵水本來也是我的朋友。」

段玉道：「我知道。」

盧九道：「他小時候本是我的鄰居，十二歲時才投入了少林寺。」

其實鐵水本是他們家一個老人家的兒子，就爲了覺得自己的出身低賤，所以才會養成一種偏激又自大的性格。

有自卑感的人，總是會故意裝得特別自大的。

人們爲了保護自己心裡的弱點，通常都會做出一些奇怪的事。

盧九道：「他不惜出家做了和尚，就是爲了想學少林的武功，出人頭地，所以他在少林練武時，比任何人都肯發奮刻苦。」

段玉道：「所以他才能練成那一身好武功。」

盧九道：「我一向很了解他，也相信他絕不會和花夜來這種女人同流合污。」

段玉接口道：「但你想必已有很久未曾見過他了。」

盧九嘆道：「的確已有很多年，所以這次他邀我到這裡來相見，連我都覺得很意外。」

段玉說道：「經過了這麼多年之後，人往往是會變的。」

盧九道：「就算他已變了，但少林寺一向最重清規，他在少林耽了三十年，最近才入江湖，又怎麼會認得花夜來這種女賊。」

段玉沉吟著，道：「以他的性格，當然不會跟花夜來結交的。」

盧九道：「絕無可能。」

段玉道：「他結交的並不是花夜來，而是『青龍會』。」

盧九皺眉道：「青龍會？」

段玉道：「他一怒離開了少林寺，爲的就是知道自己在少林寺已無法出頭，所以想到外面來做一番驚天動地，轟轟烈烈的事。」

盧九道：「不錯。」

段玉道：「可是他一個人孤掌難鳴，何況他出家已久，對江湖中的人和事必定都很陌生，要做大事，就必定要找個有力的幫手。」

盧九沉吟著，終於點了點頭。

段玉道：「青龍會想必就利用了他這弱點，將他吸收入會了。」

盧九說道：「以他的脾氣，又怎肯甘心被人利用？」

段玉道：「因爲他也想利用青龍會，有些人的結交，本就是因爲要互相利用的。」他嘆了口氣，「青龍會要人有人，要錢有錢，這無論對誰來說，都是種很大的誘惑，何況他這人本來就很偏激。」

盧九不說話了。

他也知道段玉非但沒有說錯，而且說得已經很客氣了。

這次他見了鐵水後，也已覺得鐵水有些事做得太過份，有時甚至已令人無法忍受。

可是他原諒了鐵水，因爲他始終認爲鐵水是個英雄。

英雄的行徑，總是和常人有些不同的。

段玉道：「只可惜鐵水雖強，青龍會更強，所以他入了青龍會後，就漸漸被人控制，漸漸不能自主，要被迫做一些他本不願做的事，這時他縱然還想脫離青龍會，也已太遲了。」

因爲這時他已習慣了那種奢侈的享受，習慣了要最好的女人，最好的酒。

也許他自己心裡也覺得自己做得不對，也在恨自己的墮落。

所以他就更墮落，更拚命去尋找刺激和享受，只爲了要對自己報復。

所以他才會被青龍會吞下去。

盧九嘆息著，黯然道：「他出家爲僧，只是爲了要出人頭地，並不是真的想皈依佛門，這一點就已錯了。」

段玉道：「不幸他一錯還要再錯，竟又入了青龍會。」

盧九嘆道：「青龍會實在太強、太大，無論誰加入了他們，都難免要被吞下去。」

段玉也不禁嘆息。

顧道人已沉默了很久，這時才忽然問道：「你認爲這件事就是青龍會主使鐵水來做的。」

段玉道：「想必如此。」

顧道人道：「據說青龍會的分壇，一共有三百六十五處，杭州想必也是其中之一。」

段玉道：「不錯。」

顧道人道：「鐵水莫非就是這裡的堂主？」

段玉道：「我本來也以爲是他。」

顧道人道：「現在呢？」

段玉道：「現在我已知道另有其人，鐵水在這裡，也一直在被這個人監視著，所以，這件事出了意外後，他就立刻被這人殺了。」

顧道人道：「爲什麼要殺他？」

段玉道：「爲了滅口，也爲了立威。」

顧道人道：「立威？」

段玉道：「替青龍會做事的人，不成功，就得死！縱然只不過出了一點差錯，也得死！」他嘆息著，接著道：「所以替青龍會做事的人，沒有一個敢不盡力的。」

顧道人嘆道：「也許這就是青龍會所以能成功的原因。」

段玉道：「但這件事他們並沒有成功。」

顧道人點點頭展顏笑道：「你現在不但還好好的活著，而且說要走，就可以走……」

段玉打斷了他的話，道：「但我若真的走了，他們就成功了。」

顧道人道：「爲什麼？」

段玉笑了笑，道：「他們這次計劃，最大的目的就是要除去我和盧小雲。」

顧道人道：「不錯。」

段玉道：「現在盧公子已死了。」

顧道人道：「不錯。」

段玉道：「我雖然還活著，也等於死了。」

顧道人道：「爲什麼？我還是不懂。」

段玉道：「因爲我已是個兇手，至少還無法證明我不是兇手，所以我就算還有臉到寶珠山莊去，想必也是空走一趟的。」

顧道人恍然道：「不錯，朱二爺當然不會要一個有兇手嫌疑的人做女婿。」

段玉苦笑道：「一個有兇手嫌疑的人，無論走到哪裡，也不會被人看重的，就算突然暴斃在長街上，也沒有人會同情。」

顧道人道：「所以我認爲他們隨時隨地都可能暗算你。」

段玉嘆道：「而且他們殺了我之後，還是可以將責任推到盧九爺身上，因爲盧九爺不願正面跟段家結仇，卻又不甘兒子慘死，所以就只有找人來暗算我，這豈非也很合理？」

顧道人看著他，忽然長長嘆息了一聲，道：「我真看錯了你。」

段玉道：「看錯了我？」

顧道人笑道：「我本來以爲你是個吃喝嫖賭，樣樣精通的花花大少，後來想法雖然變了，卻還是沒有想到你竟是這麼樣一個人。」

華華鳳總該也已有很久沒有開口，忽然插口道：「你看他是個怎麼樣的人？」

顧道人微笑道：「他看來雖然像是個什麼事都不懂的大少爺，其實他懂的事簡直比我們這些老狐狸還多。」

華華鳳忍不住嫣然一笑，道：「這個人最大的本事，就是扮豬吃老虎，誰若認爲他真是個呆子，那就錯了。」

她眼睛裡發著光，臉上也發著光。

顧道人笑道：「所以我若是朱二爺，不選他做女婿選誰？」

華華鳳的臉色忽然就沉了下去，冷冷道：「只可惜你不是。」

盧九輕輕的咳嗽著，慢慢的站了起來。

天色似暗了，風中似已有了寒意。

他站在風裡，凝視著那口棺材，緩緩道：「這裡面躺著的人，是我的兒子。」

沒有人說話，沒有人知道該說什麼。

盧九緩緩道：「他雖然並不十分聰明，也不能算很老實，但是我卻只有這麼樣一個兒子。」

兒子總是自己的好，這不必他說，無論誰都能了解的。

盧九道：「他母親最了解他，知道這孩子天生的脾氣倔強，衝動好勝，在江湖中最容易吃虧，所以臨死的時候，再三求我，要我特別照顧他。」他臉色更蒼白，聲音也已有些嘶啞，慘然接著道：「她十六歲進盧家的門，克勤克儉，辛苦持家十幾年，直到臨死時只不過求了我這麼一件事，而我……我竟沒有做到。」

段玉垂下了頭。

他了解這種心情，他也有個母親。

盧九凝視著他，緩緩道：「我告訴你這些話，只不過想要你知道，我也同樣希望能找出真兇來，爲這孩子復仇的，我希望復仇的心，比你更切。」

段玉垂首道：「我明白。」

盧九道：「但是在沒有真憑實據時，我們絕不能懷疑任何人是兇手。」
段玉道：「我明白。」
盧九道：「你不明白。」
段玉道：「爲什麼？」
盧九道：「我的意思是說，青龍會縱然多行不義，我們也不能懷疑它。」
段玉忍不住又要問：「爲什麼？」
盧九道：「因爲我們心裡若有了成見，有時就難免會做錯事的，但青龍會實在太強，太大，我們只要做錯了一件事，就難免也要被它吞下去。」
段玉肅然道：「你老人家的意思，現在我已完全明白了。」
盧九道：「你明白了就好。」
他沒有再說什麼，用絲巾掩著嘴，輕輕的咳嗽著，慢慢的走了出去。
風迎面吹來，吹在他身上。
他彎下了腰，連這一陣風他都似已禁不起了。
走到門口，他竟已咳嗽得連腰都直不起來。
這時風中忽然傳來了一陣很沉重的嘆息聲……
停靈的地方，是在鳳林寺的偏殿裡，殿外是個小小的院子，院子裡種著紫竹和菩提樹。

這嘆息聲，就是從紫竹林中發出來的。

聽到了嘆息聲，盧九的臉色忽然變了，輕叱道：「什麼人？」

叱聲中，他的人已箭一般竄了出去。

這垂老而多病的人，在這一瞬間，竟似忽然變成了一隻鷹。

也就在這一瞬間，只聽得竹葉「嘩啦啦」一響，也有條人影從竹林中箭一般竄出去，身形一閃，已到了院牆外。

盧九的身法雖快，這人也不慢。

牆外也有片樹林，枝葉長得正密，等盧九掠出去時，這人已看不見了。

不知何時，陽光已被烏雲掩沒，風中的寒意更重。

現在畢竟還是初春。

盧九遙望著遠山，癡癡的站在那裡，臉上帶著種很奇怪的表情，誰也看不出他心裡在想什麼。

段玉也看不出。所以忍不住問道：「你看出了他是誰？」

盧九遲疑著，點了點頭，忽然又搖了搖頭，這究竟是什麼意思，還是沒有人懂得。

那人究竟是誰？

爲什麼要躲在竹林中暗中窺伺？又爲什麼要嘆息？

莫非盧九已看出了他是什麼人，對自己卻又不願說出來。

段玉嘆了口氣，道：「無論如何，我看這人並沒有惡意。」

華華鳳道：「沒有惡意爲什麼要逃？」

段玉解釋道：「也許他只不過不願被人看見而已。」

可是他爲什麼不願被人看見呢，難道他也有什麼不可告人的苦衷？

華華鳳忽又道：「我倒覺得他很像一個人。」

段玉道：「像誰？」

華華鳳道：「他的臉我雖然看不清，但他身上穿著誰的衣服，我總能看得出的。」

段玉道：「他穿的是什麼衣服？」

華華鳳問道：「你難道真的認不出那是誰的衣服？」

段玉忽然不說話了。

他當然不會認不出那是誰的衣服，事實上，他看得很清楚，那人身上穿著的，正是華華鳳在女扮男裝時穿的紫綢衫。

她落水時穿的還是這身衣服，臨去後才換下來的，就隨手拋在門後。

段玉記得昨天晚上他們出門時，還看見這套衣服在那裡。

華華鳳壓低了聲音，冷笑著道：「你不用瞞著我，我知道你一定也已看出他就是那位被人裝在箱子裡的仁兄了。」

段玉淡淡道：「你既然沒有看清他的臉，最好就不要隨便懷疑別人。」

華華鳳撇了撇嘴，冷笑道：「我偏要懷疑他，說不定他跟這件事也有很大關係，否則爲什麼要偷偷摸摸的不敢見人？」

段玉笑了笑，只不過笑了笑，連一個字都不再說。

他早已在他父親那七大戒條之外，又加了一條——絕不跟華華鳳抬槓。

華華鳳卻還是不肯放鬆，還是在冷笑著道：「人家剛說你聰明，你是不是就真的覺得自己很聰明，難道別人就都是笨蛋？難道我也是個笨蛋？」

段玉雖然沒有承認，卻也沒有否認。

華華鳳的火氣更大，手插著腰，大聲道：「你若真的以爲你自己很聰明的話，你就錯了，其實你知道的事，還沒有我一半多。」

段玉還是拿定主意不開口，顧道人卻恰巧走了過來，已經在微笑著問道：「姑娘還知道些什麼？能不能說出讓大家聽聽？」

華華鳳狠狠的瞪著段玉，說道：「我本來不想說，可是這個人實在太小看我了，我實在受不了他這種氣。」

顧道人雖然沒有幫腔，眼睛裡卻帶著種同情了解之色，好像也在爲她抱不平。

華華鳳道：「解鈴還須繫鈴人，要解開這秘密，就一定要先找到花夜來。」

顧道人立刻表示同意。

這意見本就是誰也不能反對的。

華華鳳冷冷道：「可是你們能不能找得到花夜來呢？你們這些人，又有誰知道她在哪裡？」

顧道人眼睛裡已發出了光，試探著問道：「姑娘你莫非知道她在哪裡？」

華華鳳用眼角瞟著段玉，道：「現在就算我說知道，你們也不會相信的，因爲你們根本還不知道我究竟是什麼人，究竟是什麼來歷？」

她究竟是什麼人？

難道她還有什麼驚人的來歷？

大家都只有轉過頭，眼睜睜的看著段玉，好像希望他能回答這問題。

段玉卻只有苦笑。

他也不知道。

華華鳳道：「我知道你們的想法一定也跟他一樣，一定也都認爲我只不過是個什麼都不懂，只喜歡抬槓的小姑娘。」她又在冷笑：「可是你們爲什麼不想想，我怎麼會忽然出現在這裡的？爲什麼也恰巧是在那時候出現的？這件事本來跟我連一點關係都沒有，我爲什麼偏偏要來多管閒事？」

大家仔細一想，立刻全都發現這實在是件很奇怪的事。

華華鳳這名字，以前從來也沒有人聽說過，更從來也沒有人看見過她。

她這人就好像是忽然從天上掉下來的，而且恰巧是在初九那一天的黃昏掉下來的，恰巧正掉在段玉旁邊。

天下哪有這麼巧的事？

這其中當然一定另有秘密。

連盧九都已忍不住在問：「姑娘究竟是什麼來歷？什麼身分？」

華華鳳遲疑著，好像還在考慮，是不是應該將真象說出來。

她畢竟還是說了出來：「你們有沒有聽說過，六扇門中，有位獨一無二，空前絕後的女捕頭，號稱當世三大名捕之一，叫『七爪鳳凰』的人？」

大家當然全都聽說過。

他們本就全都是見聞淵博的人，何況這位「七爪鳳凰」，也的確很有名。

據說她近年來破的巨案之多，已不在昔年的天下第一名捕神眼鷹之下。

華華鳳又問道：「你們有沒有見過這位七爪鳳凰？」

大家都搖了搖頭：「沒有。」

華華鳳悠然道：「那麼你們現在總算是已見到了。」

顧道人動容道：「你就是七爪鳳凰？」

華華鳳淡淡道：「正是區區在下。」

顧道人道：「你到這裡來，爲的就是捉拿那女賊花夜來？」

華華鳳點點頭，道：「她犯的案太多，我們早就在注意她了。」

顧道人嘆了口氣，苦笑道：「看來我們實在是有眼無珠，姑娘你也實在是真人不露相。」

華華鳳道：「其實我早已到這裡來了，早已釘上了那女賊，只不過，這本是我們六扇門裡的事，我本不想叫你們插手的。」

顧道人道：「難道姑娘你早已查出了那女賊的藏處？」

華華鳳傲然道：「那女賊的確比狐狸還狡猾，只可惜流年不利，偏偏遇上了我。」她又在用眼角瞟著段玉：「你以為你很會裝傻，其實我裝傻的本事，比你還強一百倍，那女賊也一直以為我只不過是個什麼事都不懂的小姑娘，完全沒有警覺，所以才會落在我手裡。」

段玉還是只有苦笑。現在他當然更沒有話說了。

華華鳳道：「我知道她這兩天為了躲避風聲，暫時絕不會動的，所以我本來預備等到幫手來齊了之後再去下手。」她也嘆了口氣，接著道：「只可惜現在我既然已將這秘密說了出來，就已不能再等到那個時候了。」

顧道人道：「我們也絕不會讓姑娘真等到那時候，姑娘若是要找幫手，我們都願意效勞。」

華華鳳道：「我知道，為了你們自己，你們也絕不會再袖手旁觀的。」

顧道人道：「卻不知道姑娘要在什麼時候下手呢？」

華華鳳神情已變得很嚴肅，說道：「我也知道你們絕不會走漏這消息的，可是為了預防萬一，今天晚上我已非下手不可，而且從現在起，聽到了這秘密的人，都絕不能再離開我的身邊，也絕不許再跟別人說話。」

她居然似已變成了另外一個人，變得又謹慎、又沉著。

盧九肅然道：「從老朽這裡起，我們大家一定都唯姑娘之命是從。」

華華鳳又瞪了段玉一眼，道：「你呢？」

段玉苦笑道：「我本來就一直都很聽話的，你要我往東，我從來也不敢往西。」

華華鳳居然還是板著臉，冷冷道：「很好，只不過……」

盧九、顧道人、喬老三，立刻同時問道：「只不過怎麼樣？」

華華鳳道：「爲了萬無一失，我們一定還得另外找個幫手。」

盧九又問：「找誰？」

華華鳳道：「江南霹靂堂的堂主。」

盧九道：「王飛？」

華華鳳點了點頭，道：「要捉狐狸，隨時都可能要用霹靂堂的火器。」

其實她自己現在看來也很像是條狐狸，而且是條老狐狸。

連段玉看著她的神態，都好像顯得很佩服。

華華鳳沉吟著又道：「卻不知他是不是肯來管這件閒事？」

顧道人立刻道：「我保證他一定肯的，他本來就是個喜歡管閒事的人。」

華華鳳道：「你能找得到他？」

顧道人笑道：「要找別人，我也許還沒有把握，要找王飛，那簡直比貓捉老鼠還容易。」

五

要找王飛的確很容易，因爲他就在鳳林寺外，顧道人的那小酒舖喝酒。

那位風姿綽約的女道士，正在旁邊陪著他。今天她心情彷彿很好，又喝了兩杯酒，顯得更容光煥發，明艷照人。看來顧道人實在是個有福氣的人，能娶到這種老婆的男人並不多。

顧道人已經將王飛拉到旁邊，只說了幾句話，王飛已經在不停的點頭。

女道士用眼角瞟著他們，忍不住道：「你們兩個嘀嘀咕咕的在搞什麼鬼？是不是又想偷偷摸摸的去找女人？」

顧道人笑道：「我們絕不會找太多的，每日最多只找三個。」

女道士瞪了他一眼，又嫣然道：「那麼我也不會找太多的。」

顧道人道：「你找什麼？」

女道士道：「你們出去找女人，我難道不會在家裡找男人？」

顧道人道：「幸好這附近全都是和尚。」

女道士淡淡道：「莫忘了和尚也是男人，女道士配男和尚，豈非正是再好也沒有。」

顧道人大笑，居然一點也不著急，更不吃醋，無論誰都看得出，他一定很信任自己的老婆。

華華鳳也覺得很滿意，因爲她已發現這個人的確是守口如瓶，就算在自己老婆面前，都絕不漏一絲口風。

王飛卻嘆了口氣，道：「我實在很佩服你。」

顧道人道：「佩服我？我有什麼好佩服的。」

王飛道：「你至少有一點比我強。」

顧道人道：「哦？」

王飛道：「我若娶了個這麼漂亮的老婆，我就絕不會放心讓她一個人留在家裡的。」

顧道人又大笑，道：「難怪你總是乘我出去時到這裡來喝酒，原來你看上了她。」

女道士也笑了，咬著嘴唇，瞟著王飛，道：「他既然這麼說，我們下次就送頂綠帽子給他戴戴，看他怎麼辦？」

本來是艷陽高照的天氣，突然變得陰雲密佈，接著，竟有雨點落了下來……

五 天公作美

一

雨下得還不小。

看看簷前的雨滴，大家都不禁皺起了眉。

華華鳳卻笑了，道：「這倒真是天公作美。」

顧道人皺眉道：「你喜歡下雨？」

華華鳳道：「別的時候不喜歡，現在這場雨卻下得正是時候。」

顧道人不懂：「爲什麼？」

華華鳳道：「你們都是這地方的名人，目標都不小，無論走到哪裡，都難免惹人注意，要易容改扮，一時也不容易。」

她微笑著，又道：「可是這場雨一下，問題就全都解決了。」

顧道人更不懂，別人也不懂。

華華鳳卻已將牆上掛著的一副簑衣笠帽子拿下來，笑道：「穿上了這件簑衣，戴上了這頂笠帽，還有什麼人認得出你們是誰？」

有很多人都認爲，西湖的妙處，就是不但宜春，也宜冬，不但宜雨，也宜雪。

坐著寬敞的畫舫，穿著乾淨的衣裳，在湖上觀賞雨景，的確是件很風雅、很美的事。

可是穿著簑衣，戴著笠帽，淋著雨，踏著泥，去捉拿江湖大盜，那就完全是另外一回事了。

湖畔有個六角亭，亭子裡有個賣茶葉蛋和滷豆乾的老人，正在看著外面的雨發怔。

雨點打在湖面上，就像是一鍋煮沸了的湯，他這一天的生意也泡了湯。

華華鳳道：「大家不如先吃幾個蛋，塡塡肚子，今天能不能吃得到飯，還是問題。」

顧道人道：「我們爲什麼不先到樓外樓吃了飯再去。」

華華鳳冷冷的道：「幹我們這一行的人，本就已吃慣了苦的，你們既然要跟我去辦案，就也得受點委曲。」

顧道人不說話了，愁眉苦臉的買了幾個蛋，慢慢的吃著。

雨下得更大了。

華華鳳道：「大家最好是多買幾個蛋，在路上吃。」

盧九道：「我們現在就動身？」

華華鳳道：「現在時候已經不早了，路卻並不近。」

喬老三也不禁壓低了聲音，問道：「那地方究竟在哪裡？」

華華鳳伸手往湖岸對面的山峰指了指，道：「就在那邊。」

喬老三道：「好，我去找條大船，我們先坐船去。」

華華鳳道：「不行。」

喬老三怔了怔：「爲什麼不行？」

華華鳳板著臉道：「湖上的船家，每個人都可能是青龍會的眼線，我們絕不能冒一點險。」

喬老三還想再說什麼，看見她冷冰冰的臉色，就什麼也不敢說了。

段玉忽然走到她身邊，悄悄道：「你知道你現在看來像是個幹什麼的？」

華華鳳道：「還像個女賊？」

段玉笑道：「現在你當然不像女賊了，只不過像是個女暴君。」

大家既不能施展輕功，又不能露出形跡，只有在泥濘中深一腳、淺一腳的走著，走了一段路，天已黑了，走到對岸的山腳時，夜已很深。

這座山既不是棲霞，也不是萬嶺，山路崎嶇，就算在春秋佳日，遊山的人都很少。

在這種雨夜裡，一個沒有毛病的人，更是絕不會上山去的。

盧九、顧道人、喬老三、段玉、王飛，這些人的神經都正常得很，連一點毛病都沒有。

但現在他們卻只有跟著華華鳳上山。

因爲每個人都知道，要解開這秘密，就一定要抓住花夜來。

只要能破了這件案，無論要他們吃什麼苦，他們都是心甘情願的。

只不過，這個要命的花夜來，實在是一個害人精，什麼地方都不躲，偏偏卻要躲在這種要命的地方。

雨還是沒有停，而且連一點停下來的意思都沒有。

江南的春雨，本就像離人的愁緒一樣，割也割不斷的。

新買的簑衣和笠帽，好像並不太管用。

大家的衣裳都已濕透，腳上更滿是泥濘。

上了山之後，泥更多，路更難走，風吹在身上，已令人覺得冷颼颼的，剛才吃的那幾個蛋，現在也不知到哪裡去了。

每個人都覺得又冷，又餓，又累，但卻也只有忍受著。

因爲本是他們心甘情願的。

好不容易才爬到山腰，華華鳳才總算停下來。歇了歇氣。

她也是個人，她當然也累了。

王飛忍不住問道：「到了沒有？」

他說話的聲音已壓得很低，華華鳳卻還是板著臉，瞪了他一眼。

這位聲名赫赫的霹靂堂主人，居然也嚇得不敢開口了。

就在這時，山道上忽然傳來一陣腳步聲。

華華鳳立刻一揮手，竄入了道旁的樹林，整個人伏倒在地上。

大家立刻全都跟著她竄進去，伏下來。

地上的泥又濕又冷，大家都似已完全感覺不到，因爲腳步聲已愈來愈近，終於到了他們面前。

從雜草中看出去，只見一個披著簑衣的老樵翁，搖搖晃晃的從山上走下來，一隻手拿著把破傘，一隻手提著個酒葫蘆。

看來他已經喝得太多了，連路也走不穩，嘴裡還在醉醺醺的自言自語，好像還準備到山下去打酒。

就因爲他已喝得差不多了，所以在這種天氣裡，還要下山去打酒。

一個人若已喝到有了六七分酒意時，要他停下來不喝，實在比要饞貓不偷魚吃更難。

——難道這老酒鬼也是青龍會的屬下，花夜來的眼線？

大家都屛住了呼吸，連動都不敢動。

他們都已是老江湖了，打草驚蛇這種事，他們當然是不會做的。

好不容易總算等到這老酒鬼走下山坡，漸漸連腳步聲都已聽不見了。

王飛才忍不住道：「難道他……」

「噓——」他剛說了三個字，就立刻被華華鳳打斷。

絕不許開口，絕不許出聲，若是驚動了花夜來，這責任誰擔當得起？

大家只有沉住氣，爬在泥濘中，等著，每個人都覺得自己就像是條無家可歸的野狗。

也不知等了多久，華華鳳總算站了起來，打著手勢，要他們接著往山上走。

這時他們不但腳上有泥，身上也全是泥，段玉這一輩子從來也沒有這麼狼狽過。

可是別人卻居然還是連一點埋怨之色都沒有，就連盧九爺這麼樣喜歡乾淨的人，都毫無怨言。

每個人都只希望能抓住花夜來那女賊，爲盧小雲復仇，爲段玉洗刷冤名，爲大家出口氣。

每個人都很信任華華鳳，這位鼎鼎大名的七爪鳳凰，辦案時果然是步步爲營，小心謹慎，令人不能不佩服。

山上更黑，更冷。

華華鳳忽然又停下來，伏在樹林裡。

林外有一片危崖，危崖下居然有兩間小木屋，裡面還燃著燈。

——難道這就是花夜來的潛伏處？

大家伏在地上，更連大氣都不敢出了，只希望能趕快衝進木屋去，一下子將花夜來捉住。

華華鳳卻還是很沉得住氣，看來她已打定主意，不等到十拿九穩時，她絕不輕舉妄動。

木屋裡連一點動靜都沒有。

他們又等了很久，就像是等了一百年似的，華華鳳才終於悄悄道：「我一個人先進去，你們在外面將木屋圍住，等到我招呼時，你們再闖進去。」

她爲什麼要一個人孤身進去涉險？爲什麼不索性一起闖進去？

大家都不懂。

可是她既然這麼說，就一定是有道理的，大家都只有聽著。

華華鳳身形已掠起，就像是道輕煙般，掠了過去。

這位七爪鳳凰，功夫果然不弱。

只見她在木屋外又聽了聽動靜，才一腳踢開門，撲了進去。

這時大家也全都展動身形。圍住了木屋。

每個人的身法都很快，每個人都是武林中一等一的高手。

看來花夜來這次就算真是條狐狸，也是萬萬逃不了的了。

忽然間，木屋裡「砰」的一聲，華華鳳在厲聲大喝：「花夜來，看你還能往哪裡走？」

顧道人、王飛、喬老三，都已沉不住氣了，已箭一樣竄出去，闖入了木屋。

然後三個人就全都怔住。

木屋裡只有一個人——一個華華鳳。

二

木屋裡又髒又亂，還帶著一陣陣劣酒的臭氣。

屋角堆著一堆柴，桌上點著盞破油燈。

華華鳳正悠悠閒閒的坐在燈畔，用一塊乾布擦著頭髮上的雨水。

「花夜來呢？」

「不知道。」

王飛第一個叫了起來：「你也不知道？」

華華鳳悠然道：「我既不是她同黨，也不是她朋友，她在哪裡，我怎麼會知道？」

王飛怔住。

每個人全都怔住。

顧道人終於忍不住道：「可是你自己明明說，你已查出了她的下落。」

華華鳳嫣然一笑，道：「那是騙人的，完全都是騙人的。」

顧道人又怔住。

華華鳳道：「我既不是七爪鳳凰，也不是女捕頭，我只不過是個專門喜歡抬槓的小姑娘而已，你們這些老江湖難道真的看不出？」

顧道人看看自己身上的一身泥，哭也哭不出，笑也笑不出。

他忽然覺得自己簡直是個呆子，是個白癡。

別人的感覺，當然也跟他差不多。

五個大男人，竟被一個小姑娘騙得團團亂轉，這滋味實在不好受。

華華鳳忽然道：「我這麼樣做，只不過是在試探試探你們。」

「試探我們？」

華華鳳道：「我總懷疑你們之中，就有一個是龍抬頭老大，他才知道花夜來的下落，才知道我是騙人的，我這麼樣做，他心裡當然有數，就算肯跟著我受這種冤枉罪，也一定難免會露出些破綻來，我就一定能看得出。」

顧道人忍不住嘆了口氣，道：「現在你看出來沒有？」

華華鳳道：「沒有。」

她又嫣然一笑，道：「看來你們全都是貨真價實的好人，我以前根本就不該疑心你們的。」

一個笑得這麼甜的女孩子，在你面前，說你是個大好人，你還能發得出脾氣來麼？

盧九也只有嘆息一聲，苦笑道：「現在姑娘你還有什麼吩咐？」

華華鳳道：「只有一樣了。」

她眨著眼睛，微笑著道：「現在大家最好是趕快的回家去，洗個熱水澡，喝碗熱湯，舒舒服服的睡一覺。」

三

小樓上的窗子還是開著的，燈卻已滅了，雨已停了。

他們搖著原來坐出去的那條小船，又回到這裡來，一路上段玉連半個字都沒有說。

華華鳳偷偷的瞟著他，搭訕著道：「不知道那位被人裝在箱子的仁兄還在不在？」

段玉還是板著臉，不開口。

華華鳳道：「你猜他還在不在？」

段玉不猜。華華鳳忽然跳起來，大聲道：「你生什麼氣？憑什麼生氣？我這麼做，難道不是爲了你？你受了罪，我難道沒有在受罪，你一身泥，我難道不是一身泥？」

段玉忽然也跳了起來，大聲道：「誰說我在生氣？」

他一叫，華華鳳反倒怔住：「你既然不是在生氣，一張臉爲什麼板得像棺材板一樣？」

段玉大叫道：「因爲我心裡不高興。」

華華鳳道：「爲什麼不高興？」

段玉道：「你若是我，你會不會高興？」

華華鳳說不出話來了。

無論誰遇著段玉遇見的這種事，心裡都絕不會很愉快的。

華華鳳終於輕輕的嘆了口氣，柔聲道：「現在你準備怎麼樣？」

段玉道：「不知道。」

他跳起來，掠上了小樓，拔開了門栓，衝出去——他也想看看那位被人裝在箱子裡的仁兄還在不在？

那個人居然還在，居然正坐在外面的小廳裡，吃昨天剩下的包子，喝剩下來的酒。

他身上穿的，還是他從箱子裡出來時，穿的那套內衫褲，還是赤著一雙腳，臉色卻比昨天更蒼白、更憔悴。

段玉也坐下來，開始吃包子、喝酒。

這人忽然笑了笑，道：「包子還沒有臭。」

段玉也笑了笑，道：「肉也沒有臭，蝦也沒有臭，魚丸也沒有臭，我的人卻臭了。」

這人微笑道：「看來你好像也被人裝進箱子裡去過，而且還是口漏水的箱子。」

段玉嘆道：「我情願被人裝在箱子裡，那至少比被人騙得像土狗一樣滿地打滾好。」

這人道：「你被誰騙了？」

「被我。」

華華鳳背負著雙手，施施然走了出來，淡淡的道：「他的確是被我騙得白滾了一個晚上，可是這件衣服……」

她忽然揚起了手，手裡拿著的，正是她女扮男裝時穿的那件紫綢衫。

現在這件紫衫上竟也全是泥。

華華鳳眼睛盯著那人，冷冷的說道：「這件衣裳本該好好的躺在屋裡睡覺的，怎麼會也滾了一身泥，難道它自己會長出腳來走出去？先到鳳林寺去鬼鬼祟祟的偷聽，再鬼鬼祟祟的跟著我們去打滾？」

這人蒼白的臉，已變得有點發紅。

華華鳳冷笑道：「衣服上當然不會長出腳來的，你身上卻有腳。」

她瞪大了眼睛，瞪著這個人，忽然大聲道：「我問你，你爲什麼要跟我們到鳳林寺去，又跟著我們上山？難道你也想找花夜來？你究竟是什麼人？跟這件事有什麼關係？」

這人已發紅的臉，忽然又變得蒼白，好像想說什麼，卻又偏偏說不出。

窗外面落著雨水，忽然響起了一陣搖船聲。

段玉和華華鳳不由自主，想到那小屋中去看看，這臉色蒼白的神秘少年，卻已突然凌空翻身，箭一般竄出了門外。

也就在這裡，一個人已從窗外的湖面上，箭一般竄了進來。

一個瘦削，腳長，面容清癯，神情嚴肅的老人，赫然正是盧九。

他身上的衣服也還沒有乾透，也還帶著一身泥，一張臉也板得像棺材板一樣。

華華鳳吃驚的看著他，勉強笑了笑，道：「你還沒有回去？」

盧九冷冷道：「我還沒有回去。」

段玉笑道：「幸好這裡還有酒，喝兩杯驅驅寒氣如何？」

盧九冷冷道：「我不是來喝酒的。」

看他的臉色，無論誰都看得出他絕不是來喝酒的。

華華鳳眼珠子轉了轉，笑道：「不來喝酒，來幹什麼？」

盧九道：「來殺人。」

華華鳳笑不出來了：「來殺人，殺誰？」

盧九道：「老夫一生，恩怨分明，鐵水是我至交好友，小雲是我獨生愛子，無論誰殺了他們，我都不會讓他活過今夜。」

段玉也笑不出了。

華華鳳道：「你是來殺他的？你明明知道殺人的真兇並不是他！」

盧九冷笑道：「殺人的刀，是段家的碧玉七星刀，殺人的兇手，不是他是誰？」

華華鳳怔住。

她實在想不通盧九爲什麼會忽然間改變了主意的？

盧九道：「我的確不願與段飛熊結仇，但殺子之仇，也不能不報。」

華華鳳道：「所以你當著別人的面，雖然故作仁義，別人一走，你就想來要他的命。」

盧九道：「不錯。」

華華鳳道：「你不怕殺錯了人？」

盧九道：「縱然殺錯了一萬個人，不能放走一個。老夫一生縱橫江湖，殺人無數，縱然殺錯個把人，也是尋常事。」

華華鳳冷冷道：「你不怕別人殺錯了你？」

盧九淡淡道：「老夫年過半百，今日既然來了，就早已將生死兩字置之度外。」

他目光刀鋒般盯著段玉，突然厲聲道：「亮你的碧玉七星刀，只要你有此手段，不妨將老夫的頭顱也割下來，作你的飲酒器。」

段玉嘆了口氣，苦笑道：「我喝酒一向只是用酒杯喝的。」

盧九道：「我卻想用你的頭作酒杯，盛滿你的鮮血作酒，祭我的亡子英魂。」

他的聲音已嘶啞，一雙眼睛釘子般盯在段玉的咽喉上，一雙瘦骨嶙峋的手，已鷹爪般揚起，彷彿恨不得一爪洞穿段玉的咽喉。

無論誰都看得出，他已將數十年性命交修的內力，全都凝聚在這雙手上，只要一著擊出，必定是致命的殺著。

就在這時，突聽一個人大喝道：「你千萬不能出手，千萬不能殺錯人！」

喝聲中，一個人從門外直竄了進來，竟又是那臉色蒼白的神秘少年。

這少年究竟是誰？

他怎能會知道盧小雲不是死在段玉手下的？怎能會知道盧九殺錯了人？

他當然知道。

這世界也許已只有他一個人能證明盧小雲不是死在段玉手下的。

因爲他就是盧小雲！

四

盧小雲竟沒有死！

看見自己明明已死了的兒子，又活生生的活在自己的面前，盧九居然並沒有露出絲毫驚奇歡喜之色。

盧小雲已跪下，垂著頭跪在他面前：「孩兒不孝，讓你老人家擔心。」

盧九還是沉著臉，冷冷道：「我並沒有爲你擔心，我知道你沒有死。」

華華鳳卻又忍不住叫了起來：「他就是盧小雲，他就是你的兒子？你知道他沒有死？」

盧九點點頭，道：「就算青龍會用假扮他的那屍體瞞過了我，我還是知道他沒有死，就算他沒有在鳳林寺鐵水的靈堂外嘆息，我也知道。」

華華鳳道：「你怎麼會知道的？」

盧九淡淡道：「他畢竟是我的兒子。」

這句話並不能算是很好的解釋，卻又足以解釋一切。——父子之間，總會有極奇妙的感情，奇妙的聯繫，這種感覺沒有人能解釋，卻也沒有人能否認。

華華鳳還是不懂：「青龍會既然已決心要他的命，爲什麼又要用另一個人的屍體冒充他，卻將他裝在箱子裡，沉入湖底？」

段玉忽然笑了笑，道：「因爲他們不願讓盧九爺看到他身上的魚鈎。」

他居然好像也早已看出了這秘密：「他們不願讓盧九爺看到他身上另外還有傷口，他們一定要讓盧九爺相信，他是直接被我一刀殺死的。」

盧九道：「死人的臉，總難免扭曲變形，他們已算準了我絕不會看出這秘密。」

華華鳳更不懂：「你既然早已知道他沒有死，爲什麼還要來殺段玉，替他復仇？」

盧九道：「因爲我也知道，他自己一定會覺得沒有臉見我，若不將花夜來那女賊親手捉住，爲自己出這口氣，他是絕不會出來和我相見的。」

直到現在，他疲倦冷淡的臉上，才露出極憐惜傷感之色，慢慢的接著道：「他畢竟是我的兒子，他的脾氣我當然知道得很清楚。」

華華鳳總算明白了一點：「所以你才故意用這法子，激他出來。」

盧九點點頭，嘆道：「這孩子雖然倔強驕傲，卻絕不是個忘恩負義之人，絕不會看著他的救命恩人，跟他的老子拚命的！」

華華鳳又有一點不懂了：「可是，你怎麼會知道他在這裡？」

盧九面上終於露出微笑：「我早已猜出，被人裝進箱子裡的那位仁兄就是他。」

華華鳳也笑了：「你也聽到我說，他身上穿的，就是我的衣服。」

盧九笑道：「我雖然已年老多病，耳朵卻還不聾。」

華華鳳笑道：「非但一點也不聾，簡直比……我還靈。」

她本來是想說「比兔子還靈」的，可是現在她對這垂老而多病的人，也已產生一種說不出的尊敬。

這老人的義氣和智慧，本就值得受人尊敬。

盧九已接過她手裡的衣服，披在他兒子身上：「這件衣服雖然髒，至少總比沒有衣服好，你小心著了涼。」

盧小雲道：「我……我……」

他又是感激，又是激動，只覺得熱血上湧，堵住了咽喉，竟連一個字都說不出來。

華華鳳長長吐出口氣，說道：「現在你既然還活著，暗算你的人究竟是誰，你總該可以親口說出來了。」

盧小雲卻還是說不出來。

華華鳳盯著他，道：「你還不肯說？」

盧小雲道：「我……」

華華鳳道：「難道你還有些什麼說不出來的苦衷？」

盧小雲索性閉上了嘴，連眼睛都一起閉上，眼角竟似沁出了一滴晶瑩的淚珠。

他的確有難言的苦衷，他不想說，現在也已不必說。

看見了他的眼淚，每個人心裡都已明白。

——花夜來雖然欺騙了他，出賣了他，他心裡卻永遠也忘不了花夜來。

情感本就是件奇怪的事，一個多情的少年，愛上的往往會是他最不該愛的人。

他自己心裡縱然也已明白，怎奈相思已糾纏入骨，化也化不開了。

盧九似已不忍再看他。

兒子心裡的悲傷，做父親的當然比誰都清楚。

盧九忽然道：「你剛才雖然並沒有試探出什麼來，我卻看出了一點可疑之處。」

華華鳳道：「你看出了誰有可疑之處？」

盧九道：「顧道人。」

華華鳳道：「我怎麼看不出？」

盧九道：「因爲你根本不知道他是個什麼樣的人。」

華華鳳的確不知道。

盧九道：「他本是個最不肯吃苦、最懶的人，就算花夜來真的跟他有什麼深仇大恨，叫他冒著風雨在浪濤中折騰一夜，他也不肯的。」

華華鳳道：「可是他剛才卻連一句怨言都沒有說。」

盧九道：「所以我才覺得奇怪。」

華華鳳道：「難道就因爲他知道我在說謊，也知道花夜來的下落，卻生怕被我看出來，所以才肯受那種罪？」

盧九點點頭，道：「其實就算沒有今天的事，我對他也早已有了懷疑。」

華華鳳道：「哦！」

盧九道：「那天鐵水和段玉交手時，他一直站在船頭袖手旁觀，一直都希望段玉死在鐵水手裡，王飛幾次要出面勸阻，都被他阻住了。」

華華鳳眼珠子轉了轉，道：「我本來以爲只有一個人希望你死。」

盧九道：「你說的這個人是誰？」

華華鳳道：「青龍會在這裡的龍抬頭老大。」

盧九道：「本來就只有這一個人，真的希望段玉死。」

華華鳳眼睛裡發出了光，道：「難道顧道人就是龍抬頭老大！」

盧九道：「他只不過是個小酒鋪的老闆，可是一輸就是上萬串的金銀，他的錢是哪裡來的？」

華華鳳霍然回頭，瞪著段玉，道：「你是怎麼想的？你爲什麼不說話？」

段玉笑了笑，道：「因爲我要說的，全部被你們說了。」

盧小雲忽然抬起頭，道：「那天我在昏迷之中，的確好像看見了一個獨臂人的影子，而且還好像聽見他在跟花……花姑娘爭執。」

華華鳳道：「那暗器是從你身後發出的，發暗器的，很可能就是他。」

盧小雲又低下頭，不說話了。

華華鳳眼珠子又轉了轉，道：「顧道人當真就是龍抬頭老大，現在就一定不會回家的。」

盧九道：「爲什麼？」

華華鳳道：「因爲他既然已知道我們將花夜來看成唯一的線索，以他的爲人，一定會趕在前面，先去殺了花夜來滅口。」

盧小雲臉色更蒼白，連嘴唇都已在發抖。

華華鳳故意不看他，道：「所以我們現在就應該去找顧道人，看他是不是在家。」

段玉忽然又笑了笑，道：「他不在。」

華華鳳道：「你怎麼知道他不在？」

段玉淡淡的答道：「盧九爺是在後面跟著我們來的，可是在盧九爺後面，卻還有一個人跟著來了。」

華華鳳聳然道：「顧道人？」

段玉轉過頭，往裡面那間小屋的窗戶看了一眼，微笑道：「閣下既然已來了，爲什麼不進來喝杯酒，也好驅驅寒氣。」

窗外煙波飄渺，彷彿寂無人聲，可是段玉的話剛說完，窗下就傳來了一陣大笑。

「好小子，果然有兩手，看來我倒真的一直低估了你。」

這是顧道人的笑聲。

他的笑聲聽來總有點說不出的奇怪。

五

顧道人的確來了。

他雖然在笑，臉色卻也是蒼白的，眼睛裡帶著種殘酷而悲慘的譏嘲之意，就像是一隻明知自己落入了獵人陷阱的狼。

段玉看著他，忽然嘆了口氣，道：「你並沒有低估我，卻低估了你自己。」

顧道人道：「哦！」

段玉道：「你本不該到這裡來的。」

顧道人道：「爲什麼？」

段玉道：「現在你若是回了家，若已舒舒服服的躺在床上，世上絕沒有任何人能證明你就是暗算盧公子的人。」

顧道人道：「我自己也知道，可是我卻非來不可。」

段玉也忍不住問：「爲什麼？」

顧道人道：「因爲盧小雲沒有死，而你也沒有死。」

段玉道：「我們不死，你就要死。」

顧道人嘴角已露出極淒涼的笑意，道：「你自己也說過，替青龍會做事的人，不成功，就得死，縱然只不過出了一點差錯，也得死。」

這些話的確是段玉自己說過的，就在鐵水的靈堂中說的。

顧道人居然每個字都記得清清楚楚。

華華鳳搶著道：「你難道已承認你就是這裡的龍抬頭老大？」

顧道人道：「事已至此，我又何必再否認。」

段玉凝視著他，道：「你難道本就是來求死的麼？」

顧道人黯然道：「死在你們手裡，總比死在青龍會的刑堂裡痛快些。」

華華鳳道：「花夜來呢？」

顧道人道：「你爲什麼不想想，她既然是你們唯一的線索，我怎麼會讓她還活著？」

盧小雲突然跳起來斷聲道：「你……你已殺了她滅口？」

顧道人冷冷道：「你想替她報仇？」

盧小雲撲過去，又停下。

顧道人手裡忽然有刀光一閃，一柄尖刀，已刺入他自己的心口。

他還沒有倒下去，還在冷冷的看著盧小雲，深深道：「我殺了她，你本該感激我的，我……」

他已沒有再說下去，鮮血已從他眼耳口鼻中同時湧出。

天已快亮了。

東方露出第一道曙光，正斜斜的從窗外照進來，照在他臉上。

他終於倒下。

這變化實在太突然。

他的死也實在太突然。

這件複雜離奇而神秘的事，居然就這麼樣的突然結束。

段玉看著他的屍身，眼睛裡彷彿又忽然露出一種很奇怪的表情，喃喃的道：「你本不該死的，又何必死！」

華華鳳忍不住道：「他不該死，難道是你該死？」

段玉居然嘆了口氣，居然承認：「我的確是該死。」

他忽又轉過頭，看著盧小雲，卻說了句非常奇怪的話：「你最後看見花夜來的時候，她是不是正在釣魚？」

盧小雲點點頭。

他又覺得很驚訝，因爲他想不出段玉是怎麼會知道的。

六

紅日已高昇，今天顯然是好天氣。

顧道人的酒館，大門已開了一半，那個古怪的小癩痢，正在門口掃地。

大酒缸和小板凳，本就是終夜擺在外面的，段玉、盧九、盧小雲、華華鳳，圍著個酒缸坐了下來。

小癩痢連看都沒有看他們一眼，嘴裡喃喃的嘟囔著，道：「就算真的是酒鬼，也沒有這麼早就來喝酒的。」

段玉忽然問：「你們的老闆娘呢？」

小癩痢道：「還在睡覺。」

段玉又問了句奇怪的話：「老闆呢？」

小癩痢道：「也在睡覺。」

段玉嘆了口氣，什麼話都不再說了。

四個人就這樣靜靜的坐著，等著，誰也不知道他們究竟在等什麼？

他們的臉色都很沉重，要將一個人的死訊來告訴他的妻子，本就不是件令人愉快的事。

日色又昇高了些。

華華鳳好像又有點沉不住氣了，好像正想開口說什麼。

她想說的話並沒有說出口，因爲她忽然發覺有個人正在看著他們。

無論誰看到這個人，都忍不住會多看幾眼的。

這個人當然是個女人，是個很靈活的女人，不但美，而且風姿綽約，很會打扮。她穿得很考究，一件緊身的墨綠衫子，配著條曳地的百褶長裙。雪白的裙子，不但質料高貴，手工精緻，顏色也配得很好。

這裡的老闆娘終於出現了。她的裝束打扮，就跟段玉第一次看見她時，完全一模一樣。可是她的神情卻已不同了。她的臉上，已沒有那種動人的微笑。她看著他們，慢慢的走過來。

段玉和盧九都已站起，遲疑著，彷彿不知道應該怎麼樣對她說。

她卻又用不著他們說，忽然笑了笑，笑得很凄涼：「你們是不是來告訴我，我已是個寡婦了？」

段玉點點頭。

盧九卻忍不住問：「你怎麼知道？」

女道士悽然笑道：「我看得出。」

盧九道：「看得出我們的表情？」

女道士悲聲道：「我也早已看出，他……他最近神情總有點恍惚，好像已知道自己要有大禍臨頭。」

她的神情雖很鎮靜，可是眼睛裡已有淚流下，忽然轉過頭：「你們只要告訴我，到哪裡去收他的屍，別的話都不必再說。」

段玉卻偏偏是有話要說：「我第一次看見你，你也是忽然就出現的，就像今天一樣。」

女道士沒有回頭，冷冷道：「你難道要我出來的時候，先敲鑼告訴你？」

段玉道：「你並不是出來，而是回來。」

他看看她雪白的裙子，慢慢接著道：「無論誰從這裡面出來，都不會這麼乾淨。」

女道士霍然回過頭，瞪著他：「你究竟想說什麼？」

段玉嘆了口氣，道：「我只不過想告訴你，你的丈夫本不該死的！」

女道士冷冷道：「該死的難道是你？」

「我的確該死，」段玉居然又承認了，「因爲我本該早已看出你是誰的。」

「我是誰？」

「花夜來。」段玉一字字道：「你就是花夜來，也就是這裡的龍抬頭老大。」

女道士瞪著他，忽然笑了，笑容又變得像以前一樣美麗動人。盧小雲的全身卻已突然僵硬。

段玉道：「我第一次看見你，就有種很奇怪的感覺，總覺得以前好像見過你。」

女道士在聽著，彷彿正在傾聽著別人說一個很有趣的故事。

段玉繼續道：「你每天在這裡出現時，都好像是一朵剛摘下來的鮮花，因爲你晚上根本不在這裡。」

他輕輕嘆息著，接著道：「因爲你是花夜來，一到了晚上，你就要出去散播你的香氣，在夜色中，昏燈下，當然不會有人看得出你是刻意裝扮過的，更不會有人想到你白天竟是這小酒舖的老闆娘，何況那時別人早已被你的香氣迷醉了。」

女道士用眼角瞟著他：「你也醉過？」

段玉苦笑，道：「我也曾醉過，可是我卻醒得快。」

女道士道：「你是什麼時候醒的？」

段玉道：「也許我一直都將醒未醒，可是看見鐵水的棺材時，我已醒了一半，看見顧道人倒下時，我才完全清醒。」

女道士道：「爲什麼？」

段玉說道：「因爲，鐵水絕不會是死在顧道人手上的，我知道他的武功，顧道人根本傷不了他一根毫髮。」

女道士道：「難道不可能有意外？」

段玉道：「絕不可能。」他又解釋：「鐵水本是個疑心很重的人，對任何人都不會信任，對顧道人也沒什麼好感，所以顧道人根本不可能接近他。」

既然連接近他都不可能，當然就更不可能在他措手不及間殺了他。

段玉又道：「我也知道盧小雲絕不是顧道人暗算的。」

「爲什麼？」

段玉道：「因爲那魚鉤並不是暗器，要用魚鉤傷人，鉤上一定要有釣絲，而那時在釣魚的卻不是他，而是花夜來。」

原來他剛才問盧小雲的那句話並不奇怪，他本就另有用意。

段玉道：「所以我才想不通，這些事既然不是他做的，他爲什麼要將一切罪名都承當下來？」

女道士道：「現在你已想通了？」

段玉道：「嗯。」

女道士道：「什麼解釋？」

段玉道：「他這麼樣做只不過是爲了要替別人承當罪名，一個多情的男人，爲了他真正喜歡的女人，本就不惜犧牲一切的。」他黯然接著道：「一個多情的男人，若是知道他的妻子是花夜來那樣的女人，本就已是件很痛苦的事，所以他本就是一心去求死的。」

女道士卻又笑了：「從這幾點，你就能證明我是花夜來？」

段玉道：「我看得出他真正喜愛的女人只有你，我也看得出這世上只有一種人能殺死鐵水。」

女道士道：「哪種人？」

段玉道：「女人，就是你這種女人。」

女道士道：「可是我爲什麼要殺他呢？」

段玉道：「因爲他很可能就是青龍會派來監視你的人，你覺得他對你有威脅，正好乘機殺了他，將罪名也推在我身上。」

女道士又笑了，這次笑得卻已有些勉強。

段玉道：「這本就是個很複雜的圈套，你本來想將所有的人都套進這圈套裡，只可惜你算來算去，還是少算了一件事。」

女道士忍不住問道：「什麼事？」

「感情，」段玉道：「你沒有把人的感情算進去，因爲你自己完全沒有感情。」

他又解釋：「就因爲人有感情，所以盧九爺才會信任我，所以盧小雲才會被我救起，所以顧道人才會爲你死，所以我才會看破你的秘密。」

那天盧九若是和鐵水聯手，段玉早已死在那船艙裡。

盧小雲也早已死在那箱子裡。

段玉又嘆道：「顧道人想求死，也只不過因爲他知道我也醉過，所以他妒嫉，就正如那天他發現你和盧小雲在一起時的心情一樣。」

所以盧小雲在暈迷中，是聽到顧道人和花夜來爭吵，他並沒有聽錯。

女道士靜靜的聽著，目光彷彿在凝視著遠方，忽然嘆了口氣，道：「我的確算錯了一件事，只不過你永遠想不到我是怎麼會錯的。」

段玉道：「哦！」

女道士嘆道：「我看你拈著你那一兩七錢銀子會酒賬時，那種笨手笨腳的樣子，本來，以爲你只不過是個喜歡多管閒事的笨蛋。」

那天的事段玉當然還記得。他搶著將荷包掏出來，慌忙中一個不小心，銀票和金葉子落了一地，連那一柄碧玉刀都掉了下來。那一天之中，他已犯了段老爺子的四大戒律。他既惹了事，又跟僧道結了怨，錢財也露白了，而且還和陌生的女人來往了。他實在也沒有想到，反而因此而變禍爲福。

「既然你現在提起了這件事，我也想起了一件事。」

「什麼事？」

段玉道：「我那一千兩銀子的莊票，還得要你還給我。」他笑了笑，接道：「那兩個人，當然是你故意派去的，爲的只不過是要我認爲鐵水是這裡的老大，要我認爲龍抬頭和花夜來是兩個人。」

花夜來又忍不住問：「你怎麼知道的？」

段玉道：「青龍會若是真有那樣的冒失鬼，青龍會也就不可怕了。」

花夜來一句話都不說，不但還給了他那一千兩銀票，也給了他那一罈金子。

「這既然是你贏的，你就該拿走。」花夜來道：「現在你還有什麼話說？」

段玉道：「沒有了。」

花夜來很驚訝：「沒有了？」

段玉淡淡的道：「你雖然想害我們，我們卻還活著，你雖然做錯了事，也用不著我們來懲罰，青龍會的刑堂，現在也許就已爲你開了，至於喬老三和王飛，究竟是不是你的人，更和我們沒有關係。」他又笑了笑，「我雖然喜歡管閒事，可是不該管的事，我是絕不會管的。」這就是他說的最後一句話。

盧小雲也沒有再說什麼，因爲他的父親一直用力握著他的手。他們全走了，全沒有回頭。

花夜來看著他們走，連動都沒有動，因爲她知道自己根本已無路可走。

明月如鏡，湖水也如鏡，鏡中又有一輪明月。華華鳳癡癡的看著水中明月，忽然嘆了口氣，道：「今天已經是十二了。」

段玉道：「嗯。」

華華鳳道：「四月十五之前，你一定要趕到寶珠山莊去。」

段玉道：「嗯。」

華華鳳道：「所以你明天一早就得走。」

段玉這次連聲音都沒有出，他忽然覺得心裡酸酸的，喉頭也彷彿被一樣什麼東西塞住。

一陣風吹過來，吹皺了滿湖春水，水中的明月也醉了。

華華鳳忽然問道：「你是不是一定要把那柄碧玉刀送到寶珠山莊去？」

段玉點點頭。

華華鳳道：「你能不能先讓我看看？」

段玉默默的取出了那柄碧玉刀，在月光下看來，綠得也像是一湖春水。

華華鳳癡癡的看著，嘴裡問道：「這柄刀就是你的訂親禮？」

段玉沒有回答，也不忍回答，他正想說：「這柄刀雖然是準備用來訂親的，可是我這個人卻並不一定要去訂這段親事。」

只可惜他這句話還沒有說出口，華華鳳忽然一揮手，將碧玉刀遠遠的拋入湖水裡。

這是段家祖傳的寶物，若是不見了，那後果段玉簡直連想都不敢想。所以他想也不想，就跟著跳下去。他一定要找回這柄碧玉刀。他當然找不到！

要在這湖水裡撈起那麼小的一柄碧玉刀，實在正如大海撈針一樣，是絕不可能的事。等他再重回水面時，華華鳳也不見了。他心裡的感覺，甚至比失去了那柄祖傳的碧玉刀更難受。因爲他知道他這一生中，是永遠再也見不到她的了。要在茫茫的人海中，找到她這麼樣一個人，豈非也正如想從湖水中撈起那柄碧玉刀一樣?……

又有風吹過，吹綯了一湖春水。

六 誠實

一

段飛熊段老爺子也已到了寶珠山莊，他畢竟還是不放心他那第一次出門的兒子。

現在他正和朱寬朱二爺並肩坐在壽堂的花廳裡，看著他這個寶貝兒子，一張本就已很嚴肅的臉，似已變成了鐵青色。

「我是不是叫你一定要將那柄碧玉刀送到朱二叔手上的？」

段玉垂著頭，道：「是。」

段老爺又道：「我是不是告訴過你，寧可丟了腦袋，也不能丟了那柄碧玉刀？」

段玉道：「是。」

段老爺子道：「現在你的刀呢？」

段玉非但不敢抬頭，連大氣都不敢喘。

朱寬朱二爺的神色顯然和氣得多：「那柄刀你既然一直都帶在身上，是怎麼會不見了的？」

段玉道：「我……我……我太不小心，是我的錯。」

朱寬道：「不是別人的錯？」

段玉道：「不是。」

朱二爺看著他，眼睛裡的表情好像很奇怪，忽然道：「你是不是說過，一個男人，爲了他真心喜歡的女人，是不惜承受一切罪名的？」

段玉吃驚的抬起頭，他實在想不通朱二爺怎麼會知道他說過這句話。

朱二爺卻笑了，笑得也很奇怪，忽又問道：「你是不是真的很喜歡她？」

他伸出手，指著剛從屏風後走出來的一個人。

一個眼睛很大，笑的時候鼻子會先皺起來的女孩子。

「華華鳳！」

段玉幾乎忍不住要叫了起來，他更想不通華華鳳怎麼也會到了這裡。

華華鳳那小巧玲瓏的鼻子又皺了起來，嫣然道：「連女道士都會是夜來香，華華鳳爲什麼不能是朱珠？」

段玉終於明白了。

爲什麼華華鳳也偏偏正巧在那時候忽然出現，爲什麼她總是要管他的閒事。

原來她本就是特地去「考察」她未來的夫婿是個什麼樣的人！

可是段玉還是有點不明白。

「你爲什麼要把碧玉刀拋在水裡？」

碧玉刀並不在水裡，還在朱珠手裡：「我拋下的那柄刀是假的。」

段玉嘆了口氣，苦笑道：「你為什麼要我著急呢？」
朱珠噘起嘴：「因為我在吃醋。」
段玉道：「吃誰的醋？」
朱珠道：「吃我自己的醋。」

朱珠在吃華華鳳的醋，華華鳳也在吃朱珠的醋，你說這筆賬叫人怎麼算得清？

二

段玉已成了江南最出名的少年英雄，而且也已和朱珠成了親。
段老爺子的心情卻很不好，總是愁眉苦臉的，一個人在嘆氣。
大家都很奇怪，朱二爺更奇怪：「我實在想不出你還有什麼事不開心的？」
段飛熊道：「只有一件事。」
朱寬道：「你趕快說出來吧，我實在是很想聽聽。」
段老爺子嘆了口氣，道：「段玉出門的時候，我給了他七條大戒，叫他絕不能去做那七件事，可是他居然全部去做了！」
朱二爺道：「他好像並沒有吃虧，也並沒有惹麻煩上身，反而因此揭破了青龍會害他的秘密，還多了很多朋友。」
他微笑著，又道：「而且他若不是這麼樣做了，我女兒也不會這麼容易就嫁給他的。」

段老爺子卻還是在嘆氣，道：「就因爲如此，所以我才不開心！」

朱二爺更不懂道：「爲什麼？」

段老爺子道：「你想想，我叫他不能做的事，他全都去做了，反而因禍得福，變成了個大英雄，娶了個大美人。」

他搖著頭，嘆道：「你想想，我這老頭子說的話，他以後怎麼會聽？」

朱二爺又笑了，大笑著道：「你若真的因爲這件事而不開心，你就錯了！」

段老爺子有點生氣了：「我錯了，我錯了，你還說我錯了！」

朱二爺笑道：「有的人天生勇敢，有的人天生機敏，但卻都不如天生就幸運的人，你的兒子就是個天生幸運的人，所以他這一輩子，一定過得比別人都愉快，你還有什麼不開心的？」

所以我說的這第四種武器，並不是碧玉七星刀，而是誠實。只有誠實的人，才會有這麼好的運氣。

段玉的運氣好，就因爲他沒有騙過一個人，也沒有騙過一次人——尤其是在賭錢的時候。

所以他能擊敗青龍會，並不是因爲他的碧玉七星刀，而是因爲他的誠實。

全書完。請續看《七種武器》之三

七種武器（二）孔雀翎／碧玉刀

作者：古龍
發行人：陳曉林
出版所：風雲時代出版股份有限公司
地址：10576台北市民生東路五段178號7樓之3
電話：(02) 2756-0949　　傳真：(02) 2765-3799
封面原圖：明人出警圖（原圖為國立故宮博物館典藏）
封面影像處理：風雲編輯小組
執行主編：劉宇青
業務總監：張瑋鳳
出版日期：古龍珍藏限量紀念版2024年9月
ISBN：978-626-7464-40-3

風雲書網：http://www.eastbooks.com.tw
官方部落格：http://eastbooks.pixnet.net/blog
Facebook：http://www.facebook.com/h7560949
E-mail：h7560949@ms15.hinet.net
劃撥帳號：12043291
戶名：風雲時代出版股份有限公司

風雲發行所：33373桃園市龜山區公西村2鄰復興街304巷96號
電話：(03) 318-1378　　傳真：(03) 318-1378
法律顧問：永然法律事務所 李永然律師
　　　　　北辰著作權事務所 蕭雄淋律師

行政院新聞局局版台業字第3595號 營利事業統一編號22759935

定價：340元　

國家圖書館出版品預行編目資料

七種武器. 二, ／古龍 著. -- 三版.--
臺北市：風雲時代出版股份有限公司, 2024.09
冊；公分.（七種武器系列）古龍珍藏限量紀念版
ISBN 978-626-7464-40-3（平裝）

857.9　　113007027